A Record of Great Heat

大暑记事

铁扬艺术散文随笔集

Tie Yang's Art Essays

铁扬 著

河北出版传媒集团
河北美术出版社
·石家庄·

图书在版编目（CIP）数据

大暑记事：铁扬艺术散文随笔集 / 铁扬著 . -- 石家庄：河北美术出版社，2023.4

ISBN 978-7-5718-1866-1

Ⅰ．①大… Ⅱ．①铁… Ⅲ．①散文集－中国－当代 Ⅳ．① I267

中国版本图书馆 CIP 数据核字 (2022) 第 122597 号

出 品 人：田　忠
责任编辑：张　静　黄秋实　张　侃
责任校对：李　宏
装帧设计：李　星

出　　版：河北出版传媒集团　河北美术出版社
发　　行：河北美术出版社
地　　址：河北省石家庄市和平西路新文里 8 号
邮　　编：050071
电　　话：0311-85915040
网　　址：www.hebms.com
制版印刷：河北健明印刷包装有限公司
开　　本：889mm × 1194mm　1/32
字　　数：300 千字
印　　张：15.75
版　　次：2023 年 4 月第 1 版
印　　次：2023 年 4 月第 1 次印刷

定　　价：128.00 元

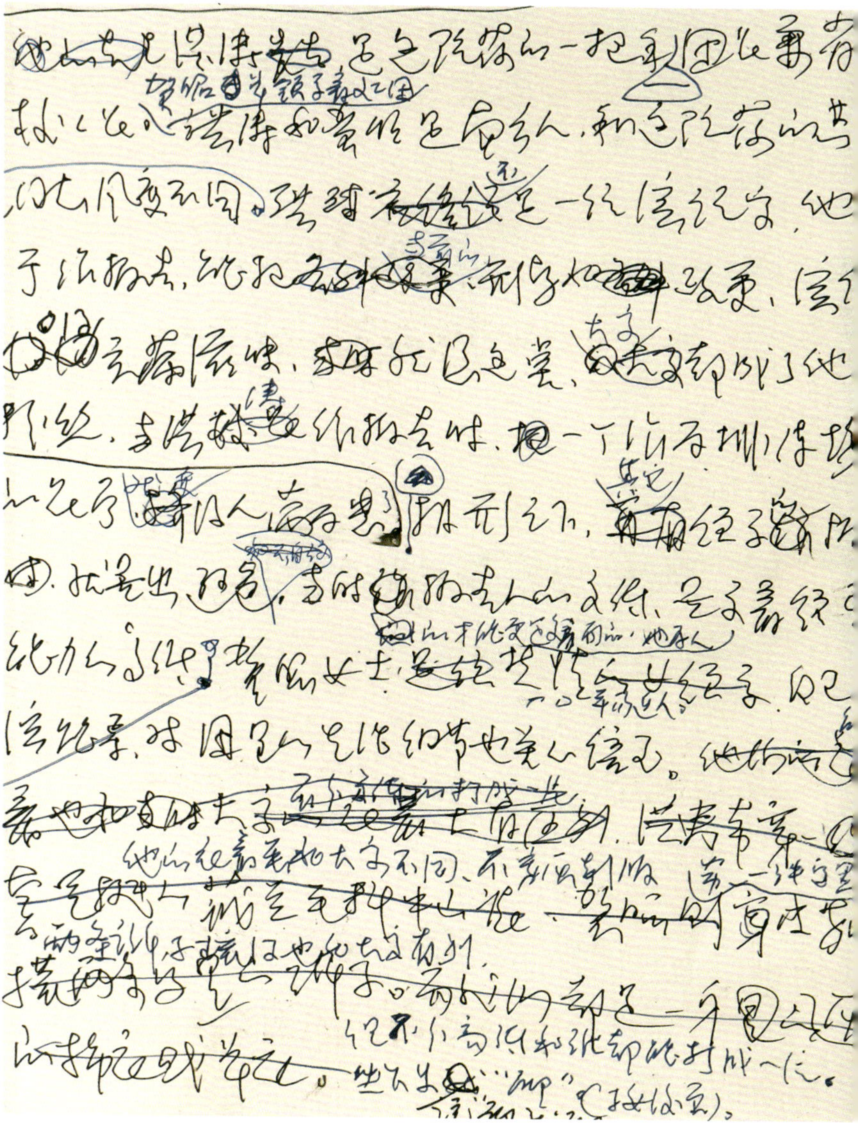

铁扬手稿

自序

我将这本书叫作《大暑记事》，因为它起因于大暑，大暑天在一个乡村舞台的演出中，竟然蕴藏着深奥的有关艺术的因素。那时童年的我不懂“艺术”和“因素”诸词句，但我却受到了那个因素的冲击。当时戏台上演出的是《六月雪》，聪明的乡间艺人用飘扬的碎纸屑创造了一个六月下雪的瞬间，一时间寒冷笼罩起台上台下，也许连村子和世界都被寒冷笼罩了吧，那时我想。我首次感到艺术中一个术语——感觉的存在。

之后我有幸进入艺术行，听专家们讲演剧学中感觉的重要。感觉造就出意境，意境在演剧学里是独立成章的。其实感觉难道只存在于演剧学中吗，原来画家、诗人经营自己的事业都是感觉在先的。如今我每次在为年轻学子讲课时，为阐明感觉之重要都举例说明：“黄河之水天上来”（李白）；“黑云压城城欲摧”（李贺）；“霜叶红于二月花”（杜牧），以及毛泽东的“苍山如海，残阳如血”一些名句，诗人都是靠了超人的感觉才萌生出如此出人意料的诗句。

后来我学习绘画，再次体会到面对你描写的对象，面对你面前的画布或纸，也都是感觉在先的。于是绘画语言、形式感比自然形象更真实的形象都是靠了画家敏锐的感觉。我们没有能力画够一棵树的所有树叶，再写实的画家也没有画够一个人的头发数量，但却能画出比那棵树、那个人更真实、更传神的形象。于是艺术才诞生了。

书中还涉及艺术的其他方方面面，比如演剧学到底是一种怎样的学问。有几次我有幸参与过表演行当，并为表演者做指导。对斯氏体验派①和布莱希特②的表现派到底哪一种更

① 斯氏体系，斯坦尼斯拉夫斯基体系，是由苏联的斯坦尼斯拉夫斯基（1863—1938）创立的。主要特征是“情感体验”，故被称之为“体验派艺术”。

② 布莱希特，德国表现主义戏剧家。

接近表演艺术，后来一位乡村女孩（我们邀请的剧中人）回答了我的问题，原来没有表演的表演才更接近于艺术的真实，这真实本来自生活，是生活的再次复活，使你相信了他的表演。

我读契诃夫，发现他有同样的论述，他说："文学所以叫作艺术，就是因为它按生活的本来面目描写生活，它的任务是无条件的直率的真实。"原来，没有表演的表演是作家早有的论断。我在本书《大暑记事》一篇中，详细描述过没有表演的表演感人之处。但我又不怀疑布莱希特的论点，他主张戏剧艺术的间离效果。间离效果顾名思义是不需要生活的真实的，一切表现派艺术（戏剧、绘画、雕塑）都是靠了间离效果。如中国戏曲的"切末"演出形式：马鞭一举就上了马，人走在画着车轮的旗子中就是坐车。间离效果拉开了与任何自然的距离，却增加了艺术的欣赏价值。

这本书毕竟不是一本艺术论文的专著，它着重记述了我在从艺过程中的一些琐碎。这些琐碎有些看似平淡，但它们顽固地留在了我的记忆中，有些还在记忆中酝酿发酵，竟然形成为我的重要绘画题材。比如那个“河里没规矩”的故事，是我终生难以画够的题材之一。“炕头”在我脑子里占有的地位远远超过了那些我在异国他乡见过的那些新鲜。那些健康明丽的女孩，有了炕头的存在，他们才回归了自然。反之，炕头上有了那些健康明丽的女孩，炕才温暖了。我发现馒头是文化，因为是它引出了我浓重的乡愁。在偏远山区，在一间黝黑的农舍里，一锅稀有的馒头能照亮四周。在一个清明时节，通过馒头的出现，我分明还从空中看到一位亲人对人生世界的眷恋。我在山区作画时，那些农村女孩们面对我的艺术道出的那些“见解”，也使我终生难忘。宋王台的西芹，为我烧炕的二丫头，还有对油画艺术煞有介事的“小格拉西莫夫”，还有大暑天为我做裸体模特儿的那些女孩，被我指使来指使去，最后成为我作品中的人物。他们成全着我，成全着艺术中那些诸多因素。

当然我没有放弃对心目中那些艺术大师的注重，有些虽称不上大师，但我欣赏他们，如丹麦的海默修依、德国的诺尔德，还有忽上忽下的俄国画家费欣。我追寻他们的足迹，是看中他们对艺术的天真和执着。从艺是需要几分天真和执着的，执着地不为任何潮流所撼动，也无心指望形成什么大热闹，只希望留给艺术界，留给人间几分纯净，抛弃的是所谓轰动效应。

我重视这本书的成书，它记载的是我命里注定的那些瞬间。但愿这些瞬间也是无需效应的纯净。

2021 年冬至

于铁扬美术馆工作室

目录

壹

贰

叁

肆

伍

陆

柒

捌

玖

壹

大暑记事

一

那年大暑，我 8 岁，上小学，村里唱戏。有人拿来粉连纸，请我老师写戏报。老师用染布的颜料：大红、二红、鬼子绿，泡好水写起来。那字们该大的大该小的小，该横的横该竖的竖。戏报顶端都横写着“今日准演”。

我们帮老师把戏报贴在茂盛店的墙上、大门上。糨糊洇湿了纸，字们也被洇得模糊不清。戏台就搭在茂盛店的大院子里，几块门板做台面，几领苇席做棚顶。

“今日准演”的是《六月雪》，我挤不到台前，在远处登上一块石头看，只见台上穿戏装的人跑来跑去，唱腔也被台下的人声和浮土覆盖。有一个人光着膀子站在台上敲梆子，梆子敲得很响，我知道这戏是梆子腔。随着梆子的响声，台上有个穿红衣服的女人被绑出来要问斩，这女人跑着圆场，

《六月雪》的演出

唱着哭腔。这时那个敲梆子的人扔下梆子，举出一面卷着的布旗，猛地登上了桌子，旗被他摇动着，慢慢展开，只见一些细碎的纸屑从中飘出来，我知道这是“下雪了”。六月雪，应了戏名。

这纸屑造就的雪，给我留下了终生的记忆：大暑的天气，台上大雪纷飞。台上的故事也是六月下雪呀。六月的雪（纸屑）寒气逼人。这戏台、这院子、这村子还有这世界吧，一时间都被寒冷笼罩起来。

这是什么？这是感觉，是聪明的艺人开发了你的感觉，你才有了刻骨铭心的记忆。

许多年后，我在“中戏”（中央戏剧学院）读书，听周贻白先生讲戏曲史，得知《六月雪》就是《窦娥冤》。学习导演学时，还得知“意境”两个字，“意境”要独立成章讲解的，意境和感觉相辅相成。原来在《六月雪》里造就出的就是舞台意境。

二

这年大暑，我已是画家，中央电视台的散文剧要我做艺术指导，我便和摄制组一同来到冀西山区野三坡。晚上，我在山上看星星，不上山不知道有这么好的星空。“牛郎”和“织女”有“天河”相隔。牛郎身旁是织女投给他的“织布梭”，织女身旁是牛郎投给他的“牛扣槽”。扣槽离织女近，梭子离牛郎远，女性的手总是欠准确的，连神话故事也照应到了这一点。

这年，分体式空调正时髦地代替着窗式空调，使家里的冷和热更失去了自然，所以在我居住的这个北方热都，黄昏时人们还是拥向大街。男人们赤着背，女人们穿得少而精，《正大综艺》也不看了，闭了所有的电器开关，喝着尘土，说着经过仔细斟酌于国于民都不偏不倚的话，继承着我们祖宗遗留下来的“乘凉”这个遗风。这时，你浑身有一种难得的真实——于这天道，于这尘土，于这孩子们骑着童车在大人群里表演般的追逐。

拒马河畔野三坡的真实所在，当然要胜过喝着尘土、摇扇子的街市。晚上，且不说如意岭上飘来的阵阵凉气和蒿香，拒马河的流水声是怎样的玲珑，单凭你穿起长袖衫，遥望天上的牛郎织女星，你就知道，原来千金难买的是一汪好空气。

有只蝎子从廊下爬过来，威风地高挑着带刺的尾巴，制造着恐怖。难道蝎子只是狰狞可恶的象征吗？有了蝎子，这山河、这空气、这清凉世界，不是才真实吗。

三

这天无事，我打开一本《张爱玲文集》，这是全文卷的第四卷《散文卷》。我打开这本不算厚、装帧也欠考究的集子读着。

四

20 世纪 50 年代，我在“中戏”读书，一次，从学校的一个特别图书馆（人称小图书馆）也借得过一本张爱玲的书。

这里的书均系新中国成立初期丁玲创办的那个文学讲习所的藏书，文学所停办后，书归了中戏。这馆在学校属半开放状态。文学所的书很多，除几架线装书几架外国翻译小说外，还有不少 20 世纪三四十年代中国各印书馆的书。书的封面上均盖着一枚文学所的藏书章。这个馆学生是不可进的，幸好我和一位姓 F 的小姐馆员“认识”，便有了进馆借书的可能。F 小姐戴一副高度近视镜，且因双腿先天疾患架着双拐，每天极早就见她悠着腿来上班了。那次我除了借张爱玲还借得一本和张同时代叶君的集子。其实我借它们并无目的，只觉得三四十年代书的新奇，还有文学所那枚椭圆形蓝色藏书章，更引我有了解的欲望。我捏着书从藏书室溜出来请 F 小姐过目，她想了想，从书中抽出卡片要我填上名字，说时也不看我，低垂着目光对我的借书似仍有犹豫。我写着我的名字，还发现在借书卡片上，竟有几位正活跃在中国文坛的文学大家：马烽、刘真……于是对这书、这卡便更加肃然起敬。但 F 小姐那低垂的眼光却给我留下了一种印象，好像我的借书正连着一件什么事。

果然，几天以后学校团委会要召见我，等待我的是学校团委会专职书记 Z 君。Z 书记人精瘦，额头白净，眼光犀利很健谈，我从他坐着的姿势和直视我的眼光里便觉出有一种不祥正等待着我。果然他开门见山地要我回答借书的事，问我为什么要借张爱玲还有叶某。他边说边打开卷宗核实着我的行为。

我说不出为什么，正值大暑，只觉房间闷热难忍。他说你是新中国的大学生、共青团员，看看我们的党正领导全国人民干什么，我们的学校又在干什么，而你……一个新中国的大学生、共青团员，他强调着这两点。之后，他要我写一份“认识”给团组织，我写了也交了。

那时，全国人民正在干什么？有个“鼓足干劲、力争上游、多快好省建设社会主义”的十八字方针，正鼓舞着中国人立志 15 年赶上老牌资本主义英国。学校正在干什么？正在开展一场“红专大辩论”，而我竟把张爱玲请进了宿舍。过后我很是有一阵抬不起头来，还不断想起 F 小姐那低垂的眼光和 Z 书记白净的脑门儿。

我毕业离校后，听说 Z 书记因贪污团费（还有作风问题吧）被开除公职，打发回南方老家，在一个小学校做临时工（一个很重的处分）。大约在我毕业的 15 年后，在一个大暑的天气，因公去那个城市，恰好和 Z 君相遇。他人更精瘦、白净的脑门儿变得赤红，由此可见他是很历尽了些沧桑的，但谈吐和风度不减当年。他告诉我，他在“领导”一个小学的校办工厂，翻制石膏教具，还一定要我去参观。我去了，那是一间小学的教室，墙根胡乱摆了些“阿克里巴”“海盗”和这厂自己研制的“工农兵”。他请我喝着龙井茶，说，在中戏时因了工作关系做了不少对不起同学的事。说着，长叹着，用一块不洁的手帕擦着汗浸的脑门儿——大暑的天气。

更巧的是 F 小姐的遭遇，更令人惊叹——在 1966 年那场运动中她跳楼自尽。当时母校的几百位教职员工中，只有两人自尽，一位是曾在苏联列宾美院留学的我的油画老师W先生，另一位便是F小姐了。我常想，一个架着双拐的女性，不知怎么跃过窗台而坠下的。据说，当时给她定的罪名之一是有意识向学生传播不健康的书刊。

五

那次我读张爱玲却没有给我留下印象。只觉得她对人生的描写过分平淡。当时，我坚信文艺作品中的矛盾和冲突。在我所学的戏剧学引论中，明明白白地写着戏剧性便是戏剧冲突。一个剧本的正确公式是矛盾的展开—高潮—结局。小说又何尝不是这样。当然，在当时的中国，矛盾又和阶级斗争是同一个概念。我常想，在世界被划分为两大阵营时，另一个阵营的文艺是怎样描写的，只是一味地三角恋？一味地遗产继承谋杀案？

作品中不见冲突这是我读不下张爱玲的原因。我读了叶君的一个短篇，倒有些不同：有位上海小姐，大白天在浴室洗澡，从镜子里审视自己的身体，发现自己的乳头像两只“紫葡萄”云云。有了“紫葡萄”的描写，那天在团委会我才觉出，无论如何我是犯了案的，F小姐的告密，也自然有些道理了。

六

现在我读张爱玲，不再想到作品的矛盾和冲突。一个人的世界不也是一个矛盾着的人生吗，现在，它引我思考些艺术问题。

一次，一位电影导演也约我做艺术顾问，我答应着。可惜我们只有过一两次交谈（我还出过几个小主意），合作便告终了。后来这部电影还获过一个国内单项奖，但已和我无缘。放映时，我自己买了票，还看见影片中我那几个小主意，我不自量地把它形容成几朵小火花。

我们合作的告终，自然是因了对艺术看法的不同，我曾自不量力地企图影响导演去摆脱电影艺术的“大路货”套数。旁观者清，因为对影视艺术我自觉是个旁观者，而影视家工作时，大都要为自己备下些“锦囊妙计”的，只待用时提取。

军民鱼水情——为房东挑水的战士。水被倒入水缸的特写。乡亲捧着红枣（或鸡蛋）往行进着的战士口袋中装。战士推托，红枣（或鸡蛋）还是被装进战士的口袋。

婚礼——贴着字的窗户。挂着爆竹的门。轿里的新娘。吹鼓手的特写（鼓起的腮帮像两只李子）。

地痞索要——用驳壳枪把歪着的帽子向上推推。

正派人劳动——直起腰用手背擦汗。

可怜之人出殡——席子外有一双露着的脚。

姨太太——一只托着香烟的手。

…………

我想和导演讨论的是，从20世纪初，中国电影是不是就开始了对美国电影的模仿，而这模仿大多属于皮毛。后来，电影又影响着电视，一些作品却像个不够月的流产儿，不具备母体赋予他的自然——血、肉、骨骼和神经，这母体应该是民族的生活积淀、道义的基石、文化的共识。是不是艺术家们不善于做属于自己的形象思维。

形象思维来源于感觉。

感觉不是天才，天才从来就不是文艺家独有的。孙武、张衡、李四光都是天才。而感觉才是形象思维的发酵剂。感觉像雷雨时的闪电，任意在天空游走驰骋。感觉能使你睁开一双慧眼，去发现一个“草色遥看近却无”这个看似荒唐的奇妙世界。米罗①作画，强调要有生活中的烛光点燃。夏加尔②本能地追求“遥远的虚无、缥缈的绝对存在”，齐白石强调画应在“似与不似之间”，都是把感觉作为前提的。

西班牙电影大师布努艾尔的家乡卡兰达有个敲鼓的节日，几百人一敲几天几夜，“大自然也融进了这彻夜回荡的鼓声中”。人们被轰鸣的鼓声震得昏睡，只待鼓点消失时才会猛然醒来。这一反常现象，或许是布努艾尔感觉到的。

有一次，俄国戏剧大师丹钦科让舞台美术大师西莫夫为

① 米罗（1893—1984），西班牙画家。

② 夏加尔（1887—1985），俄罗斯画家。

他在舞台上设计一个堆满东西然而却空旷的角落。西莫夫便在一个墙角放置了一个四门打开的空立柜。丹钦科看到后，立刻拍手称好。是什么东西使西莫夫和丹钦科一拍即合？是感觉，是感觉的同一。

可见，形象思维是以感觉为前提的，而对于感觉的忠实表达，又要首先摒弃一切人云亦云，摒弃一切虚荣和矫揉。

再读张爱玲。原来张爱玲有着极好的感觉，且又有勇气摒弃女人常有的虚荣和矫揉。目前，国人热浪般的热爱张爱玲，也是缘于她的艺术感觉之敏锐吧。而摒弃虚荣和矫揉又是张爱玲写作的基础。

可虚荣和矫揉又无处不在。在某旅游之地我认识一位导游小姐，她刚离开她的山村几天就对游客大谈起艺术了。几年前我在那个村子居住，当地人还过着半原始生活。一次在旅游地的一座古庙里，她自信地对我说："我认为，只有吴道子能和高更[①]的颜色媲美。"我忍不住告诉她，今后如再向游人介绍这壁画时，不一定要把吴道子和高更牵扯在一起，因为吴道子是以线见长的，所谓"吴带当风"。再说吴道子的时代作为绘画的颜料是简单的；高更的时代不同，画家和颜料制作家已经把颜料制作得十分精细了。她脸红起来，从此再没有同我谈起高更。我很想听她谈谈现实他们居住的那个山沟用玉米面熬粥时是不是还掺桃叶，从前我在那里吃派饭，

① 高更（1884—1903），法国画家。

家家的锅里都放桃叶、榆叶。但当我发现她那入时的打扮，即使走着山路也不愿脱下高跷般的高跟鞋时，我便不再提问了。

七

一个久居沪上，出身名门，从小就受着俄国钢琴师的教练且又准备留学英国的张爱玲，从不把外来艺术当至高无上的标准。甚至不加掩饰地诉说着她和外国艺术的距离：“凡亚林（小提琴）水一般地流着，将人生紧紧把握贴恋着的一切东西都流了去了。”“凡亚林上拉出的永远是‘绝调’，……太显明地赚人眼泪。”“三四人的小乐队，认钢琴与凡亚林为主，我也讨厌，零零落落，历碌不安，很难打成一片。结果就像中国人合作的画，画一个美人，由另一个人补上花卉，又一个人补上背景的亭台楼阁，往往没有情调可言。”她更排斥交响乐，“隔一阵子就要来这么一套”，“埋头咬牙”，“观众只是默默抵抗着”。对于国乐，张爱玲却说：“胡琴就好得多，虽然也苍凉，到临了总像是北方人的‘话又说回来了’，远兜远转，依然回到人间。”

当然主张艺术远兜远转的听众，不都是非要“抵抗”洋乐不可。所有外国音乐大师，也都主张艺术的远兜远转和依然回到人间。张爱玲也自有对音乐的片面，并不完美。我说的是她在叙述自己对艺术的感觉时摒弃虚荣的勇气。装腔作势的媚态，不就是虚荣?

张爱玲总是真实地迷恋着人间。她爱胡琴、爱颜色、爱一切气味。夏天房门低垂的竹帘子，龙须草炕席上堆着的一摞翠蓝与青的衣服，凡此都能“悄没声地”给她以喜悦。她爱人间的一切气味——烟火味、雾的轻微的霉气、雨打湿的尘土、葱、蒜、廉价的香水味。还有汽油味。牛奶烧煳了，火柴烧黑了，那焦香气味能使她觉得饿。

最使我感兴趣的还是张爱玲为她的小说集《传奇》所写的序言。乍看去，这序言简直是一篇漫不经心的胡言乱语。但那实在是张爱玲直白了的艺术观，她本来存心要把自己隐没在人类历史中的，正是这个直白了的艺术观，反倒使她耀眼起来。那序言原来是一个和书本身毫无关联的故事。

20 世纪 40 年代时，发缘于河北的蹦蹦戏（评剧）在上海一直被称作过了时的破烂，面对这种低级趣味的小戏，张爱玲非要去欣赏一下不可。后来她约了一位女友去了，坐在第二排的位置上。开始只是听着“风急天高”的调子，剧中人声嘶力竭地与胡琴的“酸风”梆子的“铁拍”相斗。但她还是看了下去，看了一出英俊小将认母的故事，还看了一出叫《黄爱玉上坟》的戏。

风流淫荡女黄爱玉与村人私通，与奸夫合谋杀害了丈夫，却装作痛苦地上坟祭奠丈夫的亡魂。有官员乘轿过此，遇一旋风挡道，官员差人前去打探，了解这旋风是“男旋”还是“女旋”。捕快回禀说，旋风系“男旋”，官员又差人去追踪，捕快随旋风行至一新坟前，发现哭坟的黄爱玉，遂将黄带至轿前受审。黄爱玉无奈，百般打着比喻交代丈夫是如何身亡的，这官员却听不明白其中的缘由，黄爱玉不得不直白道:“大人啊！谁家的灶门里不生火？哪一个烟囱里不冒烟？”意思当是，人受了七情六欲的驱使，有个外心不也自然？官员明白了，观众也喝彩了。

张爱玲又对扮演黄爱玉的演员不惜笔墨地做了描写，并从这个普通的风流女子身上发现了艺术的归宿。

“荡妇阔大的脸上塌着极大的两片胭脂，连鼻翅都擦红了，只留下极窄的一条粉白的鼻子，……水汪汪的眼睛仿佛生在脸的两边，近耳朵，像一头兽。她嘴里有金牙，脑后油腻的两绺青丝一直垂到腿弯，妃红衫袖里露出一截子黄黑、滚圆的肥手臂。”

哪知从这位其貌不扬的北方戏子身上，张爱玲得出的结论是:

“将来的荒原下，断瓦颓垣里，只有蹦蹦戏花旦这样的女人，她能够夷然地活下去，在任何时代、任何社会里，到处是她的家。”

张爱玲发现，有归宿的艺术才永远有生命力。

一位奥地利画家克里姆特，生是看重中国武强年画，并多次把它们作为背景搬进自己的作品中。而林风眠有了对于民窑瓷画的研究，才成了中国的林风眠。

面对一些正风靡的“艺术”，面对荧屏上那些体态无可挑剔的美女，面对一些不着边际的唱段或词或曲，我常常想到它们的归宿。一些昨天还流行着的东西怎么今天就突然消失了？

八

拒马河是一条蜿蜒于太行山中散漫而多弯的河，我喜欢它那姿态多变的河道，喜欢散落在河岸上那些古朴原始的村落，最使我惊心动魄的还是那些如斗如箕的大石头。洪荒的宇宙把它们无序地排开来。有时你觉得它们实在不是石头，是人，是一河的女人。那真是早已胜过了女人本身。我拍过一些看似怪异，然而又真实得足以使人受到“抨击”的照片。有不少影视家动心于这个题材，后来中央电视台有位女导演风尘仆仆地赶来了，对于这故事谈得十分动情。当我拿出几张“女人”照片给她看时，她“呀、呀”地连连惊叫着。从这声调和她的表情里，我已感觉到我们在感觉上是同步的，就这样，我们不仅当即敲定了对于这些“女人”的入镜计划，我又做起了艺术指导。老实说，有了那次“闹电影”的教训，我对于指导一类的差事立志要取以慎重的，然而为了那一河石头，我又蠢蠢欲动了。

九

又一个大暑天，我们真的兴师动众结伴来到拒马河畔，先把那些容易入镜的、千姿百态、裸着自己的“女人们”一一摄入镜头。石头和我们一样顶着烈日任我们围住它们旋转着摆布。然而我们面临着的难题并非这一河静穆着的石头，这个河之女的故事中还有“边下河边把衣服脱光高高抛向河岸”在河里真正“疯”着的少女。没有这位浑身奔腾着的热血裸着自己的少女，哪有这一河石头的灵性，这一河从天而降的青春。有位鲜活着的裸着的少女入镜看来是不可避免的了。

每晚我们静听着拒马河的流水声，遥望着天上的“牛郎织女星”，研究着这个不可逾越的难题，“河之女”你在哪里?

我们厚着脸皮四处打听，终于有位明事理的村支书帮了忙，使问题就那么迎刃而解了：河岸有个叫东的村子，有位叫西的女子将要出现在我们面前。开拍那天我们把摄制组的人减了又减，最后只剩下一行四人。

大暑的天气，太阳炙人，在拒马河一个僻静的拐弯处我们迎接了西。

我想到了画家的职业。画家对于裸体女性是熟悉的，在教室里，模特儿们面对手执画笔弄艺术的人，其心态和体态各异：矜持者有；妩媚着自己，努力地模仿哪个大明星者有；眼光充满疑惑且四处乱溜者有。当然也有“浑不论”者，把条胳膊往椅背上一搭，腿一叉——不是给报酬吗？但各种女子的各种坚持，到头来都是以哈欠连天、点头打盹，不顾个人仪容而结束。画家也麻木着不知正在画着何物。

对于西的到来，我也有过多种猜想。

这是一位中等偏高、体态适中的短发女子，细眉细眼两腮透红。她上身穿件宽松针织衫，这宽松不是对时尚的追求，实在是那衫子的稀松。下身穿件淡绿色的肥大短裤，腰间是大针脚拢住的松紧带，一看做工就知道是出于自己的手。她一路揪着山路边的草穗，绕过荆棘而来。待到和我们只剩下一水之隔时，把两只软底布鞋脱下，朝着河的这边“嗖嗖”便扔，人也走进水中了，很快就和我们站了个对面，那双细细的眼睛正在告诉我们——我来了，你们要我做的事，我早就知道了。

我们相互看看，一时不知如何对付这女子了。后来还是我先开口，我把故事大意和她应该做的向她述说一遍，她一下就明白了。“我们也下河洗澡。”她说。

“在这儿？”我问。

“也在别处。”她说。

“你自已？”我问。

“有时也有当块的结伴儿。”她说。

“那么现在……”我说。

“现在下河？”她问。

事情就如此简单，剧务小姐连忙撑开一把伞为她遮挡着脱衣服，她自己早把短裤撑开，两条健康的腿从裤管中抽了出来，我们正处于一片惊喜时，她两条胳膊早在腹前围个满圆去撕扯上身的针织衫了。

我已经否定了我对这位模特儿的种种猜想，在此之前，我们曾把这场戏的要求设想到最低限度，女导演也开着玩笑说，有个“屁股”就行，原来我们正在亵渎着自己。

接下来，是河之女在河里的一连串动作，再后来是河之女在河滩上晒着太阳同远处给马洗澡的男人的笑骂。她做得真实自然，显然已忘却岸上有几双眼睛挑剔地盯着她，忘记那个黑色的怪物（摄像机）正吞噬着她。

我们成功了，确切地说是西的成功。河是属于西的——女人的河。

表演是什么？我问自己。

十

20 世纪 80 年代初，我有幸听过大影星赵丹的一个表演艺术报告。他说他一生只佩服两位中国演员，一位是魏鹤龄，另一位是金山。关于魏鹤龄，赵丹赞扬他在表演上的悟性。关于金山，赵丹赞扬他的英武、潇洒和帅，说金山在一出话剧里为了给自己设计一个形象，一定要服装师给他披一件黑色的大斗篷。披斗篷的金山上场了，场上是一个使他惊愕万分的场面，面对这场面，金山先是一个停顿，接着把斗篷的系带解开，斗篷“唰”的一下飘了下来，于是金山的表演“镇”住了观众。我们请到的西，不俊不帅，原来她已婚，22 岁的年纪，乳房已下垂，腹肌也不再紧绷，但背和腿极好，从背后看去，仍像一位蓬勃的少女，使人想到马约尔和维格兰的作品。她的举止和表演无关，我没有任何道理猜测赵丹面对这样一种“表演”是否也会赞不绝口。

表演学到底是一种什么学问？它应该是教人去如何摒弃表演的学问。把这一理论系统起来且称为体系的，无疑应是俄国人斯坦尼斯拉夫斯基。但至今，这理论仍被一些明星们慢待着，他们热衷于表演“飞扬”。

张爱玲发现，“飞扬”和“安稳”并存于人间。她说有弄文学的人专事人生的飞扬，而忽略人生的安稳。她说：“飞扬多少有超越人生的意味，而人生安稳的一面则有永恒的意味。”

人生既如此，那么专门为这表演人生的表演学呢？

十一

电视观众能否看到拒马河中那个不事飞扬的女子，很难说，摄影机下的片子是要经过一些“关口”，国人的欣赏习惯哪有不考虑的道理。我和导演到底又做了两手准备——从旅游地一个餐厅里又请了几位女服务员，再次演了一遍河之女。在镇上请人做了几件小裤褂，她们穿上这裤褂下河时，都努力拽着衣襟去遮挡自己某些地方，我们也跟她们说了“戏”：在水中推搡打闹，夹杂着被导演启发出的笑声。我们到底又搬出了自己的“锦囊妙计”，到底又走进了那个和形象思维无关的胡同里。

十二

西的戏演完了，一个猛子扎到河里，冲掉沾在背上、臂上的沙粒，在岸上坐着自己的鞋，把湿漉漉的头发拧拧，穿好衣服便忙着回家做午饭了。再过一会儿，当是她带着一身拒马河的气味在灶前闻着柴草的烟味，开水泼进玉米面里的面味，闻着蒸汽冲出锅盖的气味……还有什么味？当是男人回家后的汗味，男人脚上的新土或新粪味。

有了一切真实的气味，人不是才有了真实的归宿吗？

艺术家的形象思维是要靠一切气味激发的，气味有时真能闻到，有时却凭了感觉。

一度消沉十几年的苏联画家苏里科夫，有一天接到列宾寄给他的一个邮包，他打开来，是一包油画颜料。正是这颜料的气味，立刻又使他的形象思维复活，他一举画成不朽的画作：《攻陷雪城》和《叶尔马克》。

西沿着山路走了，只是把一个真实的她留给了我们一行四人，这对于观众对于文艺家们，无论如何是件憾事。唯一能够使自己得到安慰的是，如今拒马河中因为有过西，那一河石头的血液才更鲜活了。

艺术是什么？表演学是什么？文学是什么？你面对着一河石头；人间的一切气味和冷暖；台上台下表演者的“飞扬和安稳”；对于矛盾冲突和一两本众说纷纭的书。但人类在不自觉中又萌生着感觉，就此而言，真实的雪天的寒冷，也就永远赶不上舞台上那些飘落的纸屑。

1995 年 8 月初稿

2009 年 6 月整理再改

发于《当代》1996 年第 6 期

《长城》2009 年第 6 期

女人的河　水粉画　55cm×65cm　1994 年

面对石头

一

小时候，我不知道赵州桥有一千多年的历史，只知道它是座老桥。我的村子距赵州桥五里。

老人们把发生在桥上桥下的事，统称为“老年间”。那些老年间的故事，总是和“八仙”相联系。桥上有柴王推车过桥的车辙印，他的车上有四座名山。还有张果老骑驴过桥的驴蹄印，他倒骑着驴，手托日月星辰。这些印迹留在了由青石铺成的桥面上，成了仙人过桥的证明。看来仙人们决心要对这座桥的承受力进行些考验的，然而，桥是坚挺的，仙人们对它的伤害仅是一些皮毛。

儿时，我常站在桥下上望，耳边还响起与这桥有关的另一些故事，那故事证明着这桥的高大，它高大得任你去想。有故事说，燕子在桥上下了一个蛋，当这只蛋跌落至桥下时，小燕子即破壳而出了。可见那蛋划过了多么漫长的时空。桥面以下的石缝里就住着成千上万的沙燕，它们围住桥上下盘旋，和石头亲近。原来它们早就发现只有石头做窝才是永恒的。燕子们远比乌鸦、喜鹊聪明。我的邻居家有几棵老榆树，树上住几窝喜鹊。遇狂风时，它们的窝常被吹破，喜鹊们便终日忙碌修窝，修窝成了它们的家务。石桥下的燕子们却免去这终日劳顿。它们只需找准家门，离弦箭般的自由出入，围着桥上下盘旋。我没有看到过由上而下跌落的燕子蛋，也没有看见破壳而出的小燕子。却常在燕子们盘旋中踏上桥面，去寻找车辙和驴蹄印，想着八仙过桥时的种种细节：那四座名山（泰、华、嵩、恒）是怎样装在柴王车上的，因为车体的容量和山的体积是存有矛盾的。那日、月、星辰又是怎样被张果老托在手上。但，八仙毕竟是从这里经过的，不然，那些印迹怎么会留在桥上。于是那四座大山便扑面而来，日月星辰正在山间闪烁。

转眼已过了六十余年，我已是一名画家。20世纪初，乡人邀我去参加赵州桥建桥一千四百年的庆典。我又踏上那青石铺成的桥面。此前，旧的桥面已坏，新铺的桥面还新。但车辙和驴蹄印“尚存”。原来工匠们在重修这石桥时，没忘记那个“仙化”的细节，决心使车辙和蹄印再现。只是他们在刻画这一细节时忘了追究它们的合理性，做工显出粗心和不慎。那车辙明显地不符车轮直径的大小，看上去只有童车般大。而对于驴的行走更缺乏研究，步距和蹄子的大小也全然不顾。这是一次拙劣的再现，使人不能由此展开想象。加之几块新栏板不高明的雕刻，大大损害了这桥的神圣感，使人失却了对桥的几分尊重之情，更不会由此再去展开你的联想。我看到，一位大人指着这印迹向一位几岁的孩子说，那就是车辙和驴蹄印时，孩子并不相信，他高喊着对大人说:“哪像呀！哪像呀！”这喊声使人汗颜。

这一悲剧的产生，或许原因众多：设计者的粗心、石匠师傅手艺的低下……其实，这首先应该归结于后来的建桥者缺乏对石头的尊重吧。有史以来，石匠们面对石头做文章，造神、造佛、造庙宇、造神殿、刻碑，也包括了造桥，对石头总是怀着无比的尊重。于是，石匠们一面尊重着石头，心中的形象、偶像便油然而生。之后，人们围绕石头或观赏或顶礼膜拜，才能信心百倍地完成着自己的想象和期待。当善男信女面对自己心中的偶像时，也就很难分清自己面对的是佛是神还是石头。是聪明的石匠把石头“佛”格化了，人们一面尊重着心中的偶像也尊重着石头。

二

凭什么我们异口同声地说，中国历史上真的有过颜真卿、褚遂良、虞世南，因为有石头为证。当你面向他的“真迹”肃然起敬时，也是面对石头，因为是石头印证了书圣们的存在。刻碑匠人在刻碑时，一面小心翼翼地尊重着书圣们的笔迹，也一面小心翼翼地尊重着石头。书圣们的真迹跃然石上，书圣们鲜活起来。

三

人们对石头的尊重并不限于石头的巨作。

小时候，我家在村中属富户，有毗连的院落，有车有牲口，且有长工帮忙劳作。黄昏时长工赶车回家，铁轮大车从门洞底下经过时，车轮都要碾过一块石板。这石板粉红色，门一样大，十多公分厚吧，它被稳定地嵌在门道内，目的是怕车轮久轧门道成坑。这石头，称“过门石”。黄昏时，车轮碾上去，发出“咯噔”一声的共鸣。少时长工卸下牲口，和我们共进晚餐，大家吃着同样的“二八”米窝窝、小米粥、老咸菜。这是一天的结束，那车轮击石的响声便是结束一天的信号。第二天家人和牲口再踏着过门石进出这院落。这类石板，家中还有。它是粮食瓮、咸菜缸的“盖头”。由这石板盖着的瓮内存放着细米、细面，缸内则存放着常年吃的咸萝卜。这是一块圆形的比缸口稍大的石板，动用缸内之物时，大人用力推开，推时因了石板和缸口的摩擦，发出“嚯嚯”的响声，那响声能传至院内任何一个角落。此外，家中还有不少石器，碾磨、牲口槽、猪槽、捶布石、磨刀石……它们各有各的形象和气质，和家人朝夕相处，形影不离。它们虽不如那些偶像神圣，但同样受着人的尊重。一个缸盖，使缸内的细米细面免遭老鼠的祸害，槽类是牲口猪狗进食的食具。而有了捶布石才能使刚织出的布平整贴切可爱。磨刀石预告着一个秋天或春季的来临，而没有碾磨哪来的细米细面……

然而我们那里不出石头，四周尽是黄土。我常想：石头们，你们出在哪里?

时间到了 1946 年，我已是一个 11 岁的少年。这年我们这一带已是“老”解放区。在政府的发展生产、保障供给、鼓励民间生意往来的政策下，各地互通有无。于是便有村人借了我家的大车和牲口在当地买了盐到邢台去卖，家人派我去“跟车”。从我的家乡到邢台有两天的路程。大车南行一天多，地势渐高，车马迂回而上。当牲口又费力地爬上一个高岗时，见一群人正在挖开半壁土山开采着什么。我走下车前去观看，哇，原来有人正在开采红石板。开采者用一根撬杠，把石板一块块撬起，大者如门，小者面积不等。看见它们，我宛若看见老熟人。它们那熟悉的形象，“嚯嚯”的响声，伴着我从一个儿童长成了一个少年。面对它们我久久不愿离去，直到赶车人喊我上车。后来听村人说，再往前走山里尽是石头，什么样的都有。

距此 60 年后，我得知邢台有个英谈村，又称石头村，我专门去看这村的石头。原来一个村子都是这红色石板，从明代建村至今已有 600 年的历史。走进由石板建成的寨门，就开始踏着石板进村了。村中错落的村舍，路边的栏板，天梯般的石阶，尽是石板。即使走进任何一个院落，也尽是石板。街门、地面、墙面、桌椅、井口、灶台，这才是一个红石板的世界。工匠们对这些石板的铺排、剪裁是那样合理、那样别具匠心，不显任何“败笔”。

我们在一个农家吃午饭，突兀的一声巨响——“嚯”。这是一个大瓮被推开了，家人要从中取出细米细面招待我们。这一久违了的声响终又出现在耳旁。这声响不仅唤起了你的食欲，还能唤起你对生活的憧憬和创造的欲望。

四

造石之败笔，是艺术创作中最为遗憾之事了。面对一块石料，败笔是对石头严重的糟蹋和亵渎，这是一种无可救药的拙劣。

我现实的住处毗连我市一座不小的公园，公园里矗立一些“艺术家”们设计、打制的石雕：现实人物、神话故事、象征形象都有，我每天从此经过都觉出它们各自的难堪。为什么艺术家把它们打制得如此惨不忍睹，对于那些古今中外的人物连比例都不讲了，在艺术家的刀斧下，这些人物动作反常、表情怪异。有位小朋友指着一尊被称作古希腊女人的雕像对大人说：“看，大妖婆、大妖婆！”一位年老的妇女用脚踩住一尊卧女的头在系鞋带。几位年轻人用手中剩余的啤酒向一尊裸体女人的私处猛倒……本是洁白如玉的石头上留下的是脚印、手印、痰迹、污渍。难道这只能怪国人的素质低下（当然国人的文化素质确有待提高），若找原因，我仍然觉出是艺术家对于石头缺乏尊重所致。面对一方石头，太随便了，随便得使观赏者也不再有对石头尊重的可能，到头来这些“艺术品”沦落得连原来的属性也不具备了。假若石头会说话，一定会异口同声地说：还不如我们是块石头呢。

我常从一些采石场走过，那里矗立着许多巨石，从无人对它们有任何不恭。采石工人凝望着它们，希望它们成材，希望它们受人尊敬。

五

意大利雕塑家米开朗基罗被米帝奇家族请出，由自己的家乡到罗马去打工。那时的米开朗基罗还不是一位顶级艺术家，但已显出过人的才华了。这位才华横溢、踌躇满志的青年，一次在路过佛罗伦萨一个歌剧院广场时，发现工地上闲置着一块四米多长的石料。这块来自托斯卡纳一个叫拉拉小镇上的巨石放置这里已 20 多年之久。之前几位艺术家都想把它打制成一件作品，然而都觉得不好下手，看看走了。后来米开朗基罗来了，发现这石料中蕴藏着一位体格健美、力大无比的男子，这就是《大卫》。大卫的题材虽然不是米开朗基罗的首创，但他根据这块石料，发现了真正的大卫。在他之前雕塑家们都把这位具有象征意义的男性雕成一个美少年，手提宝剑，髋部歪向一边，有点女气。米开朗基罗决定改变这一形象，把他处理成一位力量和美的化身，因为他是一个弱小民族建立共和制的象征。是什么开发了米开朗基罗这一大胆的形象化的设想，显然是眼前这块四米多高别人不敢去碰的石头。是米开朗基罗基于对这块石头的尊重，展开想象，很快石头的气质和尊严转换成形象，便是后来众人所仰望观看的《大卫》。当你站在佛罗伦萨仰望这块“石头”时，很难说你是看到了什么。是米开朗基罗的手艺？是大卫那通身活起来的肌肉群？是他那炯炯的目光？是力？是美？这些都有。但你无论如何也不会忽然忘记，你驻足欣赏的还是石头。

六

另一位痴迷于石头，怀着对石头无比尊重的感情，以自己的生命做抵押，创造出人类的生命奇观的，是挪威雕塑家古斯塔夫·维格兰。

20 年前我曾写过叫《生命奇观》的文字，赞美过这位挪威的雕塑家。

20 年后我再次来到以维格兰命名的雕塑公园时，发现的是雕塑家在完成自己的“生命”主题时，对于材料选择的不同：他在完成他的前期作品20棵生命树时，用了青铜。当20年后，他再完成他的“人体柱”和围绕“人体柱”那36尊人体雕塑，维格兰要通过“亲人”“家庭”“亲情”来表现人类生活中的“坦诚”，而这坦诚却分明有几分拙笨。维格兰发现只有石头才具有这种品格吧。

青铜是尊贵的，尊贵得有几分自怜。而石头只有坦诚，艺术家要创造一个坦诚的世界只有用石头。

七

我所谓的石头，不包括那些专供人把玩的石头。面对那些大大小小被人搁置上架，打磨精光，使油涂蜡的石头，我常觉出那是石头们的无奈。人，使它们失去了自己的“石”格。

八

我还是喜欢那些散落于民间与人朝夕相处、难登大雅之堂的石头。一次我在河北与山西交界的涞源县写生，在一个农民院子里发现一个石头蒜臼——捣蒜用的石臼，心起“念想”，便托人去买，我在院外等候。去人和主人久谈不下，甚至出了高价也无济于事，后来我再回到院中企图说服主人，才发现主人是把这物件作为宝贝的。细听，他所谓的宝贝不是“古董”之意，而是祖传。主人是一位中年男子，双手紧抱着这蒜臼，面色显出惊恐地在诉说着，他说小时候常见爷爷奶奶用此物捣蒜，继而是他父母。说，每当看到它，老人们如在眼前。这时我再看那石物，那里留存的显然不是三代人的痕迹，而要久远得多，五代、十代也许更多。但这石物实在太可爱了，它那不拘小节的造型，它那柔韧的质地，“熟透”了的纹路，实在使人难舍。最后我还是决定了却此念，告别主人。我想，主人所以对它难舍难分，因为在主人眼里它早已不再是石头，它是一家之魂。然而能成为一家之魂的，也只有石头吧。

九

能成为一个民族之魂的，又何尝不是石头。云冈、龙门、南北响堂……

十

我又想到我家门下那块过门石。

光阴荏苒，风云变幻，仅几十年的工夫，我家那几处院落已不存在。家人也各尽其能流散于域内域外。至 21 世纪初，我才独出心裁，决定在故乡寻回一小块老土，使流散于各地的家人有根可寻。在少费周折后，还真建起了一个小院，这小院虽然才是原先面积的几十分之一。当我真的站在院内闻到故乡那特有的黄土气味时，“贼”心不死竟想再使这小院加以丰富，那么必得有几件老家的器具做填充。于是，我又想到了石头。几位乡人似乎猜透了我的心思，便朝着这小院开始了一个“献石”运动：有人滚来一对门墩，石上雕着梅花鹿，不错，儿时我就常踩着它们攀上门楣掏家雀。有人又抬来一方捶布石，我母亲就是在这块石头上用棒槌捶打，使织出的布服帖平展，现在石面竟光滑如初。几个人送来一只喂牲口的大石槽，这石槽巨大，原本可供三头牲口进食。只因它挪动不便，才逃过了那一年大炼钢铁被粉碎的命运（据称它内含矿石）。之后，半盘磨、两个柱础、一个井口、两只缸盖……也出现在院中，一时间院内成了一个石器博物馆。但，门下那块过门石呢？我心神不定地在思念着。少了它纵有石器百十件，也难使这家在村中“再现”。终于有了消息，原来这东西也是因了躲过大炼钢铁，有好心人才把它在地下一埋几十年。

石板还家了，但它已少了自己的位置，一个小小的少了大门的院落，再无它容身之地。我决定把它带回现居城市“供”在院中，让它成为这院落之“魂”。现在我凝视着这院落之“魂”，终又回到童年，院中的一切也复活起来：又是一个黄昏的开始；鸡在叫着上窝；猪和狗又在为一件事互不相让；风箱响起来；缸盖又发出“嚯”的声响；母亲在招呼全家吃饭了……

你尊重着热爱着坦诚的石头，石头抚慰着你，你实现着无尽的联想、愿望和期待，直到永远。

2008 年 12 月初稿

2009 年 12 月再改

发于《长城》 2010 年第 3 期

作者面对石头（摄影）

绘画的有感而发和形式的确立

提倡绘画观念更新的结果，使许多画家都开始惶惑，即使那些以为自己把观念更新“到家”的画家，仍感心中无数。

虽然有人说过一个画家就是一个上帝，他们的个性、才智都处于散漫发挥的状态中。然而，有感而发一直被那些严肃的画家所重视。

20 世纪 50 年代，苏联文化向中国迅猛推入。当时虽然也强调过艺术的有感而发，但那时，艺术创造规律不适当地强调忠实你所描绘的对象，结果用模仿论代替了有感而发的内核。加之又不适当地强调作品的思想内容，把造型艺术套上文学描写的羁绊，或把本身属于形象思维的文学艺术，用逻辑思维的方法去衡量。这样，写实艺术在一定程度上虽然填补过中国艺术发展的不足，但模仿论也给中国艺术造成呆板的状态。于是 80 年代，中国艺术家在“创作自由”的口号感召下，才终于悟出了绘画观念必须更新这个道理。

我们的祖先在自己的艺术实践中，早已确立了符合艺术规律的观念。目前这一口号的提出，应该是用来提醒一下艺术家重视起我们祖先所走过的道路，在艺术潮流此起彼伏的当今世界，摆正自己的位置。

中国艺术引起西方的真正重视，虽不过一百余年，然而这种中国式的绘画观念，远在彩陶和象形文字出现时，就早已存在了。后期印象主义乃至现代绘画家对中国画的注意，说明了中国绘画观念是极符合现代造型艺术规律的。不论是克里姆特或莫迪利阿尼，都发现了存在于中国艺术中那种深奥的、永恒的形式感。塞尚虽然骂过高更不该用中国方式画油画，然而他自己的绘画观念，却不谋而合地和中国古代艺术也相一致了。

20 世纪 50 年代到 60 年代，由于中国对西方艺术的排斥和对苏联艺术填鸭式的领略，使我国艺术家忽略了东西方艺术家在绘画观念上的这种一致性。到今天却误认为，观念的更新，就是一味地到西方艺术世界里去寻找，而忽略了东西方艺术早就存有相辅相成的这一现实。当然这并不是说，我们就没有必要考虑、研究当代西方美术用来发展自己了。如西方艺术家现在提倡的不拘泥于传统描绘，而重视美术的“拓展”精神，抽象艺术的无境界特点，以及重视绘画思维的创造过程等，都值得我们很好地借鉴。

然而，无论如何，任何一种观念的确立，任何一种形式的出现，画家都不应离开有感而发的。一幅作品能否与观众引起共鸣，有无生命力，也就在于此。是有感而发的创造，还是从形式到形式，观众会一眼看穿。在这里，上帝实际上是观众。

不能把感觉误认为就是感受，就是有感而发。感觉在哲学认识论里属于认识的初级阶段，虽然它是画家认识对象不可少的阶段，但感觉毕竟只停留于表面。如画家对形象的感觉——形象感，只能帮助我们对描写对象外部特征的认识；画家对颜色的感觉——颜色感，只能帮助画家抛开对描写对象固有色的注意，而转向对条件色和调子的注意；画家对空间的感觉——空间感，只能帮助我们增加对三度空间的刻画。但这一切并不是绘画的根本。画家要把对象变成形象，还要有认识上的升华。

认识的升华，哲学家把它分成两个范畴，即逻辑思维和形象思维。如果把许多感性形象加以分析综合，求出每类事物的概念、原理或规律，这种思维形式便是逻辑思维。文艺创作虽然有时需要这种思维，但这不是文艺创作的主要思维方式。文艺创作的思维方式，是要把感觉到的种种映象加以整理和安排，来达到一定的目的，这种思维方式叫形象思维。这种认识的升华，不是由形象到逻辑的转移，而是形象本身的升华。美学上的“移情”作用，大约指的就是这种感觉的升华。这时，艺术家在观照对象时，已由“物我两忘”达到“物我同一”，把人的生命情趣转移到对象里去，使有生命资本无生命的对象，注入了人的更高级的情趣——人情，从而显现出比本来的形象更本质、更生动、更凝练的形象。

中国古典哲学孕育了中国文化艺术，影响了中国文化艺术发展的个性。目前，世界现代科学又开始了对中国古老哲学的验证。他们觉得，没有比中国画的笔墨、颜色特点更符合于形象思维了。直到今天，西方的绘画也没有达到像中国画那样更能发挥画家的个性和意念的艺术水平。许多人认为他们的色彩，远不如中国画的色彩更抽象、更含蓄，更具美学趣味。八大山人决不会同意现代人把他的画用简单的“变形”两个字来加以形容。

近年来，有文章谈到过中国画的悲剧，不承认这种悲剧是不现实的。只是形成这种悲剧的原因倒有待于探讨：正是思维的混乱干扰了中国画的复兴。规定题材、审查草图、加工制作的创作方法，从来就没有成功过，然而今天仍被错误地沿用。把创作误认为就是情节的绘画，把写生和写实人为地分开，更使绘画自身的生命力受到了不应有的挫折。实践证明，这一切都会打乱画家的形象思维，把画家的有感而发的可能性缩到最低限度。

如果“观念更新”是当今中国美术振兴的一个有价值的口号，那么它首先应唤起人们要把我们不自觉失掉了的观念——有感而发的创作原则，重新提到应有的位置，使艺术家的自由创作精神得到发挥。

奥尔斑（奥地利画家、理论家）在问答何谓艺术时，曾提出了一个重要论点，即“创造性”或“自由创作精神”。他把这一特征看作是区别“艺术家”与“画匠”的根本标志。可见从有感而发酿成的“自由创作精神”才是我们要提倡的新的绘画观念的基本核心。当然这并不意味着这个观念的全部。问题到此也并没有结束，下一步应该是这个核心的落点，即绘画的形式。

凡·高的最后几年如果不顽强地生活在法国南部小城阿尔勒，大约艺术史上不会留下凡·高的名字。我们在读凡·高的画时，往往只注意到了他那旋转着的笔触、火焰般的颜色，却忽略了产生这种形式的历史、地理乃至他自己的生活条件。神经质的凡·高好像在阿尔勒才找到了太阳，才找到了在太阳下跳舞的麦田、果树、向日葵，阿尔勒成了凡·高能够有感而发的契机。于是凡·高永远和他的独有的艺术形式联系在一起了。

高更的形式却是在塔希提确立的。他笔下的女人之所以像塔希提的树木一样浴着阳光委身于大地，正是他受了塔希提大自然的感动。他说：“我所以是坚强者，是因为自己本身正创作出某种东西。”“必须把自己的心与灵魂投入战斗。”“我既不是自然的奴隶，也不是邻居的奴隶，我是我自己，始终是我自己。”高更前两句话讲的是由于他能够有感而发而激动，后两句是为他能够确立起自己的形式而自豪。因为他找到了自己——高更的形式。

而毕加索把对象“立体”起来的形式，正是他感受逐渐深入的演变，从他的许多变体画里，就能证实这一点。

我没有读过潘天寿关于从感受到形式的论述，但在属于他的形式里，他常常是把雁荡山的博大无垠和野花的风采巧妙地糅为一体。

俄国戏剧家斯坦尼斯拉夫斯基，总是把寻找一出戏的外部演出形式作为自己导演艺术的最高准则。

奥尔斑对于艺术理论的重要贡献，是他由“自由创作精神”之说，又引申出一个重要论断，即形式的决定性。他说：“能够充分表达艺术家精神的主要在于形式，第一流的艺术杰作总是以形式表达的创造性和真挚性而获成功。”“只有外行才留意绘画中的故事性，他们只要求看明白是什么故事。”有人误把形式称为形式感，甚至又把形式感归结为“变形”。应该说没有不具备形式感的物体，茶壶、茶碗都有自己的形式感，任何一件美术作品也有自己的形式感。而“变形”则是对那种不符合写实标准作品的统称，那含义褒贬皆有。

形式不是指这些，形式是画家潜心经营出来的一种完整的“联合体”。这种联合体是画家的自我抒发，而并不是对象本身的写照。奥尔斑在解释形式时说：“必须不顾物体本身面貌去服从联合体的整体性。”“形式中记载着画家有意识无意识的感情。”

分析一下中国画里的鸡笼，就能找到这种“不顾物体本身面貌”去“服从联合体的整体性”的形式。

中国画论里也最倡导这种“有意识”和“无意识”的感情，即所谓“若不经心，神来之笔”。当然，这也包含了画家的功底、修养、经验和艺术趣味。

应该说画家一生都在寻找自己的形式，然而并不是所有画家都能找到。而对形式的敏感程度，也就成了区分内行外行、高手低手的重要标志了。

如果我们重温一下古今中外大师们的作品，就会发现，他们为了确立自己的形式，总是把那些不符合这种“联合体”的构想，从自己画面中除掉（马约尔除掉的也许正是罗丹要保留的），把那些符合这种“联合体”的构想，小心翼翼地增添进去。对形象、颜色、笔触乃至一些微不足道的细节，他们都严密地进行审视，于是一个新的联合体诞生了。并不是所有画家都能找到自己的形式，也不是所有观众、读者都会为你的形式拍手叫好。

懂得康定斯基、布拉克、达利的人毕竟很少（包括专业画家）。但他们之所以是不朽的，被全世界谈论，是因为他们的形式毕竟和人类历史产生了共鸣。过去我们不懂这个道理，才总是左顾右盼、顾虑重重。因此在艺术上进一步退两步的画家居多。

总是以观众的多少来裁决自己作品的存在价值，实际是自己跟自己过不去。一个民族的文艺复兴，一个画家群体的出现，正是那些具有顽强精神者孜孜以求的结果。这取决于他们在观念上的一致性和寻找形式时又是格格不入的精神。

形式决定着画家的成败，然而形式并不是从天而降的。纵观一下艺术发展史，总能找到可供我们借鉴的轨迹，这个轨迹能使我们自觉地去区别“确立形式”和从“形式到形式”，区别完整的联合体和支离破碎的拼凑，区别植根于感受中所求得的质朴和矫揉。

重视形式的确立，并不是一味地把我们引向西方的现代艺术，而更应该看到我国艺术在西方艺术潮流某种艺术风格的形成所起到的不容忽视的作用。

1987 年 11 月 1 日发于《文论报》

打夜麦　油画　67cm×80cm　1997年

艺术家兴奋点的转移

我愿意和青年画家朋友聊天，他们有的正在独立作画，有的尚是学艺术的学生。我常受着他们的启发，也常为他们使用的语言而疑惑不解，比如艺术的“张力”（有说画面的张力）。我看得出他们常常因了能用这“张力”形容绘画而兴奋不已。我却发现这些物理学中的通常用语，被我们的年轻朋友们用得含混不清。我只知道水遇冷结冰后产生的张力冻裂了水缸；水的变热化作气体，张力推动着壶盖的震动。那么，张力在画面上如何呈现呢？我问着，朋友的回答更使我糊涂。于是在我们的谈话中，张力很快就变得无影无踪，于是我们的谈话还得寻找一个新的开始，寻找一个看得见摸得着的话题。对于艺术我愿意谈论那些看得见摸得着的东西，因为我从中尝到过甜头。我说，你怎样将一个苹果画圆呢（立体的圆），你怎样将人的耳朵画在他头的侧面呢？你怎样将近处麦田的绿色和远处麦田的绿色从倾向上分别开呢？还有，你坐在天空下画写生，天空像口大锅，你怎样把这“锅感”也搬到你的画面上呢？这些看似绘画的老生常谈，原来并不是儿童画班的学生才应遵循的。因为你的职业是要用看得见摸得着的艺术的方方面面去和观众进行交流，你又怎么能摆脱掉圆的苹果、长在头部两侧的耳朵、绿色倾向的差别、似锅的穹宇所造成的一切呢？当然，这一切都是仅就我的艺术主张的整体系统而言，换作另一种整体系统便成了一种偏颇的谬论：耳朵为什么不能长在人的脑门上。毕加索的生命力就存在于他的看似反常的把人的五官的灵活调动，于是立体主义诞生了。

先前，我在学校学绘画，很为我能把苹果画圆而兴奋，也很为我能把几种不同倾向的绿色区别开来而兴奋。这样，画了不少年兴奋便也渐渐失去了。因为别人在称赞我画得“纯熟”的时候，我却感到了单调，感到画面的脆弱。于是我就想，绘画为什么一定要这样。看来我必得去寻找新的兴奋点。这就要多研究一下艺术的本质了。艺术既然是人类交流思想感情，交流审美认识的一种文化，那么你的对苹果一丝不苟的刻画，你那只为在画面上制造空间而对颜色的科学区分，只不过是艺术的一个枝节问题。你要和人类进行这种交流，你必得宏观些看艺术。当你把眼光从颜色关系、解剖关系、笔触、肌理移开，移向中国古代壁画，移向古代石雕，哪怕移到你眼前作为民间艺术而收藏的几个青花碗盘，你才会觉得你以前心胸的狭窄之处。西方造型中的经典所以称作经典，也是因了它引导着你去宏观地注意它的整体，让你忘却那些枝节，或笔触、或肌理、或颜色的长短，还有云山雾罩的张力。再不懂时我们就去看看米勒，看看马蒂斯。黄宾虹也是能引导你去注意艺术整体的一位大师。这时也许你又有些兴奋了，这是为艺术，不是只为那些雕虫小技。

然而我仍主张年轻朋友去脚踏实地明明白白地掌握些科学的造型手段，不要一味地去藐视基本练习，或者把基本练习和创作的概念“掺和”起来对付。要懂得为了画出一个主观苹果，必得应该会刻化一个客观的苹果。因为，一只苹果自有它不同于梨的结构、颜色和质地。我们反对的只是为能刻画出一个客观的苹果而兴奋，甚至沾沾自喜。更反对再去舍弃一个客观苹果去寻求苹果的主观。

我受过属于苏联写实主义的束缚，也尝到过苏联写实主义的甜头。它使造型艺术看得见摸得着了。于是，面对造型艺术，你不再惶惑，你踏实过，哪怕是暂时的。但写实主义的弱点却在于它看得见摸得着的局限性，乃至表面酷似的“虚假”。为使艺术家灵活自由的感悟作为描写对象的真实，我非常赞成学生在画习作时弄出些“错误”来，然后沿着这条错误将错就错地开掘下去，这无疑正中写实主义基础教育中的时弊。但这样做的结果又将面临一个新难题：谁去发现“错”呢？换言之，作者怎么才能发现这个“错”呢？因为发现错无疑是这理论的一个核心。年轻人是非常自信的，当他正在错着时，他却执拗地认为他是对的，而当他在对着时他却怀疑他错了。因此，这又成一件无头公案，艺术不又缺乏标准了吗。由此看来，自觉地去发现自己的“错”，必得先有自觉的“对”做基础，基本训练的目的应该是对于“对”和“错”的循环认识过程。认识当然包括了无休止的实践。我看毕加索的“错误”就是因了他曾经有过正确。他后半生舍去“正确”去经营“错误”，只是为了把对象表达得更本质，更便于和观众做这种感情交流。这对于毕加索是非属莫可的。从这个意义上讲，每个艺术家只能是个别现象。忽视艺术家主观的差异，人为的把一群本是主观的人纳入一个“错”的客观，“错”势必又变成了对。

但艺术和客观对象相比，归根结底是要弄出些反常的。一次我按照严格的写实主义画写生，我自以为画得非常精确了，一个乡间孩子站在我身后说：“画得一点也不好。”我说：“怎么不好？”他说：“你画的树和真树不一样。”我说：“怎么不一样？”他说：“你的树叶太大也太少。”树叶太大也太少当然是一个错误了，但我实在无法画够一树树叶。我的错误是被一个乡间孩子发现的。那时我却以为是对的。许多年后，我又画写生：凝重的山前有两棵嫩绿的桦树，我快速地画着，只用黑白，树像两团乱线。也是一个乡间孩子指着我的速写本说：“这张最好。”我说：“怎么好？”他说：“这张最像。”原来我这次的“正确”也是被一个孩子发现的。我的兴奋点和这孩子的兴奋点汇合了。这就是艺术能和人的感情交流的一个活证吧。尽管能和你展开交流的人是那样少。在这方面任何艺术家也不必有任何过多的奢望。

我非常崇尚“经营”这个词。也许它最早出现于谢赫的“六法”。虽然他只讲了经营位置，但经营还是意味着你已经有了一副明白的头脑，或正确，或错误。经营意味着你懂得了描写的主动。唯有经营才是真正的营造自己。我想，林风眠便是国人艺术家中的经营大师。林风眠的兴奋点不在于他有过早期那幅有着表现主义倾向的油画《愤怒》，他的兴奋点在于他懂得了对于自己内心的经营到绘画形式的经营。于是林风眠兴奋得才有点踏实了。画《愤怒》时的兴奋也消失了。于是他认准一种形式一画许多年，林风眠才成了一个个别现象。

关于艺术(也包括学艺术)的种种说法毕竟都是一家之言。只有一点应该是共同的：便是它符合美学标准的欣赏价值。

1987 年春于保定

1988 年发于《文论报》

空船　水粉画　54cmx79cm　1978 年

往事今事 长话短说

——我与《文艺报》

那年我15岁，从被称作革命摇篮的“华大”来到省会保定，正式进入文艺圈。我报到的单位是河北省文工团。这个新建单位，是由原来的冀中、冀南、冀东几个文艺团体合并而成，被安排在保定大纪家胡同一个老商号的下处内。这个老商号的下处由几个院子组成，院子套院子竟然容纳了两三百人的工作和居住。我被分配在一个院子的一间屋子内，这屋子和当地民房没什么两样，一明两暗，方形窗棂的窗户，屋内还有一盘炕，炕上睡人，炕下“办公”。炕下四边不靠地摆着一张三屉桌，桌上散落着几本书籍和杂志，杂志中有一本叫《文艺报》。这是《文艺报》的第1卷第1期：16开本，淡黄色民间剪纸图案做底的封面，左面竖排着三个红色大字“文艺报”。同志们常坐在桌前翻看，我看到它时已被翻动得成了旧书。

我进入“神秘”的文艺圈，已经是个“一不小心”，专业文艺圈之于我本来就是一个神秘王国。先前，我看过有出叫《白毛女》的歌剧，现在这些演“白毛女”的人就在你眼前，那位就是“喜儿”，那位就是“黄世仁”……在“华大”时，我们也演过一出小歌剧，剧本上印着作者和曲作者的名字，现在这两个人就和你一同排队打饭。那时我觉得能用铅字印在书报上的人物都是大人物，原来我所在的神秘王国是如此的使人眼花缭乱。

我坐在办公桌前也翻看这本《文艺报》，原来这才是一个更高级的“王”的世界。这里用铅字显现的人物可不同于和我朝夕相处的那些喜儿、黄世仁们，他们是茅盾、胡风一级的大人物。原来这些文艺大家、著名演员也不再距我千里之外，他们的高论正直接引导着我去认识我所从事的事业——文艺，我也更“神圣”了。

后来在单位资料室翻看《文艺报》成了习惯。我从这里得知丁玲和周立波得了斯大林文学奖，巴金在朝鲜见到了彭德怀，常香玉为抗美援朝捐了一架飞机，苏联作家爱伦堡来了……借助这一本本杂志，你不仅可以“听到”一些名人的“声音”，了解他们的文艺主张，有时，你还可以借助照片看到他们的模样：茅盾蓄着新中国成立后已不多见的上髭，丁玲披着大花丝巾（俄罗斯的吧）灿烂地笑着，胡风是一位谢顶总显与众不同的中年人，郭沫若、周扬、郑振铎、陈企霞、刘白羽、王朝闻……由于经历不同，各自的气质也不同。有时从中还可以了解到那些“不在位”但名声更显赫大家的足迹：齐白石、徐悲鸿、马思聪、俞平伯、吴作人、欧阳予倩……有位叫冯法祀的油画家后来竟成了我的油画老师。

在我的印象中，那时的《文艺报》这本刊物好像总处于政治运动的风口浪尖，它的编辑部也在不停地更换“主官”，差不多两年一换，有时一年。于是作为年轻文艺工作者的我们，似乎就在《文艺报》领导更换的同时也被卷入一场场运动的漩涡。那时由于自己的“政治、文艺”修养浅薄，常陷于运动的迷雾中。有两位年轻作者刚对俞平伯“红楼梦研究”提出质疑，由此就引出了一场文艺整风。电影《武训传》《清宫秘史》受批判了，我们也必得坐在那张办公桌前守着几本《文艺报》做自我批判。你说你处于迷雾中，不行。你眼前不是有《文艺报》做引导吗？于是你便找到了你那问题的根源。1951年，全国文联通过《文艺报》就向文艺工作者发出过通知，开宗明义指出“在文艺界整风运动期间，《文艺报》为指导这一运动的主要刊物”。

随着文艺整风的深入，我也开始寻找自己的问题。庆祝新中国成立一周年时，领导分配我去画作为游行用的毛主席巨幅画像。当时，参与者共三人。工作开始后，我却被分配去调颜色和只画领袖的领子和扣子。我要求画脸，主画者请示领导后，领导不同意，说我不会带着阶级感情画领袖，怕走了样。我怏怏不乐地只画了一个领子和两个扣子，便表现出对领导的不满。开会时有人提出了我的表现，我才开始认识我的问题，因为我出身高，阶级感情不纯，很容易把领袖画走了样。我做了检讨。

那时我做舞台美术工作，有时帮助灯光组开灯。一次我开错了灯，把红光打在了“蒋介石”身上，蒋身上本应该打属于阴冷色调的蓝光。那束红光应属于英雄和领袖的。这次的问题严重，于是我便自告奋勇地作为重点人供大家进行批判。开会时，一位同志信手从桌上拿起一本《文艺报》，拍打着说：“你也整天看《文艺报》……立场哪去了。”我虚心地接受着批判，以《文艺报》上的精神虚心接受着。

1955年至1960年，我是中央戏剧学院的本科生。在“中戏”的大资料室里翻看《文艺报》，仍然是我的习惯。这5年随着我国政治生活的大起大落，《文艺报》对自己的把握也显得慌忙不迭，时而欢腾雀跃，时而低沉忙乱，有时还会处于被动挨打的状态。一时间，各派势力的刀光剑影，也都可散见于《文艺报》上：丁玲、陈企霞倒了，冯雪峰、艾青倒了，丁玲、王实味、萧军在延安时的老账该清算了，胡风已是一只“死老虎”。有人虽然没有倒，但也常处于摇摇欲坠的境地。谁主张要写中间人物了，谁提出现实主义道路广阔论了……

直到再后来对文艺作品更广泛深入的清点，也像是开始于《文艺报》：从对电影《林家铺子》的批判，到对《海瑞罢官》的大批判。自此《文艺报》像是一只断了线的风筝消逝了。刊停人散12年吧。

在十年政治动乱中，只在我遇到那些曾在《文艺报》上显现过模样的人时，也才想起当年的《文艺报》。1968年，我在“五七”干校遇到和我一起劳动的田间和梁斌。他二人抬着一只大筐，筐里是盖房用的石灰。二人头上都包着羊肚手巾，手巾上脸上都淌满石灰。当时我们在为自己盖房，我是个收砖收石灰的，他们是运石灰的。看到他们二人蹒跚着来交石灰，不由想起田间在《文艺报》上的豪言壮语“让风暴更大些”，梁斌的“平地一声雷”（《红旗谱》语）。那些风声和雷声，此时就像飘浮在“五七”干校这个前不着村后不着店的旷野上空。

12 年没有见到《文艺报》，再见到它已是 12 年之后，那时我从干校回到旧时的省城保定。一次在天华市场闲逛，看到一个旧书摊上摆着一摞旧《文艺报》，大约有几十本吧。我拿起一本看看，封面上有原书主的签名，主人叫夏昊，名字以下还恭恭敬敬地落着名章。每本杂志不卷边，不折角，保存完好。夏昊是谁，我很熟，先前在文工团做演员，是南方人，因为能写，被调到省文联的刊物做编辑。因为能写，1957 年大鸣大放时，写了一篇叫《并非一切都是七级》的杂文，说的是有位剧团领导，级别虽属文艺七级，但文艺水平实在不够七级，且充满指挥欲，还闹出过不少笑话，比如把五线谱叫有线谱，把简谱叫无线谱，在总结会上说：“我们的乐队也有进步嘛，过去演奏用无线谱，现在用有线谱。”有位演员要演一位高层领导，去问这位团长到哪里去体验生活，团长说：“就体验我吧。”夏昊的杂文内容真实，这位团长也就是只让我画扣子的那位。但杂文的发表，使夏昊以污蔑党对文艺的领导为罪名被定位极右派，下放劳改，很晚才摘帽回城。卖《文艺报》当然是他的生活所迫而为吧。我翻动着夏昊这摞珍藏的旧刊物，决定将它买回。但自己现钱不够，便急忙骑自行车回家取钱，回来后摊主收摊了。后来几次寻找，终未得见。我和旧《文艺报》的“交往”历史，随着这次的买书事件也就这样结束了。

停刊十几年后又复刊的新《文艺报》随着新时期到来终于诞生了。

到书刊报亭买《文艺报》仍然是我的习惯。一次一不小心，我在一本《文艺报》中发现了铁凝的名字，她的一个中篇小说获“鲁奖”了，那是 1984 年的事，这又是我和《文艺报》不寻常缘分的开始吧。之后随着铁凝的名字在《文艺报》上的出现，突然间我和《文艺报》的关系更直接起来，竟然见到编报的“真人”了。

那几年，新时期的文学界格外热闹，读者百姓们对作家们也格外看重，由此带来的是出版和报刊业的大繁荣，一时间在家中接待找铁凝约稿者竟成了我家庭生活的一部分。在接待事务中，我的任务有三项：接站、做饭、买烧鸡。骑自行车去接站，让客人坐在后座架上……许多客人都夸过我做饭的手艺，有位女编辑说我炒的洋白菜颜色漂亮得像“塑料”一般。客人离开时送只烧鸡，也算是一片心意。在我们所处的城市保定，拿出手的礼品大约也只有马家老鸡铺的烧鸡了。

一次吴泰昌来了，当时他是《文艺报》的副主编。接完站、吃完饭（那次还买了保定自产的散啤酒），去买烧鸡。泰昌要和我一起逛保定，但走在街上，一不小心他把脚崴了，且崴得不轻。回京后打电话时还说：“铁扬啊，肿得穿……穿不上鞋了。”泰昌快人快语，性情随和，说话稍有口吃。我们年龄相仿，相互都直呼其名，那次他的脚崴得不轻，许久才痊愈。

我自己在《文艺报》的“亮相”是1999年。那年是《文艺报》50周年华诞，报社编了一本大型纪念画册，其中要收录一些与刊物有各种性质联系的人物。在一个栏目内，我便作为“家属”和铁凝一同出现在本栏目内。看到自己的形象，感慨万千，原来《文艺报》把我也当自家人了。

或许因了我和《文艺报》这些千丝万缕的故事，在我所敬重的大型文学刊物中，《文艺报》在我脑海中始终是凸显着的。2000年以后，作画之余，我陆陆续续写了点散文，寄谁呢，首先想到的还是《文艺报》。那时它开辟了一个“新作品”版。我把一篇叫《缅怀纯洁》的散文作为投稿寄了出去。蹊跷的是，很快它的主持人就打来了电话，说：“铁叔，散文收到了，我们准备用。”还夸了我那点文字。原来这位主持人不是别人，是冯秋子。她呀，我接过站，吃过我做的饭，好像也为她买过烧鸡。那时她尚在作家出版社。自此我和《文艺报》的交往，又是一个新的开始，为我后来的写作也带来了勇气。

后来冯秋子走了，走后仍关心着我的写作以及我和《文艺报》关系的延续。于是我便又得到新的编辑、记者的呵护和关心。连我在美术界的活动，也得到关注。很具专业的名编辑、名记者每次都义不容辞地出现在我的艺术活动中。接受赠寄报纸也一直在继续，每每接到报纸，我都郑重其事地翻看每个栏目的文字，说不定还能找到自己。最近我在云南认识了普米族诗人鲁若迪基，在路上急就了一篇《巧遇鲁若迪基》的散文，寄给了《文艺报》。几天后鲁若迪基先看到报纸，打电话告诉我说，他看到了文章，还说高兴地喝了三天三夜的酒，说了一些那篇文章的好话，就拐到了《文艺报》上，说："《文艺报》那可是大报啊……"

大报《文艺报》风雨兼程地走过了它的65个年头，它"平民"了，亲切了。围绕文艺这个难以纠缠的现实，在这里你可以尽抒己见。总有明白人的真知灼见，使你的认识更接近于文艺。

2014年大暑

发于2014年9月22日《文艺报》

贰

那时我在“中戏”

一、闹中取静的母校

“中戏”是中央戏剧学院的简称。

中戏是近些年才有的一个颇具时代感且轻盈的称谓。

我在中戏时没有这个称呼，只一字不落地说：中央戏剧学院或省去中央，说戏剧学院。

那时的中戏尚年轻，几年前毛泽东刚为它题写过院名。它被昵称为新中国的戏剧最高学府。

这个戏剧最高学府坐落在现今的那个老位置北京东棉花胡同（当时只称棉花胡同）。它东临安定门大街，也毗连交道口和宽街，西面就是著名的南锣鼓巷。那时的安定门大街尚是一条低洼的老街，路边没有人行道，人行道的位置是一带土坡，土坡以上常有剃头的手艺人和他的挑子。黄昏后总有个卖馄饨的老者，点起电石灯，馄饨现包现卖。

大学一年级的铁扬（摄影）

拐过去的铁狮子胡同西口路北有一间临街的小平房，住着弟兄三人，也开着一个馄饨铺。传说仨人都是宫里的太监，他们只在晚上开门卖馄饨和排叉，还有不肥不瘦的白切肉。房内前半部有锅灶及两张饭桌，后半部是盘炕，炕上有哥仨简单的铺盖还有一只白猫。白猫安生地观察着来就餐的客人，不声不响。高年级时我们常到这里吃馄饨，它比街上的馄饨做得地道，或许是哥仨在宫里见过世面的缘故。一碗馄饨，一小盘白切肉，两个排叉，差不多两三毛钱。

那时的北京春天多风，遇风天这里便是黄土蔽日。当时我们班上有位山东籍的张姓同学好作“诗”，他写过一首名曰《北京的春天》的诗，并操着地道的山东口音为我们朗诵。诗曰：东风西刮黄土天，对对喜鹊翅难展。路上行人贴墙走，弯背驼腰土黄脸。张姓同学的诗大约就是从这一带得到的灵感。

当时的北京街上汽车稀少。这条街上只有一辆从城北的六铺炕到天坛竖贯全城的大鼻子老式公共汽车，此外很少有汽车经过。班上有位蒙古族叫纳木吉勒的同学酷爱汽车，我受他的引导也常到交道口一带去等待“研究汽车”。半天也许会过来一辆豆沙色的小轿车，纳木吉勒说：“看，帕别达。”帕别达是苏联车，是俄文的单词“胜利”。一阵安静过后，或许还会过来一辆类似的小车，我说：“帕别达。”纳木吉勒说：“错了，这是华沙20，波兰车。”他还会告诉我说，这是帕别达的翻版，是波兰生产的。

学院西边毗邻的南锣鼓巷是一条典型的老北京小街，胡同口把角有个豆浆铺，早晨卖豆浆油条，白天卖豆芽烩饼。斜对面是家国营副食店，卖油盐酱醋、卫生纸和香烟，还有简单的点心。当时的我们早晨赶不上吃早饭又急着上课时，就到副食店去花6分钱买一块自来红月饼，边跑边吃去课堂。后来大跃进了，香烟、点心都要小票了，发到学生手里的小票有限，也就不再有此举动。

顺南锣鼓巷再往北走有家夫妻开的小理发店，夫妻都是把式，丈夫憨实少言语，妻子头发乌黑长相英俊却是位年轻的小脚女人，使人想到这是北京最后一批缠脚族了。她常操着一口地道的北京话，与你边理发边聊天。中戏的男生大都找她理发，只见她一拃长的小脚在洒满烂头发的地上“捯饬”着，问你是哪个系的学生。然后她冷不丁的就会说：“表演系的金乃千刚理完，雷恪生比他低一届。等着吧，日后表演系有的是名人。”金乃千跟我同届，是表演系的高材生，我的毕业设计是苏联名剧《克里姆林宫的钟声》，金乃千就演剧中的一号人物扎别林。粉碎“四人帮”后他在话剧《杨开慧》中演年轻的毛泽东（演杨开慧的是赵奎娥）。雷恪生至今仍活跃于舞台和影视界，已是演艺界大腕，演过一个《懒汉招亲》的小品，给人印象极深。这位缠脚族女士的预测应了验。

南锣鼓巷北口有家小酒馆卖散白酒，临街的窗台凸出一个玻璃框，里面常摆几条干炸黄鱼。黄鱼身上被“片”开几刀，鱼肉被炸得翻卷起来。屋内有几个盖着石板的大缸，客人就以此为桌对坐下来悠闲地喝酒聊天。他们声调悠扬，内容散漫，或讲说着西太后派人从故宫后门骑马出来，到后门桥合义斋买灌肠的事，或讲说着北京姓氏的纷杂。一酒客问：“您姓什么？”另一位答：“我姓的那个姓可稀罕，雍和宫的雍下面加个瓦字，念甕，北京人叫大缸……”我最爱听北京人闲聊像听评书。每次从此路过，都要站下听听。

出南锣鼓巷北口是鼓楼东大街，斜对面有条胡同叫小经厂，那里有中戏的“实验剧场”。我们是和剧场有缘的，常穿越这条南锣鼓巷小街到实验剧场去，或实习或观摩。讲舞台技术的老师把我们领进剧场，站在台口上讲：这里是主台，这里是附台，这里是台唇。从台唇到天幕不应少于15米……后来我们就把自己的设计变成现实，在这个舞台上做文章。

闹中取静的“中戏”，院址窄狭，却是块“宝地”。当时因了它的院址窄狭，曾有搬出京城建新院的呼声。但却被“苏联专家”制止。专家认为：这里极适合做艺术教育，因为它贴近生活。当时祖国建设是尊重苏联专家意见的。再说他们的主张不无道理。后来走出院门从艺的学子们，都体会到身居棉花胡同使自己受益匪浅。

二、院长们

1955年，我考入中戏舞台美术系，5年中我在中戏经风雨见世面。

那时的中戏院内只有三座日式两层灰楼，一座为学生宿舍，另两座为各系的教室。院内尚存一“全”有着紫藤架的庭院，它是院部办公处。操场只有两个篮球场大吧，操场北侧有个餐厅兼排练场的地方供师生们就餐排练，厅内还有个高出地面的“舞台”。每逢开饭时，有位姓陈的学生会主席一手端碗跃上一条板凳发表通知，他告诉大家今天晚上要去天桥剧场看歌剧《茶花女》，6点半在操场集合。6点半了，大家准时在操场篮球架下集合，然后登上一辆卡车去天桥看演出。路上不堵车也少红绿灯，北京的夜风吹着我们的脸颊直达天桥剧场。也许他会喊：今天晚上到交道口电影院看苏联电影《夏伯阳》。我们就会排队穿过棉花胡同到交道口电影院看电影。

那时的中戏屋宇简朴，但学者和专家人才济济，集中着国内戏剧界、美术界许多顶级精英，或任领导，或亲临授课，我所谓的见世面就源于此吧。这时，一个从河北家乡进京的青年，无疑就像进入一个天赐福地，一切都出乎你的所料。昨天你刚从报纸的铅字里得知欧阳予倩的名字，今天欧阳予倩的真人就出现在你的面前。那时院内好像只有一两辆“帕别达”小轿车，作为院长的欧阳予倩从车上走下来，不进他的藤萝架下的办公室，径直向那个餐厅兼排练场的地方走去。他是来参加学校一个报告会的。那时学校的报告会很多，报告大多由学校党委部门来做，比如书记兼副院长李伯钊，但院长要参加，以示对报告乃至报告人的重视吧。欧阳院长来了，拄一根弯柄的木质手杖，步履有些蹒跚。大家都知道，已是六十余岁的老院长正在患着膝关节病，目前正用一种蜂毒疗法做治疗。欧阳院长走上那个不高的舞台，坐下来，报告才正式开始。内容或许是关于“红专大辩论”的，或许是关于一个文艺界突发事件的，比如人所共知的“丁陈事件”[①]。报告结束后老院长总要讲话的，听欧阳院长讲话是大家的期待。我们都知道欧阳先生是中国话剧运动开创人之一，又是

① 1955 年丁玲和陈企霞的政治事件和由此演变成的文艺整风运动。

京剧名伶，20 世纪初就有“南欧北梅（兰芳）”之说。于是在学生心目中欧阳院长应该是位圣贤级的人物，听圣贤级人物讲话应该是千载难逢的享受吧。我们希望他讲讲他的“春柳社”[①]，讲讲他和李叔同在日本合演《黑奴吁天录》的故事。但欧阳院长从来不提当年之“勇”，我猜这或许有两个原因，一是和时局的格格不入，哪有把一个讲红专辩论的报告会引向一个春柳社的道理，再则“中戏”当前的教学是以苏联的演剧体系为模板的，老院长则更需要审时度势。而且他的讲话自有话题，他会另辟蹊径讲“十年树木百年树人”的道理，他一遍遍地告知我们这个在他看来千真万确的真理。尽管这个真理和刚才的报告内容存在着明显的不协和，但老院长还是不管不顾地面对我们这一群青年人发表着自己的心声。这倒使得我们对他有些担心了，那时有很多名人一个出言不逊就可能酿成一个事件。但不知为什么欧阳院长还是稳稳当当地乘坐着她的“帕别达”述说着他那句“十年树木百年树人”的老话，大有一副不谙世事之态。但他并没有因此而卷入什么事件，甚至就在以后不久的日子里，报端还显示了欧阳予倩入党的喜讯，和他的名字并列在一起的好像还有曹禺和梅兰芳。这时你才觉得欧阳院长那个十年树木百年树人的道理也终于在他身上显现。当时党对他的接纳就是他自己以自己的德艺双馨的人格树立起的。在艺术界他就是一棵大树。在

① 1906 年由李叔同、欧阳予倩等留日学子组成的戏剧团体。

当时如火如荼的阶级斗争中，他奇迹般地竖起了自己的人格，之后他还是以个人的人生经验再次告诫着大家这个十年树木百年树人的道理。

曹禺先生是中戏的副院长，也常出席在这样那样的报告会上，会上也常做即兴发言。曹禺先生的发言不同于欧阳院长，要稳妥鲜明得多。在他入党之后，每次都不忘记申明说："我是一位预备党员。"在错综的政治形势面前显出应有的机智和必要的立场选择，不时强调着知识分子学习和改造的重要，这使得当学生的我们常常感到像曹禺先生这样的大师对政治形势常迸发着如此的热情，我们这些后生只有更当如此。曹禺先生带出激情的发言便常激发着我们的政治热情，当时有句名言："榜样的力量是无穷的。"

作为党委书记和副院长的李伯钊常是报告会的主讲人，她的莅临会场使我们对她充满敬仰之情。学生们都了解李院长在中国革命文艺中的地位。远在苏维埃共和国时期，她就在领导着革命文艺了。而后的延安到新中国的成立她都以领导者的身份站在文艺战线最前沿。当时的中戏也许因了像欧阳予倩和李伯钊这样不同文艺经历的文艺泰斗入驻，中戏这个戏剧最高学府的称谓才显得名副其实了。

李院长是以主人翁的态度面对台下听众的，她对时下的方针政策解读是坚定的，不容分说的。她以自己坚定的意志和一位女强人的气度显示着她就是中戏的掌舵人。当然面对这位掌舵人不是所有人都俯首听命的，也有一些不同声音与其相悖。他们以自己对形势的认知，伸张着自己的见解。这局面通常解释为“阶级斗争”，到反右运动之前“乱箭齐发”时这斗争才充分显示出来。后来，这斗争的起因被解释为右派分子向党的猖狂进攻。在我国的政治生活中，出现右派，当然是要进行反击的。

在反击右派的猖狂进攻时，李院长是不客气的，也再次显示出一位职业革命家的气度。那一年七月我所在的班级正在山东崂山画写生，我们也收到了李院长亲自署名的召回电报，至今我还清楚地记得电报的内容，电文称：“为打退右派分子的猖狂进攻，限你班于七月二十五日返回学校参加运动。”她亲自领导着那场如火如荼的运动，连我们这个小小的班级也没有忘记。

运动结束时，在一个只有几百名师生的中戏竟有六十余人被定为“右派”，六十余名“右派”也成了中戏院史上一个难忘的记录吧，也成为李院长在自己的革命史上一个难忘的记录。难怪当距此十年又一场运动开始，中戏又出现大鸣大放式的乱箭齐发局面时，李院长曾表示：反右时我们打了六十名“右派”，这次大不了再打他六十名。但这次李院长错估了形势，几天后灾难却降落在自己头上，她作为文艺界黑线人物被关进牛棚，这是后话。

当时，李院长在学生们的眼中就像一座可望不可及的大山，一块屹立着的岩石，但一旦近距离接触她时，她却是一位有血有肉待人真诚的长者，当然她处事自有原则。

1958年“大跃进”举国上下各行各业都有“放卫星”之说。“放卫星”也就成了在校学生的争先恐后的豪迈举动。此时我和另一位同学倡议要创作一幅长征题材的油画向国庆十周年献礼。打算画两位红军女兵星夜在河边露营的情节。为了向李院长汇报，也是为了向李院长咨询一些长征中的细节，由我执笔向李院长写了一封信。几天后李院长便回了信，为此事她密密麻麻的竟写了三页纸。在信中她否定了我们的创作计划，理由是我们距离那时的生活太远，建议我们画现实题材，画轰轰烈烈的“大跃进”，还用很大的篇幅谈了深入生活的重要。李院长语重心长地说服了我们，我们也才意识到了自己的不自量之举。李院长的信，写得语重心长，字里行间充满着对两位学生的爱护。信是用稿纸写成的，每个字都写得十分工整认真。

1959年我做毕业设计，学校为向新中国成立十周年献礼，决定排练苏联名剧《克里姆林宫的钟声》并由我担任舞台设计。演出前要做海报和节目单，班主任齐牧冬要我找李院长题写剧名。我去了，我在办公楼里李院长的办公室门前心跳着敲开了她的门。她正伏案写着什么，看我进来放下手中的笔，问了我的名字和来意，我告诉了她。但我并没有向她说明我就是向她写信的学生之一。她想了想说：“告诉齐牧冬，我写不好字，我得练习练习。”然后又问我，齐牧冬为什么让我去找她。我对她说，我是这出戏的舞台设计。李院长以惊异的眼光看着我说：“这个任务可重大。你知道我们今年的献礼剧目有哪些吗？有梅兰芳同志的《杨门女将》，芭校的《天鹅湖》，还有乐团要演贝多芬的第九。我们的戏是和这些大师这些经典齐名的啊。你的任务可大哟，大得很哟。”李院长用浓重的四川话一再强调我的任务之大，后来我忘记了我说了些什么，大约我告诉她我是在指导老师的指导下工作，对于自己也是一次重要的锻炼。

两天后，李院长的秘书把题写的剧名交给了我，用毛笔写在一张中戏信笺纸上，她并没有署自己的名字。我把信纸交给齐牧冬请他过目。齐牧冬又让我去找李院长署名，我又敲开了李院长的门说明来意，她说："为什么要我署名，这又不是我的剧作。”她否定了齐老师的提议，然后又问了我演出前的准备。作为学生，我将所了解的一一向李院长做了汇报。她一再强调这是苏联名剧，再次用四川话强调着：“你的任务大得很哟。”

后来《克里姆林宫的钟声》在民族宫礼堂演出了。李院长陪同周总理来看演出，上台接见我们时，还专门对我说了两句鼓励的话。从李院长的表情看她对演出是满意的，但很快我们又遭到了李院长的批评。事情是这样的，几天的演出已结束，演出部门负责人在兴奋之中带领全体演出人员到西单同春园饭庄吃饭祝贺。此事被李院长得知后便在一个文件上做了批示，她写下“此风不可长”五个字。可见那时，有觉悟、有节约意识、作风廉洁的领导就意识到“此风不可长”了。李院长是一位清廉的领导。记得她曾在学院内贴出大字报要求把自己的文艺二级待遇降为文艺三级。此举曾在文艺界作为佳话流传。

三、教授们

面对几位名教授，我们倒有眼不识泰山了。

当时任教于中戏的老师，来自两个方面，学生对他们的称谓有一个约定俗成的习惯：对于来自解放区的老师称“老师”，对于来自国统区的老师则称“先生”。于是先生和老师在学生心目中也便有了区别。老师仿佛是中戏的主人，而先生似有客人之嫌。客人，革命阵营的同路人吧，也有几分统战的意味。先生和老师的风度也有自身的区别，先生穿戴不大合乎时代，说话谨慎，对学生也多几分和气。而学生也不去追究他们的经历和艺术成就。直到我毕业后，了解了一些中国现当代艺术史的发展的细枝末节时，才觉得我们无论如何是愧对了这些先生的。谁能想到孙宗慰先生原来是徐悲鸿的高足，20 世纪二三十年代就是一位中国石窟艺术的研究者了，其足迹曾遍及麦积山和敦煌。或许由于此因，在一定时期他的油画在画界并不显“热闹”。也许由于此，孙先生教我们油画时大多时间也显出些心不在焉。他酷爱聊天，聊笔墨、聊颜料。

孙先生来了，穿一件过膝的大外套，两边配以簸箕大的口袋，头戴一顶狐狸皮的高帽，乌黑的上髭挂在一副清瘦的脸上。班长喊过起立，孙先生也不向同学们问好，对我们眼前画架上的作业也并不热情。他面对窗外静默一会儿，操着一口南方口音的普通话说：“谁知道中国的毛笔有几种？”我们低头作画无人回答，当然，我们确也不大了解毛笔的事。孙先生又问：“谁知道羊毫和紫毫有什么区别？”还是无人回答。“那么七紫三羊呢？”孙先生又问。当然还是无人回答。孙先生则说：“当然，不知紫毫怎知七紫三羊呢。”接下来孙先生是要把他的问题决定做一番解释的，他说：“羊毫，顾名思义是羊的毛，羔羊的毛，山羔羊的毛。而紫毫指的是黄鼠狼的毛，有的地方叫黄鼬。黄鼠狼尾巴上的毛，尾巴尖上的毛。选紫毫要在三九天，一只黄鼠狼的尾巴上只能选七根，多了不行。为什么只选七根，那七根最有韧性，最有弹性。可七紫三羊可不是指的这七根，说的是羊毫和紫毫的比例。就是七分紫毫，三分羊毫。这种笔用途最广，或绘画、或书写都可以。”这时，只见孙先生从大口袋里摸出一支香烟点着，微微咳嗽几声又说：“那么单纯羊毫呢，羔羊的毛。它绵软，适合国画的渲染用，勾勒不用。而这些和你们手里的笔没关系，你们的笔是什么毫？”终于有人回答，有人说是马尾，有人说是马鬃。孙先生说：“都不对，是猪鬃。猪鬃为什么是白的？漂的，漂白的。纯正上好的油画笔是哪家的，是李福寿。看看你们的笔杆上有没有李福寿三个字。”我开始观察手中的笔杆，果真有李福寿的字样。孙先生又说：“凡是没有李福寿字样的，假的，扔掉，尤其还标有哪家制笔社的，制笔要家传的手艺。合作社不行。”

孙先生是不相信合作社的，因此也出现过麻烦。那时正是人民公社的时代，人民公社也是个大合作社吧。孙先生在另一个场合也走嘴说过类似的话遭到过批判，从此他以养肺疾为名，不再出现于我们的教室。

当然孙先生的学问不仅是毛笔的学问，教学自有套数，平时开口随意，一旦接近油画主题，平凡的道理使你终生难忘。他讲的是作画的方法和技法，不是从概念到概念的“学问”。比如他说到油画的用笔时，他主张画横着的东西要竖着用笔，画竖着的东西反而要横着用笔。他讲油画像浮雕，远处要薄近处要厚，用笔画不厚时要用画刀。这些点点滴滴的作画规则，使你觉得作画到底有了可操作性。当今的油画教学，大概没有人再讲这些有操作性的只言片语，大家都在热衷讲观念，常使得学生对艺术摸不到头脑。

李宗津是另一位被称作“先生”的“先生”，他是在中央美院定为“右派”后被调中戏的。我们接触李宗津先生更是存有矛盾心理，知道他在新中国成立后，画出过不少经典油画，但又风言风语听说他在国统区时曾为蒋介石画过肖像。或许李先生有此经历的原因，在课堂上说话就格外谨慎，他不聊天，不说笔墨纸砚，不说合作社的长短，只说眼前的事。眼前的事是油画，我们正在画油画头像，颜色不得要领，颜色在画面上一片混乱。李先生教你方法，可立即生效。他告诉你，人脸上的颜色分三段，额头、面颊、下巴。三段的颜色各有倾向，额头的颜色不能画在下巴上，下巴的颜色也不能上额头，而颧骨和两腮也有自己的颜色倾向。他让你细心观察。果真，李先生的人像三段论在我们手下立即生效。又如，李先生告诉你油画的颜色不能乱调，两种以上的颜色不能调在一起。李先生和颜悦色地告诉你："要脏的。"说时脸上发着红润的光泽，像个可爱的胖大婶。

胖大婶似的李先生在"中戏"时间不长，便去了电影学院，后来遇上"运动"下放河北保定农村改造，当时我身居保定，空闲时李先生常来我家做客，原来李先生是位最爱闲聊的人。在我家一起吃着粗茶淡饭，天南海北地聊着说："我那时教你们，不敢多说话，耽误了你们的大好时光。其实画好油画不只是人脸上的三段论。"

两年后，李先生回城，我去看他，他住在北大燕东园那几栋别墅内。李先生常摆出几块小点心，煮好红茶款待我，显得非常"绅士"。每次谈到在中戏教我们时，都遗憾地说："我没有教给你们什么，我怕言多有失，我可不能再犯错误了。"那时已是20世纪70年代中期，政治空气已显松动，艺术家们也有了相互走动的可能。一次我带女儿铁凝去北京东城总布胡同看好友潘士勋，潘士勋提议要为铁凝画像，便联系了同院的侯一民和邓澍。我便也想到了李宗津，李宗津接到电话就赶了过来，地点定在侯一民家。那天潘士勋、蒋采萍夫妇，侯一民、邓澍夫妇和李宗津先生齐济一堂，画着画聊着天。

不知为什么那天李先生画得很不顺手，他找侯一民借一种颜料，侯一民画箱里正好没有。他又找潘士勋，潘士勋也没有。一时间李先生显出十分沮丧。这时我又想到李先生对调颜色的苛刻要求，那次在我的印象中他显得十分疲惫和不快。不久我便得知，他得了一种不治之症，直肠的手术使得他不再活跃。几个月后我去看他时，他已卧床不起，胖大婶似的面容已不再，他拉着我的手说，也许这是最后一次见面，你的艺术道路还很长，艺术不一定是非此即彼，我讲的那些只言片语也都是相对而言，不应耽误你们对艺术的认识，我不愿做误人子弟的教授。不久我得到李宗津先生去世的消息。

周贻白先生是一位研究中国戏曲史的学者，20 世纪初就已奠定了他在戏曲史研究界的地位。据我所知，当时研究戏曲史的学者为数不多，周先生之前大约只有王国维和日本一位叫青木正儿的汉学家。之后对戏曲史有过专著的大概只有周先生了。

周先生是位有着平民风度的教授，不高的个子，一张南国农民似的脸，课上课下都十分随意，课间爱和学生聊天。一天下课后他突然问我："舞美系的吧？"我说："是，舞美系三年级。"周先生说："走，跟我到家里去一趟。"于是周先生在前抽着烟，我拘谨地走在后面，来到他的住所棉花胡同 22 号。进门不远便是周先生的房子。棉花胡同 22 号是个院子套院子的大宅院，住着中戏几十位先生和老师。周先生把我领进屋指着窗台说："看，下雨淋坏了，帮我修饰一下吧。”原来他指的是一排民间泥人，无锡的吧，或许还有河北新城的。周先生一面说着，一面把那些被雨淋坏了的泥人收拾起来，装进一个纸匣，又不容商量地交到我手中。我接过来说：“我试试吧。”周先生说：“看说的，舞美系高年级，区区小事。”后来，我回到宿舍用水粉画颜料一件件为周先生修饰好，送回他家中。这次，周先生先请我坐下，又为我泡好一杯龙井茶，拉家常一样说起他的业余爱好。原来他酷爱收藏，而泥人不是他的重点，他收藏香烟画片。

香烟画片是香烟盒里和烟盒一样大小的画片，画片论套，比如梁山一百单八将，画片就要一百零八张之多；比如民间的三百六十行，就要有三百六十张；还有其他名堂内容的都成系列论套，比如金陵十三钗，八仙……这个看似简单朴素的收藏实际需要付出许多精力，当然还有经济上的付出。比如要收藏一套梁山一百单八将要买的香烟就不止是一百零八盒，其中重复的有许多。我在周先生家中放松地喝着龙井茶，周先生把他的收藏一套套为我摆出，脸上现出天真和欣喜。

有一种丝织的画片卷在桶装香烟桶内。比如一桶香烟应装 50 支，它只装 49 支，余下一支的空隙，由卷起来的丝织画填充，这种收藏当是这类收藏中的珍品。周先生告诉我，新中国成立前他的著作版税和月薪几乎都用做这个小小的收藏了，而对于他的收藏，他始终没有圆满，他说在他的那套丝织的梁山一百单八将里至今缺少一张晁盖。由此他又谈到这是生意人的生意经，他说这些点子都是外国人做成的，好聪明啊。后来解放了，外国人走了，他的收藏也就中断了。“就差一张晁盖。”周先生遗憾地说。

听周先生讲戏曲史，从隋唐时代的歌舞、乐优到元曲，再到清代的徽班进京，也了解到香烟盒里还有诸多故事。然而周先生在课下却很少谈到戏曲，只有一次他讲完《窦娥冤》，下课后我对他说，小时候看村中舞台上唱河北梆子《窦娥冤》，待到窦娥被问斩时，舞台上有个光膀子的男人手持一面卷着的布旗登上桌子，开始摇动手中的旗子。只见布旗慢慢展开，许多纸屑从中飘出，宛若大雪纷飞，当时是三伏的天气，我只觉得分外寒冷。周先生说：“聪明，聪明，大聪明。他制造的是舞台气氛，你感到的是舞台气氛对你的感染。”

后来我毕业了，没有再见到周先生。只听说 1966 年在运动中他住牛棚挨批斗的事，其中有项罪名称他是一位腐朽的封建文人，从他的收藏中便可证明。后来他的收藏被抄走，不知落于何人之手。

四、老师们

李畅老师是中国第二代舞台美术家，确切说应该是一位剧场专家。在 20 世纪 50 年代初，他就和另一位老师齐牧冬为舞台美术著书立说写出《剧场与舞台技术》一书。他凭着新中国成立初期随国家的一个演出团体赴东欧演出的机会，考察积累了许多现代剧场的知识。此前，我国的剧场还都属于“戏园子”：舞台突出在观众席内，观众从三面看戏。而现代舞台俗称为“镜框式”，舞台要有一定深度、高度和宽度。凡此，大约都是李畅先生第一次著书立说把现代舞台介绍到中国的。

据了解，李畅老师出身名门，是晚清时哪位政要的后代，这就增加了李老师在“中戏”的几分神秘色彩。那时，他风华正茂，服饰整洁，留平头，骑一辆苏联产的“加瓦”大摩托，风驰电掣的出入院门。在我的记忆中，当时“中戏”的机动车只有大卡车一辆，“帕别达”小轿车两辆，再有大概就是李畅老师的“加瓦”了。当院内出现摩托的马达声时，大概就是李畅老师来上课了。只见他把摩托停在南墙根自行车棚，点一根烟吸着，带着几分潇洒几分自信向教室走去。

在课堂，李老师仍然不停地抽着香烟（恒大牌），口气随和地为我们讲述剧场知识。或许是他那种潇洒随和的风度所致，我们都喜欢听他讲剧场。剧场本是一个方匣子似的死物件，但李老师显然是要赋予它生命的。凭他对世界的认知，举出国外成功的演出为证例，说明现代剧场之于演出的重要性。他说：“你们都是未来的舞台美术家，你们施展本领的阵地，是剧场，是舞台。”

但正是因了李老师的言语随和，能调动起学生兴趣的特点，才使得他与那场如火如荼的“反右”运动发生了联系。他乘当时大鸣大放的时机，决心要为舞台美术争一争地位。

此前在戏剧界确实存有“舞美”缺少重视之说。也与另一位舞台美术家组织了一次师生大会，大会会址就设在中戏办公楼四楼的小礼堂内，大多数同学和老师都参加了那次大会。但不久反右开始，师生大会被定名为反党反社会主义大会，其“首恶”分子便是李畅。从此，李老师被多次批斗后发配外地接受改造。从此中戏院内便不见了李老师和他的“加瓦”大摩托。再见到他时已是我毕业二十年后，那时他已被摘帽解放，又回到中戏。我见到他时，他正和齐牧冬老师一起设计话剧《杨开慧》，奇怪的是岁月的磨难在他脸上没有留下任何痕迹，还是20年前一样的平头，还是那副潇洒随和的举止笑容，桌上还是那包恒大牌香烟，给人感觉他的大摩托一定还在。我问李老师还记不记得我，他抽着烟笑笑说：“铁扬，我知道你去了河北。”这时，他一面画着他的设计图，一面问我在河北的经历。我一面回答着他的问话，一面注意他手下的设计，发现他手下的设计显然是用了一些现代舞台的手段的。我又和他谈到他灌输给我们的那些舞台知识，他风趣着说：“铁扬，别光听我的，我那点知识有限，兜里装的都是棒子面，以后要看你们的。”

不久，我应调回中戏，竟和李畅老师搭起了“伙计”。我们为一家剧院绘制布景，此时已有了报酬之说，李老师、我，还有一位刘元声（之后的舞美系主任）。任务完成后，三人共得报酬300元，李畅老师提议先去东安市场东来顺“涮了一锅”。席间，李老师一再把他的学问形容成棒子面，如此说来我便想到，以李畅老师为例，在我国知识界自称为“精英”中，口袋里只有棒子面的就不在少数了，可惜谁又有勇气证实自己呢。李老师别有风趣对自己的描述，倒显出自己的“不俗”。

齐牧冬老师风度不似李畅，是一位对人对己都非常严格，行动也显低调的老师。他常骑一辆锈迹斑驳的老自行车来学校，穿着也不修边幅，在课堂，爹着一双粗糙的大手，为我们或讲课或改画，这使人常想到他的出身经历。后来我们了解到齐老师确实出身寒微。另一位和齐老师同乡的李松石老师说，齐老师少年时，在腌菜店学徒，盐水把他的两只手和两条胳膊泡得通红，这是真的。齐老师并不隐瞒自己的出身，他不止一次为我们叙述他的经历。也就是在他盐水泡手之时，他就是一位美术爱好者了。后来又是以一位业余画家的身份进入美术行。抗战开始，曾参加由地下党领导的演剧队，为抗日将士演出并辗转赴南洋。他做舞台设计，写标语，画宣传画，还做过演员。新中国成立后，他是作为有经验的舞台美术家进入新中国的新文艺团体的。《白毛女》在北京首演时，他便是设计者之一。后来又作为青年艺术团的成员赴东欧演出，考察东欧的剧场及舞台美术。这为他成为一名舞台美术家奠定了基础。后来他又被公派留苏，接受了正规的苏派的艺术教育。回国后，他的两部芭蕾舞剧《天鹅湖》及《海侠》的设计证明着他已是成熟的画家及舞台美术家了，也奠定了他在中国舞台美术界的领军人物的地位。我作为中戏的学生，能在他的指导下学习，无论如何是一件幸事。

我和齐老师近距离接触有两段时间，一次是他留苏回国担任我的班主任时，此间曾指导我做毕业设计《克里姆林宫的钟声》。当时我对于苏联的了解是幼稚有限的，而齐老师因了他的留苏经历和对俄罗斯艺术的深入了解，自然就成为我的真正指导教师。他指导我去了解苏联十月革命后，又提醒我要了解剧中所涉及的所有地点和地理位置。比如剧中一再提到“克宫”的伊维尔斯基门是该宫的哪个门，而那个嵌有大钟的斯巴斯基塔在哪个门上。他告诫我一个舞台美术家做设计，若不了解这些起码的知识，设计就无从下手，余下的问题才是你的设计所把握的风格。并一再提醒我一个舞台美术家怎样把你学到的造型基础运用到设计中来。苏派的设计是要求绘画性的。就这样，我在齐老师的指导下，兢兢业业地完成了该剧的设计，其收获也是终生难忘的。后来这出戏作为新中国成立十周年的献礼剧目公演。当时作为献礼演出的还有芭蕾舞团的《天鹅湖》、梅兰芳的《穆桂英挂帅》和贝多芬的《第九交响曲》。

70 年代中期，已停课十年的中戏复课，齐老师提议我回校任教，还约我合作为中国歌剧舞剧院设计舞剧《文成公主》，并提议由我执笔。每次工作结束，他都约我到他家棉花胡同 22 号去吃便饭。齐老师和他的夫人胡青住在 22 号一个角落的平房里。屋里很拥挤，几张留苏时的习作遮满了墙壁。作为广东人的胡青很会做菜，几样简单的食材她也能翻出些花样，我们围坐在一张不大的圆桌前就餐，被四周的书柜和画作包围。齐老师爱喝酒，当时北京尚缺啤酒，在一些酒店里只有散装啤酒，齐老便让我骑上他的自行车提上茶壶去找酒。我"转"来啤酒，齐老师不相让不敬酒，先为自己满上。他喝得十分香甜。他爱酒也珍惜酒，一次我从河北回北京时为他带去两瓶地方产的刘伶醉，齐老师倒酒时不小心碰倒了酒杯，一杯酒洒在桌子上。他心痛至极，忙低下头嘴对住桌面把洒了的酒吸干净，此举给我留下了终生的印象。他使我想到齐牧冬到底是一位平民式的老师，而这时他已是知名教授。平民——是少虚荣的吧。

我知道齐老师是希望我成为一名像他一样的舞台美术家的，他提议调我回中戏并同他一起做设计就是证明。然而他也发现我对舞台美术不思进取却迷恋着绘画，这导致我再次辞别中戏回河北做专业画家。一天我去棉花胡同22号向他告别，他直截了当地对我说："我不勉强你。做画家也许对于你更合适，我期待着你的画。"那天我又骑他的自行车去交道口打了散装啤酒，胡青做了一条鱼。

和齐老师分别十年后，我在北京中国美术馆举办我的个人画展。齐老师把中戏所有可召唤起来的师生召唤起一同为我去祝贺，我也把那次的展览作为向母校向齐老师的汇报。我牢记着他的一句话：我期待着你的画。

张重庆老师只大我三五岁吧，我入中戏时，张老师刚从中央美院毕业，从我二年级时起担任我们的油画课。张老师给我的印象是潇洒倜傥，一表人才。我的第一张油画就是在

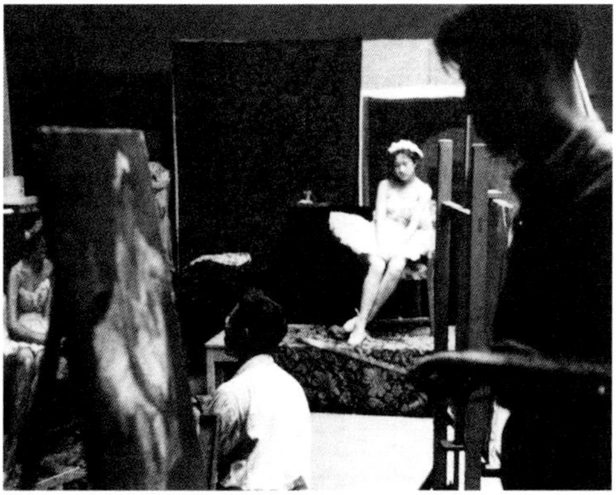

在中戏画室　右一为铁扬（摄影）

他的指导下完成的，画了一只砂锅和三个苹果。他告诉我们油画颜料在调色盘上的排列顺序，亚麻油和松节油的不同以及油画的起稿和完成的过程……张重庆老师应该是我的启蒙老师，于是在他的指导下，我开始闻着松节油的迷人气味开始画油画了。这一闻就是大半生。

1957 年暑期，就是张重庆老师把我们带到青岛，带上崂山画写生，在接到李伯钊院长的电报后又带我们返校的。

张老师是青岛人，家住青岛黄县路一座独立的建筑内，建筑算不上别墅级，但小巧紧凑。我们在青岛写生期间曾随他沿七高八低的黄县路进入这建筑。原来在一间小巧的起居室里竟悬挂着一幅小油画原作，画的是中国北方一座小城的街道。张老师告诉我们那是一位外国人的作品，是他的父辈买来的。我第一次看到外国人的油画原作，竟是在青岛张老师家中，由此可想到青岛这座有着殖民色彩的城市，各种文化在此交汇着。有谁能想到在黄县路这座小楼内竟蕴藏着外籍画家的油画原作。青岛，各种文化的交拥，还有著名的青岛啤酒。我也是第一次在张老师家尝到啤酒的味道。

这年7月，我们在张老师的率领下画完青岛的海滨后又赶往崂山。在崂山，师生住在一幢白俄留下的大别墅内，吃着新鲜的鲅鱼。晚上张老师和我们一起躺在别墅的阳台上，望着满天星斗听他讲老青岛的故事。作为青岛人的张重庆熟悉崂山的每个地方，那次的崂山写生，我也才真正体会到油画写生的意味。可惜好日子不长，几天后我们便接到有李伯钊院长署名的那封召我们回京的电报，也就是在这座别墅的阳台上，我们全班列队郑重其事地听了张老师的传达。对此张老师自然是有些遗憾的。他读完电文把它叠起来对我们说："走吧，同学们。"我们相互看看，已觉出这是一纸不可抗拒的指令。第二天便踏上了回京的旅程。

那时一起在崂山写生的还有王宝康老师，当时他尚在列宾美术学院学习，他曾和我们一起架起画箱，面对崂山为我们作表演式的示范。他还把女模特儿摆在阳光下，在画布上魔术师般地安排颜色的明暗系列，每一笔都启发着我们对颜色的认识。回校后又听过他的专题讲座。可惜王老师回国后在1966年那场运动中受尽折磨，自缢身亡。至今中戏教学楼里还陈列着他的几幅作品，其作品在那里仍属上乘。

五、同学·朋友

在中戏我对油画的认识，还得益于我的一位同学好友。

他叫程珣，也是青岛人，他和我一起入中戏，但他和我这个“村人”出身完全不同。就在我不知油画为何物时，少年时的他和他的一位哥哥早就坐在青岛海边用英国油画颜料画写生了。之后，俩人就在家中的客厅里举办“画展”。后来他当过兵，去过朝鲜，再后来考入中戏。马蒂斯、马奈、莫奈这些名字，我就是从他那里第一次听到的。

我说的朋友，不光指情投意合，在艺术追求上兴趣接近，还包括了相互信任，直截了当的提醒，不加掩饰的指责和不加掩饰的袒护，乃至各自的无条件的忍耐。

我和程珣从大学一年级开始，就一见如故。课余时，听他讲述他那些“洋故事”；星期天一起到东单裱褙胡同徐悲鸿先生家临画；一起为中国自然博物馆画“大恐龙”巨幅油画，并用所得的报酬买了一架旧留声机。然后资料室借来成套的78转的老唱片，贝多芬、舒伯特和“老柴”，一张张从头听到尾。听着不“过瘾”时，就再掏钱去买真正音乐会的门票……对于这些洋东西，程珣比我内行，他会哼电影《魂断蓝桥》中的插曲，还哼《双头鹰进行曲》。1958年，我就是和程珣一起联名给李伯钊院长写信的。

三年级时程珣爱慕一位表演系的女生，爱得神不守舍。一天他得知那女生正生病在宿舍，便从锣鼓巷副食店买来“小人酥”让我去送。（这钱也是画“恐龙”的稿费。我管理着这笔200元的“巨资”。）我义不容辞地提着这包糖鬼鬼祟祟地敲开了这女生的门。那女生正躺在床上，看到我的到来当然知道是程珣所遣。她坐起来，打开纸包，把糖抓起来便玩。这些漫不经心的举动，给我留下了很不好的印象。她漫不经心地玩着糖，问了我几句“不着调”的话，我便觉出这女生的不可爱。但回来后我没有把我的感觉告诉程珣。果真我的感觉不错。原来那女生爱的不是程珣，而是表演系一位男同学。毕业后他们一起去了南方的一个省。程珣是单恋。那次程珣的“失恋”对他打击不浅，唱片也不听了，《魂断蓝桥》也不唱了，课堂上也很显懈怠，晚上他躺在床上辗转反侧。但是不久程珣又要恋爱了，家中为他介绍了一位朋友的女儿，这女士在中央音乐学院学钢琴已毕业，留附中任教。初次见面定在程珣的哥哥家。哥哥住东四十条一幢宿舍楼里。程珣邀我同去，我去了。全家陪这位女士吃了午饭。告别时，我和程珣把她送到门口的电车站。女士上了车，车开了。程珣却叫住了我，他不顾来往行人，对我厉声地说：“谁叫你出来送她的。你想干什么？”我被这突如其来的质问惊得发呆，无言以对。然后我们步行回校，一路无话。我想，这就是朋友吧。

这女士给我留下的印象是，很稳重、很成熟。牙齿又白又整齐。

毕业后程珣留校和这女士结了婚。结婚时我已在河北，程珣却来信邀我去参加婚礼。信中说：你不来，我怎么结婚。我又想到“朋友”这两个字：我不去他怎么结婚。去时我想买点东西带去，但无任何东西可买（正是1960年供应匮乏时）。最后只在我所处城市买了半斤醉枣，有个农民在黑暗处偷着卖。但就此拿到程珣的婚礼上，已属上乘。主人只有半瓶老果酱加水稀释成的“酒”。

程珣婚后好景不长，因在政治上的一连串遭遇，被开除教职，下放西北。妻子却也跟去了，不久婚姻结束。据说，此前程珣曾被诊断出神经系统有毛病。之后的程珣退休至青岛。有一年我去看他，他住在海边由一堆碎石砌成的房子里。房内有碎石砌成的炕，旁边还有碎石砌成的炉灶，炕上却铺着一张军用毛毯。（我认识这毛毯，是从朝鲜带回的。）炕以上竟挂着几块空着的油画布。我进门后程珣没有任何寒暄和热情问候，便站在炕上，头顶住屋顶指着那几块空画布说：“其实油画不用画，你面对空画布上面什么都有了！”我想，程珣的神经莫非出过毛病?

程珣请我吃煮面，却是另一派景象。他捅开炉子煮面，同时从炕上一个木箱子里取出两只地道的西餐大盘，两幅银质刀叉。又以那木箱子为桌，还铺上一块挑花亚麻台布，使人觉得：啊，好绅士！我又想到少年时他用英国颜料在海边画写生的情景。可惜“绅士”的面条无配菜，盘中只滴了酱油。但台布平整清洁，刀叉明亮。我们听着海边的涛声相对吃面。谁知好友程珣又朝我怒斥道：“你知道是谁把我整到这地步吗？你！”这时我暗想，我这位可怜的朋友，神经确实有问题。

离开青岛后，我又听说他一些故事：他常从海边拉来衣服褴褛的女孩儿，为她们洗脚……后来我又听说，他去世了。那年他当是 62 岁。

我的另一位朋友，是蒙古族同学纳木吉勒。纳木不似程珣，他学习不认真，处事随意豪爽，有着蒙古人的性格。我们在一起谈绘画不多，但他也酷爱交响乐，而对于交响乐比程珣还要内行。为了一场交响乐音乐会,他可以彻夜排队买票。他熟悉交响乐，还酷爱指挥家的风采。这点，也许就是我们成为朋友的原因之一。此时我也正迷恋着指挥，还曾梦想转校到音乐学院学指挥。

一场音乐会结束了,我和纳木走在街上,他一路“嘣嘣嘣”地哼着一首乐曲的主旋律,模仿着苏联指挥家法耶尔的手势。那时来中国演出的交响乐团不多，只有苏联和东欧的，法耶尔是苏联指挥家，一头卷曲的头发，像头狮子。

文章开始我已提到我和纳木还有一个共同兴趣，就是站在大街上看汽车。我跟他认识了不少小汽车: 苏联的“帕别达”、波兰的“华沙 20”，偶尔或许还会有美国的老“道奇”和更高档的苏联“基姆”。纳木毕业后分配在内蒙古艺校。

纳木不到 60 岁就去世了。据说他喝酒，喝出了心脏病。

六、毕业序曲

当然，我所学专业是舞台设计。我的任务是要以剧本作依据，做出设计，然后把它活灵活现的搬上舞台。在演剧学里，舞台设计是寻找一出戏的外部演出形式。导演是人物行为（从内心到形体）的导演，而设计者是制造出一种外部形式的导演。因此，对一出戏演出的正确解释是导演和舞台设计共同完成的。于是我要学会造型艺术的方方面面，要学会用技术手段去体现设计意图，还要学会同导演打交道。于是设计和导演往往就形成了一种有统一有矛盾的辩证关系。

1959 年的下学期，“大四”的我开始做毕业设计，设计剧目就是那出苏联名话剧《克里姆林宫的钟声》。剧本讲的是苏联十月革命后，苏联在面临种种困难的情况下，连克里姆林宫的钟也不响了，列宁是怎样领导人民克服困难，重建秩序的故事。这出戏的导演是由刚刚留苏回国的 C 女士担当。虽然从理论上讲导演和设计是平等的合作者，但这只是从理论上讲，实际上我们是不平等的。一位大四的学生和一位留苏回国的导演合作……于是我常常怀着一种恐惧的心理和 C 导演对话。

C 导演个子不高，属于那种很“劲道”的身材，快人快语，风度翩翩。加之她的导演职业，又留过苏，当时在中戏也是受人敬仰的那种。

一次，我们的戏在鼓楼东大街实验剧场做演出前的彩排。C 导演在观众席突然向正在台上工作的我喊：“铁扬同学，过来！”我从附台走出来站在台口，我身后是一组和“克宫”宫墙连着的斜坡平台，这平台是为列宁出场设置的。“把平台撤了！”C 导演差不多是命令的口吻。我口吃着申辩说，这平台不能撤，因为这是供列宁出场之用。这里有一个合理的“调度”。但C导演还是不加考虑地说：“不要，不要，撤！撤！”我再次申辩仍无结果。当时我也年轻好胜，我怕谁？再说明天我将面临毕业答辩，这场戏是答辩的重点。我的导师齐牧冬也肯定过这个设计。于是我又向前走一步对C导演说：“不撤，要撤你自己撤吧。”说完我扬长而去。晚上是正式彩排，我“赌气”在台下看演出，看见那组平台还摆在那里。列宁从克里姆林宫的伊维尔斯基门里走出来，站在上面向几位站岗的水兵说：“同志们，我们的工农革命来得不易啊……”几位水兵沿着平台跑上去朝着列宁欢呼。我想，没有比这个“调度”更合理的了。

几天后，这戏在民族宫礼堂正式演出，周总理出席观看，李伯钊副院长也陪同观看。散戏后，李院长送走周总理，C导演又送走李院长。C导演冲我走过来说：“铁扬，过来，跟我吃夜宵去。”她的口气热情非凡，带着一种不必商量的口气。这天她穿着苏式的下摆宽大的风衣，还擦了口红。我踌躇着跟她去了西单绒线胡同一家饭店，她要了几样菜，要了四川抄手，还要了葡萄酒。她替我满上酒杯，自己也满上，朝我举起酒杯，我也学着她的姿态朝她举起酒杯。她和我碰着杯说：“你知道吗，我还真有点喜欢你！”说完一口干了一杯酒。我忘记我说了什么，喝了多少酒，只觉眼前很模糊。因为我知道C导演刚离异不久，年龄不到30岁吧，“喜欢我”这意味着什么。那天她面对我时而沉默，时而热情洋溢，面颊微红。使得我一阵阵慌乱。后来，幸好她的话题转向了苏联艺术，她说在苏联画家里最喜欢的不是列宾，而是弗鲁伯尔，还有克洛文和戈洛文。说中国的舞台设计受着舞台技术条件的限制。还说，你那个设计放在机械舞台上会更有光彩，你那组平台也会变化莫测。

饭后我们一起乘公共汽车回棉花胡同，她住 22 号。分手时她站在路灯下迟疑着问我明天还去不去民族宫，我说得问问班主任。在路灯下她好像还有什么要说，后来想想走了。走得很快，高跟鞋的声音在棉花胡同泛着回响。

晚上我躺在双人床上铺，还在为 C 导演“喜欢我”这句话难以成眠。也许 C 导演说的是，有点喜欢我的性格吧。那天面对她我一副“宁死不屈”的样子。

第二天我没有去民族宫，和纳木吉勒去天桥剧场听了苏联国家交响乐团的音乐会。如果没有音乐会，也许我还会再去民族文化宫，面对一位年轻的擦着口红的女导演的邀请，你的思绪会是混乱不堪的。

之后，我没有和C导演近距离的见过面，有时在校园看见，她穿着苏式风衣或大衣，走得总是很慌忙。衣服在身后飘摆着。远远看到我时，像是一副视而不见的架势，又像是故意做出的。1966 年那场运动期间听说她也吃了不小的苦头。

那时我在中戏，我听过院长们的谆谆教诲。那时我在中戏，我完成了先生们、老师们交给我的作业。那时我在中戏，我做过毕业设计，还曾为新中国成立十周年献礼。我完成毕业答辩，又有了和导演的合作从不愉快到愉快的经历。假如我遵循我所学专业走下去，我会顺理成章地成为一名舞台美术家，可我做了舞台美术行的叛逆者，吸引我的竟是文学艺术行的五花八门，但欧阳院长那句“十年树木百年树人”的嘱咐常在耳边回响。

我已是一棵树吗？距那时已是几十年，也许我才是一棵七杆八杈的什么植物。我已是一位“树”起的人吗？这又不到一百年。

成长无限年。

那时我在中戏。

2015 年正月初稿

2016 年正月再改

发于《十月》2016 年第 4 期

同学送我去“北京大学生合唱团”演出。右三为铁扬 右一为程珣（摄影）

大纪家胡同 123 号

大纪家胡同是保定的一条胡同，位于保定北城墙下一个僻静处。胡同不长，但宽阔，能容下马车行走。123 号是个院子套院子的大院子，据说原主人是一位做棉花生意的商人，新中国成立后，它成了一个省级文艺单位的驻地。

院内屋宇建筑不强，一律为“表砖”平顶房，简单的窗棂糊着窗纸。“表砖”是一个档次不高的建筑形式，远在“卧砖”砌墙形式之下。院内也有作为客厅用的过厅和“花厅”，但做工也粗，杨柳木的隔扇做得潦草，有的厅前扔几块太湖石做装饰，也少规则。后院有眼水井，水苦咸，不能吃，只能洗脸洗脚用。前院有眼压水井，供大家做饭喝水。但它的院落多，若论“全”，二十几“全”吧。但院落不整，房屋高矮大小参差，现在它却容纳了一个省级文艺团体的居住。20 世纪 50 年代初，我就是被招进这个院落的，招我进院的就是这个院落的“掌门人”之一，文工团团长贺昭女士。

“掌门人”

贺昭女士和她的先生洪涛是这个院落的“掌门人”，洪涛是一把手——团长兼艺校校长，贺昭单领导着文工团。洪涛和贺昭是南方人，和这院落的其他人风度不同，说一口带南方味的普通话，举止也带出南方人的做派。

洪涛是一位有见地的“掌门人”，提出过许多有见地的艺术主张，如提出新文艺向民间艺术学习的问题，并把省内几位顶级艺人请进团内，请他们把演艺的基本要领：手、眼、身、法、步，唇、舌、齿、牙、喉传于大家。他还大胆吸收着“洋嗓子”的歌唱家，教大家“西洋”发声法，使123号的大院显出既传统又超前的局面，改变了原来只唱《北风吹》、扭秧歌的格局。洪涛还是一位演说家，他长于做报告，能把当前的形势和政策演说得充满滋味。就凭这点，大家都成了他的粉丝，他做报告时一个作为排练场的花厅，就变得人满为患了。大家带上马扎抢先找位置。洪涛做报告语言生动活泼，常用一种审视的眼光注视着大家，眼光里有对自己语言的尊严和自信，像是告诉你，我的话你不用怀疑。相形之下其他领导的报告就显出逊色。当时报告人做报告水平的高低显示着领导能力的高低。但是，洪涛也预料不到他自己也有被别人的眼光审视的时候，那是在“三反”运动中。1953年的“三反”

运动就有“打老虎”之说。一时间洪涛便有了“老虎”之嫌，一位主席（省）办公室的同志来123号大院领导运动，也是在那间花厅里当着全体同仁，以审视的眼光带着浓重的方言对洪涛说：“我是主席办公室派来的。派我来调查你的材料，你是坦白哩，还是反抗到底哩？”洪涛思忖片刻说：“我坦白。”在另一次会议上，洪涛就做了坦白，说自己抽过本应用于招待客人的好烟（大前门牌吧）；团里用公款为他做毛料制服，他本应谢绝可是他穿了；他家的保姆也到团里食堂打饭……凡此数条洪涛交代得坦诚恳切。但那位主席办公室的来人听了之后说他是“蒙混过关”。但洪涛的“老虎”之嫌还是到此为止，过后他还是穿那身毛料制服为大家做报告。说目前的每个运动都是为了巩固政权，“我们的政权来之不易，不巩固行吗？”他还是带着审视的眼光问大家。

那时，一个省级的政府不知为什么单瞄准了这个大纪家胡同123号，而有“老虎”之嫌的也并非洪涛一人。会计、管理员们也都被那位主席办公室的来人审查过，并用同样的语言警告他们说：“是坦白哩，还是反抗到底哩？”最后也都是不了了之，证明着大纪家胡同123号家底薄，是个没有“老虎”的单位。

贺昭女士的才能更是多面的。她为人热情、平易近人，自己能演能导又能领导，对团里的生活细节也关心备至。她的衣着和大家不同，不穿灰制服，常穿一件乌黑的皮夹克，两条辫子也和大家梳的有别，但她不分高低和谁都能打成一片，坐下来说聊就聊。而她的表演才能也无可争议，她在苏联话剧《曙光照耀莫斯科》中自告奋勇演一号人物，使大家更加认识了她的演剧才能。那是一位只顾工作忽略自己且正在寡居着的女厂长，一位叫安东的西伯利亚人正热恋着她。由于她整日忙于工作不顾自己，使得这位西伯利亚人每次来访都败兴而归。后来她终于被这位客人所打动，决心和他结为伴侣。那时的贺昭在台上粘着高高的鼻子，穿着宽大的苏式大衣，从自己口袋里把自家的钥匙掏出来，举给这位求婚者说:“安东,你这位西伯利亚的大笨熊,这是我们家的钥匙。”二人在台上也拥了抱也接了吻。掏钥匙、拥抱和接吻都是贺昭自己的设计，她的设计镇住了观众也镇住了我们，尤其那时演员在台上的接吻是要冒险的。但贺昭自有解释，说：“我们演的是苏联人。”

不久，因了洪涛的领导才能，贺昭的表演才能，都被调入中国戏剧最高学府中央戏剧学院。洪涛在那里做系领导，贺昭在那里做主演。大纪家胡同123号的“掌门人”也一再易人，大家常把新“掌门人”和洪、贺做着对比，今不如昔的结论是有的。

我们

我们是谁？我们是大纪家胡同123号的基本群众，是新中国的文艺工作者。二百余位的我们大约由以下几部分人组成：冀中的一个文艺团体，冀南的一个文艺团体，加上不多的一些“散兵游勇”，比如我就属于后者。当时我在正定“华大”学习，贺昭是把我作为演员招进大纪家胡同的，但我后来对演艺不思进取，单恋美术行。团里有个舞台美术队，我就进了舞台美术这行。

当时作为省会的保定容纳着合省后的各路人士，各路人士都带着各自的风度和语言，我们123号大院里，也恰似一个小小的省会。冀南（姑且称南方）的同志带着老区传统的风度，显出一定的“老派”。他们不分男女，穿着直至膝盖的灰军装，帽子也戴得端正，有人还不忘系紧衣领上的风纪扣。冀中（姑且称北方）的同志不然，已显出对“时尚”的追求。灰军装长短得体，大都是经过自己的改造而成，有些女同志还把筒子般的上衣改出腰身，同样的灰制帽也努力戴出“风采”——偏扣在后脑之上，很显“文艺劲儿”。在当时无疑这已领导了“革命服饰”的新潮流。南北两地的语言也有明显差别，虽然根据职业（演戏）的需要，大家都在模仿着普通话，但“母语”仍在顽强地制约着大家。舞台上的语言便显出混乱。一位北方的演员在台上本应该说：“他来了，他来了！”却说成：“塔（他）来了，塔（他）来了！”他、塔不分，本出自河北腹地一带。有位南方演员，在台上本应说：“大爷，给你烟袋。”却说成：“大牙（爷），给你牙（烟）大（袋）。”

尽管如此，北方人仍显出老大的姿态，或许这和省城地处河北腹地有关，而“北方”的家底也较之“南方”肥厚，这包括了演戏的服装、道具、汽灯、电灯，还有一辆供运输用的马车，两匹骡子肥壮。赶车人也具专业，待到演出赴剧场时，装满布景道具的大车在省城大街“咣咣”行走，很是气派。由此在演出剧目角色分配时，北方人也就占了上风，《白毛女》里的喜儿、大春、黄世仁自然就属于北方人，而南方人充其量也只能摊个张二婶和穆仁智，家丁和村民也就属于南方人了。但南方人也自有自己的优势，不知源于何故，战争年代我省南部却发展了音乐和美术，于是南方的音乐和美术在123号院内就占了绝对的领导地位。乐队的管弦乐首席均来自南方，而北方充其量才出个三弦、唢呐。美术更是南方的强项，新中国成立后连中央几处美术名校都有南方的人才进驻，而团内的首席美工也来自南方。我的同屋翟大哥就是一位绝对的首席美工。我进入这个行当后常以他作为榜样。于是南北各方各有优势，各领自己的风骚，大家和睦相处，各展才能，成全着省内这个顶级文艺团体。

翟大哥

翟大哥长我几岁，我和他住同屋。屋内还残存着一盘炕，我和几位同志睡炕，翟大哥“个别”不上炕，单睡在一张不长不短的三屉桌上。白天我们围坐在桌前开会、读报，讨论洪涛的报告，晚上办公桌就成了翟大哥的铺位。他在桌上把一套被褥展开，裸体着自己躺下来，但桌不够长，翟大哥就弓着腿睡，膝盖把被窝支起个大包，大包以上有个百瓦的灯泡垂下，挨住了他的腿。翟大哥躺下，常就着百瓦的灯泡打开一个本子，在上面做着描画。有一次他睡觉忘记关灯，灯泡竟烤着了他的被窝，我们被烟雾熏醒，翟大哥却还呼呼大睡。我们一面下炕救火，一面叫醒翟大哥，他坐起来揉揉眼说："我说怎么越睡越暖和。"他的被窝已烤出一个碗大的洞。

翟大哥生性幽默，平和待人，遇事不慌，妙语惊人更是他的独到之处。那时我们都年轻，炕上炕下尽是"光棍儿"，而院内已经有人在恋爱了。翟大哥常指着正在恋爱中的男女说："他们是蝶，咱们是蜂。"因为当时有出叫《刘巧儿》的评剧正在上演，主人公巧儿就唱过："蜂成群，蝶成对，飞进了花园。"于是我们就成了蜂。蜂也有个找对象求偶的时候吧，再说炕上已经有蜂找了对象飞走，有人便和翟大哥开起玩笑，问他找对象有什么条件。翟大哥爽快流畅地答道："条件不高，就三条，人、女人、活女人。"谁知翟大哥的条件虽不高，但终无"活女人"来迎合。不久还是作为蜂，飞离了我们的群体，去了一个更专业的美术创作单位，但他的艺术却永远留在了我的心中。我常暗自模仿着翟大哥的章法作画，又常不得要领，便到他的新单位向他请教。

每次我和翟大哥见面，他先说"画"，后说"话"。他的话有关于自己的也有关于别人的，每段话都能使你乐不可支。他说先前他在“南方”时有两位同志打架，某某把某某按在地上着力捶打。但挨打的某某也有便宜，他就近把鼻涕抹在了某某的鞋上，还乘机倒了他半荷包烟(那时他们抽旱烟，烟丝装在荷包内，荷包挂在腰上）。这本是一个鲁迅小说里阿Q儿子打老子“精神胜利法”的故事。他说他的现任领导（也出身南方农村）打电话买火车票，拿起电话说：“喂喂，你是火车路？！”他说他在南方也演过戏，演一出农民庆丰收，大家吃着西瓜说快板的戏，他真吃了一嘴西瓜，使得他说不出话来。

类似抹鼻涕、打电话的故事翟大哥还有许多，我们常为这些故事一起高兴一起乐。有一次我又去找翟大哥看画，他没有讲故事却显出从未有过的沮丧，对我的画他看也不看，说：“没心思了，我正在事上。”事情是这样，前不久他画了一张年画，叫作《看咱孩子走的多稳当》，画了夫妻两人得意地看一个蹒跚学步的孩子学走路。不久就有了批判文章，说这是一张和平主义的典型作品，因为那正是志愿军雄赳赳气昂昂跨过鸭绿江，开进朝鲜之时，媒体正宣传着“唇亡齿寒”决心打败美国野心狼这个道理。画一个小家庭，满足着看孩子的学步，自然就沾了和平主义之嫌。翟大哥没心思了，抽了一会儿烟又说：“看看我的新作吧。”他打开一个速写本，翻出一张刚在白洋淀深入生活的速写，画了一个小孩站在船头撒尿，他说：“不画学走路了，画小孩撒尿吧。撒尿不好上纲，也上不了主义。”我心情忐忑地看老翟的画，再看看老翟，他还歪坐在床上抽烟，显出前所未有的落寞，和平时的他判若两人。

不久我离开了大纪家胡同123号考入“中戏”（中央戏剧学院），正式学习美术，得知老翟又调离了他的单位，去了一家报社，在报社做美术编辑吧。但他的作品已极少见，有时在报端偶见他画的黑白插图，画得很是漫不经心。有友人说，翟大哥改攻书法了。我假期回省城去看他，他把我领进省城的白运章包子铺吃包子。我问起他改书法的事，他说：“找个不沾主义的活儿干吧，书法不沾主义。”

果然，之后的翟大哥进入不沾主义的书法行，写了一手不沾主义却有自己主张的好字。

王股长

大纪家胡同123号大院里，屋宇散漫，但组织机构严密。同志们也保持着革命队伍中应有的风纪，“串门”都要站在门外喊报告，对方说进来方可进门。集合要吹哨，站队点名稍息立正一丝不苟。而组织机构序列也规范，团以下是队（或科），队以下是组，组以下是股。我的所属序列是舞美队，美术组，装置股。股长姓王，是位老冀中，说一口地道的冀中方言。我对他的经历不详，但从他的涉猎看，应该是位能人。他作画虽生涩，比例不准，但他能翻筋斗，能说鼓书，老调梆子、河北梆子、山西梆子都能唱，其中尤以模仿麒派京剧见长。他自己也乐于此道，同志们便常撺掇他唱。届时，王股长都要先做一番推辞和思考，踱着步，“思考”一阵说：“唱什么呢，唱他妈的《追韩信》。”其实王股长不必思考，每次都是《追韩信》。清清嗓子唱道：“我主爷起义在芒砀，拔剑斩蛇天下扬……”

团里要演活报剧了，内容是美帝在朝鲜连吃败仗的境况，其中那位头戴美国大礼帽的约翰大叔要有一位死神鬼形的陪伴。这鬼形是要翻筋斗的，于是分配角色时，王股长就成了唯一的合格人选。果然王股长不负众望，画一张骷髅脸，穿一身黑色的短打扮，一溜小翻，先于约翰大叔站立于舞台，向他做招魂状。然后，约翰大叔跌宕出场，立于鬼魂之后唱：“本大王出兵威风凛凛，所向无敌立大功……”王股长又是一阵小翻，筋斗竟高过了“大王”的头顶，引得台下一片喝彩，连洪、贺两位领导也惊叹不已，才知原来舞美队是个藏龙卧虎之地。王股长卸下妆后说：“也不知哪来这股劲，一连翻了十二个。”后来我听戏曲专业人士说，翻十几个小翻是要有些功夫的。

当然王股长自有本职工作，他做的是装置。装置是演出单位的一个重要部门，装置是要摆布景的，确切说是要完成布景的制作和布置。布景本是假的，要有木材、布匹和钉子做成，再配以描画才能装置于台上。王股长做布景一向精打细算，连扔在地下的废弃钉子都要一一捡起，有人用新钉子钉木料时，他就会说：“不是有旧的吗？”节约就成了王股长的一大优点，多次受到领导的表扬。但王股长也自有豪爽的时候。我们在台上摆布景，常常要通宵达旦，天亮时王股长便朝着台上的我们喊：“还不下来，肚子里还没食儿呢。”原来从昨晚到现在我们还汤水未进，于是我们走下舞台跟着王股长到街上小摊进食。逢豆浆喝豆浆，逢烩饼吃烩饼。一向精打细算的王股长此时最显豪迈，他看着我们狼吞虎咽的样子说：“吃够喽，人是铁饭是钢。”我们把自己吃个“撑饱”，王股长买完单，“节目”还在继续，王股长又对我们说：“走，都去泡泡。”王股长说的泡是正派的泡，要进澡堂。于是带一身灰尘的我们，便走进西大街一个叫“荣华池”的澡堂，脱光自己走进浴池。这时提前走出浴池的王股长早在外间铺位上要好茶，摆上瓜子，半遮半掩的我们走出来，围住王股长喝茶嗑瓜子。当然如此悠闲的时刻，王股长少不了会讲起刘邦起义的芒砀在什么地方，有时也会哼几段鼓词，里面带着荤口。末了，还会告诉大家今天是礼拜六，老刘的媳妇要来过礼拜六，回去早点给老刘腾地方。

那时，革命阵营正实行着过礼拜六的制度。因为那些飞离“蜂群”的蝶们尚无属于自己的窝，按制度只有礼拜六这天才能团聚。也怪，过礼拜六大多是女方来就男方。王股长的股下有个叫老刘的“股民”，每周六要等媳妇来找就。媳妇在近县工作，每周风尘仆仆赶来，和老刘住同屋的王股长及以下的几位“股民”就要给老刘腾地方。若在夏天，大家卷张凉席，房顶也是去处。冬天卷条被窝，作为排演场的花厅也是个地方。现在王股长已提醒大家，又是礼拜六了，该给老刘腾地方了。这时，大家又少不了向老刘开点儿没深没浅的玩笑，让老刘“坦白交代”过礼拜六的细节。其实老刘并不老，刚过20，老刘的媳妇叫冬霞，小巧可爱，来过礼拜六时不扭捏，不羞惭。第二天离去时带着红扑扑的脸蛋显出一副心满意足的样子。王股长面对冬霞说：“想来就来吧，有的是地方。”冬霞少言寡语，只说：“嗯，来。”

王股长凭着他的多才多艺和好人缘，后来职位一路上升，升到远在股级以上，这是后话。

万博士

我对万博士的历史一无所知。我和万博士也睡过那盘炕，只知他既不属于北方也不属于南方，他是东北人，普通话里带着浓重的东北腔。我从旁得知他去过日本，至于他的博士是他自己常说的，还说是位双料博士。万博士确有博士相，在我们的衣着尚是“土八路”的时代，万博士常穿一条纯毛藏蓝哔叽西裤，笔直的裤线纹丝不乱，睡觉时他把裤子置于一个衣架贴挂于墙上，穿时仍不忘把裤线捋直。上身常穿一件紧身的T恤衫，显出饱满的胸大肌。早晚洗脸用自己的脸盆。

那时我们洗脸几个人共用一个脸盆，早晨王股长常从那眼咸水井里打一盆水置于当院，让我们先洗。我们围住脸盆你一捧我一捧把水泼在脸上，擦干，王股长才蹲下来以剩水洗最后一把，然后把一盆浑浊的水泼在当院，再把脸盆靠在井旁明天再用。万博士是要用自己脸盆的，洗脸漱口也有自己的规则。他在盆里注满水，把盆放在一个高处用自己的香胰子把手脸狠搓一遍，再捧起水把脸上的胰子沫冲净。冲时嘴里发出噗噗的声音，然后是就着脸盆刷牙和漱口，竟把漱口水夹带着牙膏沫黏糊糊的一口口吐在脸盆里。这时，全院子都会飘散着香胰子味儿和牙膏味儿。

万博士既是博士自有本事过人之处。他的身份是照明师，自己设计照明器材，自己制图，自己跑厂家订制。曾制造出我们从未见过的稀罕物件——节光器。万博士用英文称这东西叫“迪莫儿”（Dimmer）。这东西能使舞台灯光随着万博士的控制渐明渐暗，不似我们以前的单刀闸控制开关灯光只能突明突暗。随着节光器的应用，万博士还设计出一种叫斯珀来提（Spotlight）的聚光灯，使大纪家胡同 123 号进入了一个先进的“光控”时代。

万博士学问过人，但也常露出一些和 123 号大院既不合拍又不协和的风度，自己用脸盆洗脸吐水属生活小节，已经显出“各色”。对眼前的政治形势也常发表出不协调的声音。我们批判《武训传》，把武训定名为地主阶级的奴才。万博士却说这定义不可理喻，武训四处游走化缘倡导兴学定为奴才，这也太冤枉。至于两个青年人写的那篇对《红楼梦》的批判文章，万博士说写文章的那两个年轻人很难说没有个人目的。至于已定名为“反革命”的胡风，万博士更有见解地说“文人无形”也不止胡风一个人吧。于是挨批判也就成了万博士的家常便饭，每次对万博士的批判是高规格的，洪、贺团长也常来做指导，面对眼前的阵仗，万博士也有过像样的检查。大帽子一顶顶不住往自己头上戴，说他的一切问题都是因了自己的屁股所致。自己的屁股不坐无产阶级的板凳，专坐资产阶级的板凳，他要决心痛改前非，把屁股挪到无产阶级的板凳上来。为此他也掉过眼泪，流过鼻涕，从毛料西裤口袋里掏出一块洁白的手绢擦眼泪再把流出来的鼻涕擤进去。谁知当王股长轻描淡写的又指出他群众关系不好，不合群时，万博士便愤怒起来说：“哎，你不能这么说，人都有个习惯吧。为什么非要我去合群，你这叫强人所难。”

万博士终没有把屁股挪过来，他出了大事，属于贪污腐化吧，这和他的“迪莫儿”和“斯珀来提”有关。原来万博士的发明在省城没有条件实现，便带着图纸进京找厂家订制，却和那家私营老板的女儿有了染，加之对老板的拉扯，共贪污公款旧币三万余元。当时我们的月津贴是六角钱，万博士曾带我去过那家位于北京南长街的私营灯具制造厂。那里实际是间作坊，临街的铺面开店内院住人。老板姓彭，女儿二十几岁吧，人长得不丑不俊，口红却鲜艳，长卷的飞机头披在脑后不停用手拨撩。当然这装束和我们123号的女同志不属同类，一位资产阶级小姐吧。当时革命队伍中，常把此种女人叫糖衣炮弹，万博士是中了糖衣炮弹的。

万博士犯了案，在大纪家123号的花厅里被批斗后即被带走，判刑三年。

万博士走了，123号大院不再闻到香胰子和牙膏的味道，万博士的工作台也落满灰尘，只等三年以后万博士的再现。

一天，万博士当真又回到了大纪家胡同123号。那天我们正在院内排练一出叫《铁流》的大型话剧，众多演职人员拥在作为舞台的当院。“台上”有红军指挥员、战斗员，也有各股工作人员。突然万博士上了台，他穿一件自己在“号”里缝制的宽松无领套头衫，奓开两条翅膀似的胳膊，向众人大声声明着：“哈哈哈哈，我又回来了！”也怪，万博士的出现没有遭到同志们敌视的眼光，却迎来一片笑声。作为导演的洪涛团长也忍不住笑着说：“老万，快下来，整理整理你自己去。”万博士还是站着不走，看看台上的场面，指着那位“红军指挥员”的位置说：“这里要有特写光，现在斯珀来提不够，还得再进一台。”洪涛团长也苦笑着说：“什么斯珀来提，快下来！”万博士和大家寒暄着，就像是出差而归一样。

不久我和万博士告别，考入“中戏”。万博士还在123号做着本职，有事进京常住地安门附近一个省级办事处，每次都约我见面说他又研究制作“新物件”了。我问他，南长街的厂家还在不在？他对我说彭老板的商店已公私合营，他的女儿进了一家国营小吃店，专卖北京的“驴打滚”“艾窝窝”，至今未嫁。我斗胆问万博士你们能成一家人吗？万博士叹口气说：“不能。”他说，他是个有妻室之人，也有儿女，十几年不见了。

又过了两年，两年未见万博士，123号有人来京，我问到万博士时，来人说他死了。是自杀。喝了一百片安眠药，在我们的大纪家胡同123号串着院子挨门向同志们做告别，当走到最后一个门时，便倒地咽了气。我问来人，是什么运动又连累了他。来人说什么运动也挨不上他。那正是那个“大跃进”的年代，123号也在“大跃进”，大炼钢铁。万博士和大家一样，砸矿石垒高炉，还更新了高炉的鼓风设备，他脱掉毛料西裤穿着工装，平白无故地喝了一百片安眠药，和大家告别得非常自然。

小鬼班

“小鬼”一词在革命队伍中流行，像是对革命队伍中年轻人的昵称。大多形容为首长警卫送信的年轻人。我们大纪家胡同123号有个小鬼班却是真正的小鬼，年龄以15岁为限，我曾在此入编两个半月，超龄后才离开。这里的“小鬼”们英俊伶俐，生命蓬勃，几位女小鬼更是招人待见。她们穿戴入时，对于衣服的长短宽瘦更在意。扎着小辫的发式，脑门前的“刘海儿”也不断翻出花样，走在省城大街上很是能招来些“回头率”。她们唱歌天籁，快板和台词说得乖巧，舞蹈也敏捷。“大鬼”女士学新疆舞，脖子难以左右挪动，小鬼早已把诀窍掌握，动的比新疆人还要“新疆人”。苏联舞的旋转，蒙古舞的下腰、晃膀子，教练一点就透，一时间也很使大家刮目相看。她们业务精湛，政治觉悟也不低，遇到在花厅开批判会时，也争相发言，申请入团入党谁也不甘落后。抗美援朝期间，领导动员报名参加志愿军赴朝作战时，她们的名字都在榜前，之后有两位女小鬼被选中，可惜有一位竟在战火中捐躯，留下最能引人悲痛、最能引人动容的事例。有目击者称她是被敌人的燃烧弹燎伤脸面的，住院时自己想到今后颜面的改变，便决心毁容自尽，竟撕掉护脸的敷料任其感染而死。后人不忍心想她被烧伤后的容貌，提到她还是先前在台上演戏的那个快乐小鬼。

她演过一出叫《摘棉夸婿》的小歌剧。剧情是姐妹二人摘着棉花幻想着出嫁后的情景和自己理想中的男人。于是姐妹二人就有了争执，都说自己的男人优越，在相争不下时，一位老汉在旁偷听后笑起来说，你们理想中的男人都不错，只要肯为建设新中国出力就是好样的。最后，姐妹“和好”并憧憬着婚后两家的友好交往。二人合唱道：“……今后咱们勤持家，你我都生胖娃娃。”姐唱：“俺生男来。”妹唱：“俺生女。”姐妹合唱：“咱姐妹二人结成那个亲家。”

那时的婚姻法是不约束近亲结婚的。

自己毁容辞世的就是那位姐姐，妹妹留在了大纪家胡同123号，后来结婚生男生女，生男生女时也许还会常想起远去的和姐姐做亲家之事吧。

六十几年以后，我们小鬼班的一位男小鬼来看我，又提起那位捐躯在朝鲜的姐姐。他告诉我，在小鬼班时她和他曾经暗恋，二人已盟誓，成年后要结为连理。还说，此事只有“她知我知”。我想，这是真的，便想到“姐姐”要健在，也许来看我的就不是男小鬼自己了。

摘棉的妹妹健在，成年后随爱人调到外单位，不断打来电话和我叙旧，每次都提到小鬼班。我问她知道不知道“姐姐”和那位男小鬼暗恋的秘密。“妹妹”的语气显出诧异地说：“你说什么？他当时追的是我，怎么变成了我‘姐姐’？老糊涂了吧。”

这就成了小鬼班的一笔糊涂账。

糊涂账还多，有的在大纪家胡同123号生活过的老同志、老战友连大纪家胡同的名字也忘了，提到大纪家胡同时，他生是问你：“什么胡同？大纪家？不记得。”要么就说：“那条胡同在天津吧。”你对他说咱们不是和王股长、翟大哥睡过一条炕吗，还在一个脸盆洗过脸吗。他摇摇手说不记得，只记得那位喝安眠药的万博士。

还有一位女小鬼，长大后净演主演，是123号的台柱子。现在逢年节也时不时打电话和我互致问候，电话里说话仍显出一副台柱子腔。当她知道我还在不停地干着手下的“活”时，就拉着长声关心着我说：“同志呦，该歇歇了，连我这个天才该歇了也得歇。过去喽，一切都过去喽。天才有个什么用，那时候一个晚上我能背出一整出戏的台词，上台后不忘词儿，不打奔儿……过去喽……就是有一样过不去，这更年期就是过不去，差两岁 80 喽，还过不去……”

每次，她在电话里用过去了和过不去结束了她的自白，语调悠扬，像朗诵，像在台上说台词。

过去了和过不去常又使我回到大纪家胡同 123 号那个年代。过去的是那个独特的不可再现的属于我们的年轻岁月，过不去的我倒觉得还是那个大纪家胡同 123 号。虽然那个 123 号已不复存在，现在它早已被挤压埋葬在一群高楼之下。

我去过那个高楼之下，站在那里心潮澎湃，凝立良久，便想起苏轼的两句诗：回首乱山横，不见居人只见城。意思是送走他的好友，城就像空了一样。我便反其意而用之：高楼高入云，不见高楼只见人。

人——那时的我们。

2015 年 10 月

发于《长城》2016 年第 1 期

大纪家胡同 123 号

家乡的两位老师

柳老师。

柳老师叫柳野青，一个文雅潇洒有别于乡人的名字，一副白净的面孔更有别于种庄稼的乡人。柳老师是全科老师，但教学侧重于他的特长，他长于美术。我把我的美术启蒙老师常归于柳老师之名下，当时我在他指导下练就的功夫是画菊花和领袖像。

柳老师有一盒多色蜡笔，以铁皮盒为包装，盒上印有日本文字，据他说那是一盒战利品，是一位八路军战士送他的。那位战士从一个战死的日本士兵身上所得。

柳老师把一幅他画就的菊花范画悬于讲台上，再让学生用铅笔或毛笔以“双勾法”临摹。当他发现哪位同学的临摹可继续造就时，就会把他的蜡笔“献出”，让你着色。能得到柳老师蜡笔者却无几人，而我每次都能得到此待遇。我用蜡笔在勾好的黑白稿中着颜色，柳老师举着我的作业给大家

铁扬回忆中的“菊花”作业

看，说我画得好，好就好在有层次。

后来我画菊花竟成了“雕虫小技”，画领袖头像才见“真功夫”。那时解放区盛行的是那张毛主席戴八角帽半侧面的头像。柳老师教我画像先从眼睛开始，再向外扩展，最后是帽子和衣服。我常做柳老师的下手，也背会了柳老师的作画套数，真正具备了代老师作画的本领，常答应着各公共场所的“订件”。

解放了，柳老师在县城民众教育馆任职。我去看他，见馆内墙上有张列宁举手讲话的油画印刷品，柳老师指着这画问我："见过这种画吗？"我自然没见过。他说这叫油画，苏联人画的，尚不熟悉这形式，等以后我当了画家给他解释吧，那时我已有学美术的意向。

几年后，我真学了美术，也了解了油画的一些知识，并得知那张画是苏联画家格拉西莫夫的作品，探家时便告诉柳老师。他说："我知道你将来的造诣比我深，画菊花时我就看出了，就你能画出层次。"

我学美术，常记起柳老师说的层次两个字，层次在造型艺术中指的或许不仅是层次，它是一张作品的秩序感吧，秩序感完整着一张作品的。

武老师。

武老师叫武志波。他不长美术，却长戏剧。他毕业于冀中解放区一所著名中学，那里至今仍是一所名校，当时它的毕业生人们常以高级知识分子相看。1946 年春天有位身背行李的高个子男士在村口问我，村里的学校在哪里，我告诉他学校的地址，他注意地看了看我向学校走去，这便是刚分配入村的武老师。之后我以三年级资格入校，受他的教育两年之久，其中有喜有悲。

那时的我在村里同龄人中一直神气活现，抗战时，就任过儿童团长，后来入武老师的学校后自然又"官复原职"，成为武老师身边不可缺少的“有志之士”。有志之士是武老师对我的希望，但好日子不长，土改运动开始，我家在村中属富户，家庭状况便有所改变，那么我的“官位”也即将动摇。武老师借我和另一位“学生领袖”之间的矛盾把我“双开”了。被“废”之后的我经历了种种苦难和尴尬。哪知又有了转机，武老师要展示他的戏剧才能，需要招贤纳士，他又想到了我。

武老师要排一出古装京剧《打渔杀家》，他要我演萧恩。

我被同学引进学校，武老师看看经过颠沛流离的我没有提过去的一切，只说：“好好演吧。”

我好好演起来。

排练时，他先讲了剧情，便教我“清唱”。他亲自操琴，教我唱那段“昨夜晚吃酒醉和衣而卧，架上鸡惊醒了梦里南柯。二贤弟在河下相劝于我，他劝我把打鱼事一旦丢却。我本当不打鱼闭门闲坐，却只为家贫穷无计奈何……”

武老师教完问我：“谁是你的二贤弟？”我自然不知，他说是“混江龙”李俊和“卷毛虎”倪荣。你还有个闺女叫桂英……于是，我和女儿桂英，二贤弟李俊和倪荣，每天被武老师“拉扯”着看排练。直到武老师满意为止。

《打渔杀家》要演出，但没有行头，武老师便找来各种土布，自己剪裁缝制，模仿着各类人物的穿戴制成“戏衣”。这出戏演出后，我们又排演了《白毛女》。武老师因才分配角色，桂英就演了喜儿，李俊就演黄世仁，倪荣演穆仁志，我自然演杨白劳。演出时，武老师从县剧团借来汽灯幕布，我们四处演出，到哪村都有好吃好喝。我们跟武老师出尽了风头，武老师也兴奋的不自禁地说：“该出风头了就得出个大风头。”武老师在当地也成了能人和名人。

后来我和武老师一别十几年，我回家再去看他时，他已当了“右派”。那时他正任职县教育部门，大约刚从一个什么地方劳动改造回来，见我站在他面前，爹着一双粗糙多茧而从前曾是灵活柔韧会操琴的手，疑惑地问我是谁。我告诉他我是谁，他说：“不敢认了，不敢认了。”

我们坐在院中一棵树下，说了一些无法连贯的话题，告别时他对我说：“记住，少出风头，出大风头要倒大霉。”我便又想起武老师带我们出过的那些风头。

我见过伊沢洋

2011年春天，我在中国美术馆举办我的“阳春三月——铁扬艺术展”，日本友人、作家、艺术评论家窪岛诚一郎先生专程从日本来北京参加画展开幕式和研讨会。窪岛先生发言风趣，说：“人在看画展时，想偷走哪张画，哪张画就是好画。铁扬的许多画我都想偷走。”窪岛先生的发言带着无比的友好和真诚，也活跃了研讨会的气氛。

两天后我们在他下榻的华侨大厦话别，当然谈到他在日本的事业，而他的事业又联系他所经营的别开生面的“无言馆”。几年前我在日本办画展时，曾两次到他的馆内参观，并写下了一篇散文，但散文始终没有寄出发表。这次窪岛先生来北京，我把散文给他看，请他先在日本发表。窪岛先生说，让它在中、日两国同时见读者吧。我说好吧。我投个稿。

在离开日本的两天前，我从东京再次来到信州。我来信州一是为了向老朋友窪岛诚一郎先生告别，另一个目的是再次到窪岛先生主持的“无言馆”参观。

窪岛先生是日本著名作家、艺术评论家，且是“无言馆”馆主。

信州是日本长野县上田市一带的古称，而“无言馆”是窪岛先生主持的一个别开生面的美术馆。这里收藏陈列着二战时日本一些受过美术教育，然后战死在亚洲战场的学生的绘画。展壁上除陈列着他们的美术作品外，展柜里还陈列着不少他们的遗物和遗文。当年为搜集这些战殁学生的作品和遗物，窪岛先生花费了8年的时间，足迹遍及全日本，付出的辛劳便可想而知了。

“无言馆”突立在一座不高的小山上，是一座朴素无华的灰色建筑。右面是著名的前山寺，左面毗邻广阔的千曲川洼地。信州的11月正是枫叶殷红、银杏叶子黄得浸人肺腑的季节，且多小雨。现在四周的风景更为这座小小的美术馆增添了几分色彩浓郁的肃穆。

作为一名中国画家，在日本的十几天中，我两次来到这里，并不是为研究关注哪位青年的佳作，我是为了馆中那几双朝我注视的眼睛而来。也许是生于1916年、死于1942年的伊沢洋，也许是生于1912年、死于1939年的田中角治郎，或者还有一位叫日安高典的青年……他们的目光已经被凝固在一张张发黄的旧照片上。其中伊沢洋的目光尤其引我在馆中流连忘返，那目光一次次和我做着“无言”的交流。我之所以能和他的目光做交流，是因为那目光实在没有战争中人失去理智的狰狞，没有因了屠杀而神经兮兮的自鸣得意。那目光中却有几分安静中的平和和几分处世的怯弱，也许还有几分希冀中的抱负，这一切又带着明显的稚气。我熟悉这目光，这种熟悉不是始于窪岛先生的“无言馆”，而是始于20世纪40年代的中国。那时我尚是一个几岁的孩子，连少年都不到。

1942年是中国抗日战争最残酷的年份。受日本军国主义的指使，日本军人在我的家乡冀中平原，正发动着被称作“五一扫荡”的军事行动。日军所到之处尽是一片不忍目睹的凄惨。这年的正月十五日凌晨，日军包围了我们村子。在四面的枪声中我家院子里已涌进了十几位日军。有翻译官命令我的家人走出屋子在院里一排站定。接着翻译官便按名单念出我父亲的名字，显然这次的“鬼子进村”，我父亲便是他们搜捕的对象之一。我父亲——一位当地知名爱国人士，当时他正以各种形式参加着抵抗运动。当家人回答出我父亲并不在家时，一双手便揪住了我的粗布棉袄。这双手差不多是把我从家人中提出来的。然后他们命令我面墙站定，便有铁器顶住了我的脊梁，这是“三八”枪的枪口。

长大后我懂得了“人质”一词。这时搜捕对象不在，一个几岁的男人做人质是再合适不过的，因为我的家中现在就我一个男人。我的几位父辈和几位兄长早已投身于抗日前线。

我面朝墙壁等待着，等待着他们对于我这个人质的发落。这时，日军四散开来，屋内便响起搜索声，随后一股火烟也从一间屋子里升腾起来。浓烟和火舌弥漫了院子，房子已被点着。他们也终于有了发落我的最好办法，便是把我扔进大火，这再简单不过。我被倒剪着胳膊提起来，浓烟把我裹住，火舌已经舔到了我的脸。我开始呼叫，希望能躲过这一灭顶之灾。我挣扎着向身后看去，眼前尽是狰狞的目光。不知为什么，只有一人的目光特别，那目光分明有几分安静，几分平和，几分怯弱，或许还有几分同情，它正飘浮在人后。他的人也踌躇着似乎不愿向前帮助他的同伙把我推向大火……正在千钧一发之际，街上一个什么声音吸引了正要把我扔向火中的日军。他们竟放开我提枪向外跑去，这时后面那双目光向我移动过来，他踌躇片刻，一步跨到我身边，悄声对我说："开路。"我迟疑着看他，他又向我的脊背猛击一掌说："开路。"并向墙外一指。说完才大踏步追他的弟兄去了。出门时又回头朝我看了一眼，还是那种目光：平和、安静、怯弱。我懂日本人说的"开路"便是让我走开的意思。他是让我尽快离开这里，免得他的弟兄再回来继续对我的发落。于是我撒开了腿，像只野猫顺着一棵树爬上房顶，跳过院墙，逃向冬日寂寥的田野。当这伙人再次进入我家寻找我这个人质时，我已不在家中了。

六十多年过去了，六十多年中我不时忆起那双不与他的同伙为伍的目光和他告诉我的"开路"。现在我在窪岛先生的"无言馆"里才突然醒悟，那不就是属于伊沢洋吗。我相信一位热爱艺术的青年是会有这种目光的。具有这种目光的人是不忍心把一个孩子推向大火的。当我看到伊沢洋所画的全家人肖像时，更使我坚定了信念：一个五口人的家庭，围坐在小餐桌前喝茶读报，灯光是那么温暖，一家人的脸是一个赛一个的平和可亲。而伊沢洋自己正站在家人身后完成他的这幅《家庭》欢乐图。这样的家庭需要战争吗？这样的家庭懂得杀戮吗？只有在这个家庭中生活过的人才会向一个面临灭顶之灾的孩子说声“开路”。在“无言馆”我还注意到伊沢洋的油画箱，遗留在调色板上的颜色排列有序，刚用过的画箱被擦拭得明亮可鉴——伊沢洋，一个热爱家庭、热爱艺术、对生活充满情趣的青年。

但我也读到过一位日军侵华老兵的回忆录，他谈到当兵来中国后，首先要练习杀人。他也被迫用活人做过练习。当他举刀练习时，眼睛开始是闭起来的，后来习惯了这举动眼睛便睁开了。我想，那闭起来的眼睛，便是伊沢洋式的眼睛吧。睁开时便是另一个人了。我不知道后来的伊沢洋君有没有把刀举起，睁开眼睛的时候，一个受军国主义驱使的军人，也许终归要忘记自己对艺术的情谊和对那个温暖家庭的眷恋，变得不再是自己的。但我愿伊沢洋的目光永远是凝固在照片上的那副目光。

[illegible]我再次遇到过这双眼睛。那是 1942 年的酷夏，在我的家[illegible]赵州城的柏林寺内。两天前在县城东南的一个村子，日军和抗日军队打了一场遭遇战，战斗进行得十分惨烈。双方的伤亡在这县均属空前。战斗结束后，我

亲眼目睹了什么叫血流成河：在一个敌我双方拼过刺刀的村口，鲜血灌满了村口的车道沟。那时战死的日军已被横七竖八地装上卡车运回了县城。按惯例，战死的日军都要火化，然后将骨灰运回日本。我们县城的古刹柏林寺就是日军的火化场。火化时战死者的尸体被安放在一张铁床上。活着的军士专折下该寺内宋元年代的古柏树枝作燃料。被点燃的柏树枝在铁床下冒起浓烟，燃起烈火，烟味和肢体燃烧后的气味会传到几华里之外。当地人把此举称作“炬洋兵”。每逢这时便有人围住柏林寺的断墙观看，日军已顾不上墙外围观的人群。那次战役后，柏林寺内自然又要点起烈火“炬洋兵”了。我和两个伙伴，是闻见气味冒着危险前来观看的。我一眼就盯住了一具被摆放在铁床上的尸体，他一只胳膊低垂至地面，头歪在床边，没有闭合的眼睛正好转向我这边。一瞬间我又看到了那双熟悉的眼睛，那目光分明又在和我做着交流。现在那目光里除了平和、怯弱分明又增添了无尽的痛苦。它似乎在对我说：你看到了吧，现在被烧的是我，而不是你，我是一个侵略者。我双手扶住柏林寺低矮的断墙，心揪得很紧。我跑开了，一口气跑回家中。那天寺院中陈列着许多张铁床，烟冒得格外浓烈。我跑着，烟在我身后铺散……

离开“无言馆”时，天又下起细雨，站在馆前向山下看去，红叶在细雨中飘落了许多。但地上更殷红了。我用彩色铅笔画下一张速写，雨不时滴在本子上。在细雨中我总听到一个声音：你看到了吧，现在燃烧的不是你，而是我。那声音像来自山那边我的国度，又像来自身后窪岛先生的“无言馆”。

回国后，我仔细翻阅窪岛先生赠我的“无言馆”画册，研究着伊沢洋的从军经历。原来伊沢洋没有在我家乡驻扎参战的历史。但我却固执地相信，那是窪岛先生在整理战殁学生生平资料时的疏忽。他本是来过我的家乡的。我见过伊沢洋。

2005 年初稿

2011 年再改

发于《文艺报》2012 年 2 月 8 日

［日］伊沢 洋　家庭　油画

《哀乐》闲话

这里说的《哀乐》，就是伴着故人远去的那首乐曲。

哀乐的诞生联系着一个人，此人叫杨戈。杨戈是谁？是我二叔，是早年投笔从戎，由西安七贤庄八路军办事处赴山西抗日前线的一位老八路。之后他入文艺界，在延安“鲁艺”学习，曾参加过延安文艺座谈会，并在贺龙领导的西北战斗剧社担任领导职务。解放初期，杨戈却由文艺界改行，在中央一些经济计划部门任过职。20 世纪 80 年代，作家黄宗英在她的散文《大雁情》里写过他：杨戈同志沉默半晌，说：“宗英同志，你……写吧，不要怕，我们支持你。”就是这位杨戈，那时他是陕西科委领导之一。看来黄宗英所写内容需要得到这位领导的支持和鼓励的。

我和二叔杨戈属河北赵县一个屈姓家族，但后来由于“革命需要”我家姓氏也混乱起来，比如他姓杨我姓铁，除此家人还有一些异姓。

我没有见过杨戈，只听到过关于他的一些传说：少年聪

“战斗剧社”时的杨戈（摄影）

慧，先入保定育德中学，再入北京西山中学以及中法大学。“七七事变”后投笔从戎，还领导过一个剧社。

后来的一些传说更具分量。比如他在延安“鲁艺”学习时，曾领唱《黄河大合唱》，当时的指挥便是作曲家本人冼星海。还有，流传至今的《哀乐》就是杨戈作曲，凡此两大事件已被写入《赵县志》一书中。

为证实这两件事的真实性，我也做过一些力所能及的考证。

20 世纪 50 年代我在“中戏”读书时，曾参加过北京大学生合唱团。排练时，常有一位“中戏”教表演的吴先生来做表演指导。吴先生曾在“鲁艺”学习，且参加过《黄河大合唱》。一次我问他，当时是否有一位姓杨的男高音担任过领唱。吴先生肯定地回答道：“有，有。”

但他并不知道杨戈的名字，因为杨是西北人，但杨戈的领唱总算画上了句号。

那么《哀乐》呢？我曾就此找杨戈的儿子，现在某大学教马列主义的教授屈长江作证实。长江的语气坚定。看来他们父子曾谈过此事。后来我再与杨戈的侄女，北京一位退休教师就此做交流，她的口气也十分肯定。她曾与杨戈在一起生活许久。但我还是有些不踏实。这件事实在太大了，大到一个家族都无法承受，便常有再做考证的打算。

20 世纪五六十年代后，文艺政策几起几落，直到文艺作品的署名制被取消。二叔因家庭出身问题，一次次在运动中受着冲击，他本人离文艺界又十分遥远，考证《哀乐》的念头也就不消自灭了。虽然在那个年代《哀乐》仍在沿用。

直到 80 年代，署名制再次兴起，何止是兴起，为作品署名之争也显出热闹。一次我在翻阅一本杂志时，无意中读到了一位音乐工作者的答记者问，该作者谈到《哀乐》本是出自他的手，那么杨戈作《哀乐》就成了误传？战争年代许多事缺乏记载，《哀乐》既然有了新作者，以前的误传也存有可能吧。

又过了些年，我要为一本书搜集关于我家族成员的行踪资料，这主要是关于我祖父（杨戈之父）的。我祖父是位旧军人，民国时曾在直系任职，是孙传芳之好友，官至陆军第十三混成旅旅长，吴淞口要塞中将司令，浙江省代省长等职。在研究这位老先生时，自然要联系到他的子孙，那么杨戈又浮出水面。这次我决心捎带要搞清《哀乐》之事了。找谁呢？不能再靠亲属晚辈的叙述了。为什么不找杨戈在世的老战友去做些了解呢？一次，我贸然拨通了著名话剧导演欧阳山尊的电话。欧阳先生曾在西北战斗剧社工作任职，我向欧阳先生说明“来意”之后，欧阳先生说，他自己在战斗剧社任职较早，时间也不长，“找严寄洲吧，他最了解。”严寄洲不就是八一电影制片厂著名导演吗？欧阳先生还告诉我严导演的电话。我随即拨通了严导演的电话。严导演非常痛快地答应了我的要求。第二天我就来到了八一电影制片厂的宿舍，严导演的家。

严导演虽年事已高但精神极好，还有着超常的记忆力，他爽快地对我说：“你了解杨戈算是找对人了，我和杨戈常睡一个炕头。”原来严导演和杨戈是同睡一个炕头的战友，他连杨戈恋爱时在炕头上辗转反侧睡不着觉的形象都做了生动的描述。谈到杨戈的性格和为人时，严导演说：“杨戈沉着，不像我们。他给人一种清高感，为此，再加上他的家庭出身，历次运动中受冲击也是必然。”严导演就此还形象地谈起西北战斗剧社的几次运动，其中最使他记忆深刻的便是“推搡”运动。就是一群人把“重点人”围起来斗争，重点人被推过来、搡过去，人们还提出一些莫名其妙的问题让你回答，比如，有人问你：“你在南方吃大米，为什么跑到北方吃小米？大米好吃还是小米好吃？……”意思是你放着大米不吃，单跑到革命阵营找罪受，必然是打进来的特务了。严导演说，他和杨戈都被围起来推搡过，虽然那时的杨戈已是这社的领导还是作曲兼指挥。

当然我是最关心杨戈的作曲和指挥生涯的，我详细向严导演询问杨戈的音乐活动。这时严导演强调着两点：一是杨戈对西北民歌的重视。在他创作的歌曲和几部小歌剧中，都采用了大量的西北民歌。二是杨戈脑子里常有旋律在运动，这表现在他那习惯挥动着的手势上。严导演说晚上即使躺在炕上，杨戈的两只手还在不住比画。“他在构思呀。”严导演说，“他那些作品都是比画出来的。《新旧光景》《翻身的日子》《方山战斗》……”严导演列举了一些杨戈的作品，当然我最关心的还是《哀乐》，我直截了当地问严导演关于《哀乐》的作者，严导演不假思索地，带出百分之百地肯定说：“杨戈写的，这还有错。”他说《哀乐》原来叫《葬礼进行曲》，是为一出小歌剧写的插曲，后来作为《哀乐》先在西北流传，继而延安，继而全国。至此，严导演还一往情深地说，每次听到哀乐响起，杨戈就会出现在他眼前，两只手比画着……

《哀乐》作者之事，应该定格于此吧。

作为杨戈老战友的严导演在谈杨戈时，我注意到他常带出些难以言表的心情，比如他谈到西北战斗剧社进京后，老同志们总要做些团聚的。西北战斗剧社是不乏艺术名人的，严导演历数了像欧阳山尊等一些名人，大家相聚时都希望把杨戈请到，但杨戈从来不参加这些老同志的聚会。尽管那时杨戈也在北京任职。谈到此，严导演沉默良久。

杨戈不与文艺为伍，不与“文人”为伍，这也是家人所了解的。我想这道理绝非是他只被推搡过，其中定有其他。一次严导演受命写了一个叫《失足恨》的剧本，说的是一个上海有特务背景的青年来到延安，经过斗争交代，得到宽大。严导演让杨戈演那个失足青年，杨戈对严说：“你这是胡编乱造，我不演。”由此可看出杨戈是敌视胡编乱造的。让杨戈去“失足”，就像让杨戈失掉做人的尊严吧。那时的胡编乱造并非只体现在文艺作品中。进京后，杨戈和界内人士相见多了，心中又会生起各式各样的胡编乱造，就不如离此远些。这是我的猜测。

《哀乐》作者的问题结束了吗？也许到此应该为止，也许仍不尽然。前不久我从某大报纸看到一则消息：同是两位诺贝尔物理学奖的联名得主，为排名前后还在纠缠不清，虽然历史对此已经有了白纸黑字的记载。《哀乐》的作者至今仍无权威文字可考，由此说来，本文只能作为《哀乐》的闲话而已，但我是相信严寄洲先生的。在一个炕头上他看到过《哀乐》是怎样被杨戈“比画”出来的。

《哀乐》能流传至今，成为哀伤加思念的经典，也证明着它早已远离了胡编乱造。严寄洲先生一往情深地谈《哀乐》和它的作者杨戈，也是对胡编乱造的不屑吧。

2010年9月19日

发于2010年10月13日《文艺报》

文学就是文学

——读冯秋子的一篇散文

那时我认识的冯秋子还是一位初登文坛，任职于一个出版社的编辑。

那场旷日持久的运动过后，世道刚显出平静和万物复苏，但国人的生存状态还趋于“老派”：男人身上还是系紧五个扣子的中山装，女人穿旁边开口系扣的不肥不瘦的长裤。家里没有洗衣机，12 英寸的电视还属时尚。

冯秋子来了，她是因业内事来我家的，穿着刚时兴起来的牛仔裤和 T 恤衫，满身学生气，像邻居家来串门的闺女，脸上是一副宁静的善意，能使你想到“悠远”和“谦逊”。她使你相信将要发生的一切都是真实可信的。那时不真实不可信的交往并不少见。后来当然要谈起正事，谈着正事她总还插话要为你家做点什么手头的活儿。没有洗衣机吧，她说，她发现谁正在洗衣服。后来我下厨为她炒菜做饭，她跟进厨房，为我择菜闲聊起来。没有什么好做的，鸡蛋炒饭吧，还做了菠菜汤。

后来我也去过冯秋子的家，北京一个普通的筒子楼。我们席地而坐，天南海北聊着，尽是文学以外的事情。她爱好广泛，从绘画到收藏，乃至音乐舞蹈。我才知道她生于内蒙古草原，是草原的风把她塑造出如此这般的容貌和性格。她还是一位舞者。

冯秋子凭着她的深厚的生活积淀，凭着她对文学近距离的接触，凭着她对于广阔无垠草原文化的浸染，她开始写作了。她以北国故乡为母本，写草原上的风，草原上的歌，草原上的树，草原上的草，草原上的人，草原上的炕和炊烟——我在意地读着她的散文。

她写道："蓝布棉袍罩住了她的身子，她跟菩萨一样坐出一座山，坐出一个宁静。"她写蒙古族妇女。

她写道："一年的时间里，大部分内容，在老人的眼睛里，是一场风。"她写风。

她写道："有多少座山，从这座山开始数，数到车停下不走。"她写山。

她写道："寂静的黑蓝色的夜空下，地下的千古埋藏，从草地和耕种的庄稼地缝隙里传送出去。"她写黑夜。

她写道："她想说的话，尽在歌声里，是不是深刻，有没有人在听，她不去想。"她写唱歌。

她写道："我跳舞因为我悲伤。"她写舞蹈。

…………

我读着她这些在灵魂深处铸成再流淌出来的句子，惊叹着，内心受着感动，却没有想到“文学”这件事，只是不停地引我去读。当我读到一篇她写老鼠（耗子）的散文时才停下来，才想到“文学”。想到文学却又从冯秋子笔下的耗子群中跳出，想到契诃夫和蒲松龄，想到文学中“选题”和“开掘”这两件事。

作家写作总有两件事要做，一是选题，一是开掘。好的作品都具备选题严和开掘深这两个特征。

选题严：你要描写的生活在你的灵魂中留下了怎样的印迹，是不是刻骨铭心的？假如你没有刻骨铭心的记忆，即是一个欢乐的瞬间，一个瞬间的诙谐，也应该是你独具慧眼的发现。它能引起你描写的欲望。

你有能力驾驭起你要描写的题材。

开掘像农民打井，打井要打出水。文学的开掘应该深到符合逻辑的“出其不意”。那已经是智慧的“泉水”。那是文学。

契诃夫有篇叫《万卡》的小说，写一个9岁叫万卡的乡下孤儿，被爷爷送进城里跟一个鞋匠当学徒，他面临的尽是不可忍受的苦难：老板不让他吃饱，拿鞋楦打他，老板娘拿鱼头戳他的脸……于是趁老板不在家他拿来他们的钢笔、墨水和纸，用自己有限的文字能力开始给爷爷写信，他希望爷爷“怜悯这个苦难的孤儿”，把他接回去。信写完，他“学着大人的样子把信折成四折放进一个信封”，只在信封上写了“寄乡下的爷爷收”，偷着跑到街上把信丢进邮筒，便开始了他美好的等待。

契诃夫选取的这个故事本是没有故事的故事，但他努力开掘着。如果他只罗列些万卡的苦难，最后让万卡在信封写上爷爷正确的姓名和地址，也是一篇小说，但这绝不是契诃夫式的小说。但契诃夫只让万卡写了“寄乡下的爷爷收”。至此他对题材的开掘才停止下来。万卡的故事变得刻骨铭心了，故事才具备了文学价值。

蒲松龄最懂得选题和开掘的辩证关系。有篇叫《种梨》的故事，写一位贫道士向一位推车卖梨的人讨梨吃，遭卖梨者斥责。于是道士就地捡一梨核，当街种下，霎时，梨核发芽成树，开花结果。果实“硕大芳馥，累累满树”。众人围观惊叹，道人将梨摘下一一送与众人，最后将梨树砍下拖着离去。其间卖梨人也围观称奇，但当他回头再观自己的梨车时，发现梨车已空，筐内百十个梨不见踪影，才想到道士散去的梨原是自己的“货”。更使他吃惊的是，他的车上少去一车把。车把是刚被砍去的。故事至此已经是惊心动魄了，但蒲松龄的开掘并未结束。他写道：卖梨人去追道士，至村口见墙边扔着一个新被砍下的车把。他才想到原来道士砍下的并不是树，是他的车把。于是这个出其不意符合逻辑的开掘才使故事更加惊心动魄，变得“瘆人”了。

冯秋子写耗子是一个勇敢豪迈之举，她所以写耗子，是耗子给过她刻骨铭心的记忆，其中有耗子给予她的恐惧、恩惠和一切的喜怒哀乐。她写的是一个耗子社会，是一个耗子社会和人类社会那种千丝万缕的关系，她直接和间接地体会过那种关系。小时她被母亲绑在炕上，观察着、亲历着耗子社会的方方面面，又耳闻目染了一个耗子社会的结构。原来耗子的习性也酷似人间：富有的、贫贱的、勤劳的、懒惰的、多事的、安生的、狡黠的、本分的、聪明的、傻的……富耗子的占有欲和扩张欲，穷耗子的将就凑合习性。原来人类社会有的规则、弊病、成功、缺憾，耗子社会都有。

读了冯秋子那些关于耗子的描写，你会乐不可支，你会恐怖得打颤，又是憎恶又是怜悯。

冯秋子的母亲——草原上一位善良勤劳的女性，回忆耗子时说：现实生活里还是耗子多于别的。不知道一种东西出奇的多起来意味着什么，人来到这个世界到底应该怎样生活?

多起来的耗子世界一时间变成人的死敌，因为它们要夺取人类所需要的粮食。因此冯秋子写的并不是一本耗子经，她是通过耗子和人的行为交织写耗子和人、人和耗子争夺粮食的残忍，以此写出一个时代、一个民族的生存状态。

在三年困难时期，有几分属于自然，几分属于人为，是难以言表的。但人所蒙受的苦难历史是无法回避的，人被饥饿缠磨的故事各地都有各自的特色。我的故乡是个有三百户人家的小村，当时这个小村有六十余位乡亲死于饥饿。一位本家妹妹对我说，奶奶每天从公共食堂领回两个山药面饼子，自己只吃一个，另一个压在枕头底下，待晚上我哭时掰一块给我吃。

我到一个乡村写生，看见一群村民半卧于村口。饥饿使得他们从日出到日落就这样卧着，他们实在无力动弹。他们说今天卧着的人明天不知还会有谁……村口墙上却有条醒目的标语：深挖洞，广积粮，不称霸。当时这条被称作最高指示的标语处处可见。冯秋子写的就是“深挖洞”“广积粮”的故事，但有粮可积的不是人是耗子。于是受饥饿困扰半死不活的人开始了向耗子的讨要。

秋子的母亲说：“饥荒的时候人口特别少，不知为什么耗子那么多。”铺天盖地的家鼠偷吃了人的有限的粮食，吃完还向人做幸灾乐祸的挑衅状。他们曾亲眼看到吃饱了肚子的家鼠还坐下来和人对视，有的还会和人面对面地嗑瓜子，耗子和人就是这样近距离地生存，人有时还会听到耗子的呼吸。而田鼠——旷野里的黄耗子正在开始大规模地囤积居奇，它们把人还没有收割的粮食囤于自己“家”中，于是人类无奈，开始了向耗子的讨要。人们每天步行数十里到生长粮食的旷野、到耗子的“囤积区”去挖耗子洞。

原来耗子的囤积绝不是小打小闹，囤积十斤八斤的洞不足为奇，挖到一个“富户”就会得到百十来斤的粮食。秋子的母亲就曾有过这样的幸运，那时的她——一位被生活折磨的“双腿浮肿、面色苍白”的女人，选准地段，加入了向耗子讨粮的行列。她把挖得的粮食装入麻袋，有气无力地再步行几十里，将粮食背回家来。

人和耗子的夺粮征战已是一个惊心动魄的传奇，秋子的

“选题”已属“严格”且出人意料，她也有能力驾驭这个充满传奇的题材。但冯秋子的开掘并没有结束，人夺走耗子的粮食后耗子当如何呢？秋子写道：万般无奈中耗子纷纷选择了绝望之路——上吊。

耗子上吊千真万确。

“那一年没少吊死耗子。”秋子说。

这是1962年秋末冬日。

耗子如何吊死自己？秋子写道：“原来草原上生长着分叉的蒿子秆。耗子踩一块石头或一截木头爬上离地一尺高的分叉处，把头向蒿子秆里一卡，再用两只脚将头抱紧使劲抻自己的头，一直抻到断气为止。”“耗子一死一大片。上吊的老鼠弯曲着身体挂在一根根蒿秆叉上，随风摇摆。”

面对这一世界的死鼠，人也惊慌失措，不敢向前一步，人被耗子吓破了胆。

“草地里这种悲壮的情景，一直留在我母亲的记忆中，将近几十年后，每当她讲起这段往事，她神不守舍，身上一直打激灵。”秋子说。

至此冯秋子这篇写人类社会和耗子社会故事的开掘已经是惊心动魄了，已经是文学了。但她并没有到此为止，她还要做更深的符合逻辑的开掘。顺着一眼“井”的框架，她要挖到智慧的“泉水”为止。她努力使它更接近文学。

原来一个民族的演进历程是那么多变和不可捉摸。话说60年代中期有个叫“四清”的运动，四清反的是“四不清”。

四不清的“罪名”适用于任何阶层的任何人。冯秋子的父亲——一位在内蒙古草原征战过的旗领导干部，因为沾上了四不清的嫌疑，遭到斗争和批判。罪名是“多吃多占”，因为他占了老鼠的粮。他吃过他的妻子——秋子的母亲向耗子讨回来的粮食。多吃多占问题有多大，说多大有多大，那时的一切都联系着阶级斗争，有批判者面对他说：“占了老鼠的粮也不行，饿死是没有办法的，既然全国人民都没办法，你老婆怎么会有办法？”

交代问题要有根源，要把自己置身于一场政治运动中。那时每场运动都有既定目标。其目标要联系到一些具体人。那时人的一切行为都联系着阶级斗争。

冯秋子写道：“对父亲来说，这是一次非常规的经历……面对老鼠决绝的自杀，他沉默着。”他的沉默也是面对他的“罪过”吧。

当事人只有沉默。

我常和域外的与文学艺术内行的朋友聊天，他们都希望从我们的文学艺术作品中看到我们这个民族的生存状态（当然，这个生存状态应该具有时代特征），但它应该是独属于我们这个民族的。这就是文学和艺术描写的目的。于是文学就有了选题严、开掘深之说。

文学就是文学，不是别的。

然而，弄文学和艺术的人，为了把你所驾驭的题材“开掘”深，就要先有“开掘”自己的精神，把自己“开掘”到最大可能。

这是文学和艺术本身对作家和艺术家残酷而苛刻的考验。

冯秋子说：于是我一点点打开自己，在肢体和灵魂修习中，一点点寻找人原本的意义，存活的意义。她写的虽是她的舞蹈，对文学的思维而言，何尝不是这样。

她说，世界上有一种哭泣，不是为着艰难、痛苦、哀戚，仅仅是你看见了你吟唱的万物。

她说，那时节草原行进的只有嬷嬷的歌，万物祥和，静谧。嬷嬷回过头来，看望我们，我们才知道有自己的呼吸。

对草原热烈的冷静，对草原热爱到心痛，对草原敬仰成宗教情怀，让嬷嬷回过头也听到自己的呼吸，冯秋子才有了开掘自己的勇气、乐趣和气度。她身上好像有一个草原气场，她发现是那个难以理解的时代，给了耗子和人相互的残忍，才使草原失去了宗教圣殿般的和谐空灵和宁静，这才是冯秋子要诉说的，这就是一个民族的生存状态。

冯秋子凭着自己一颗面对草原大慈大悲的心才开始了她的选题和开掘。她怀念草原上那种不论走多远也能听见嬷嬷们那种诉说式的歌声。草原人对这种生存状态的希冀，才是永远的刻骨铭心。

2017 年 10 月 30 日

发于《北京文学》2018 年第 5 期

叁

没有风的日子

我沿着拒马河画写生，今天走到一个叫福山口的村边。我走下高高的坡地，坡下就是拒马河。躲开拒马河远看，便是连绵不断的太行山。现在尚是早春，远山上只有几丝的绿，沟里的杏树已开花。杏树的花是要早于桃花的，在这个漫长悠远的沟里，独自荡漾着春意。太行在远处，被早春的太阳照耀得有点绚丽，有点喧闹，就像朝着远处的沟壑在高声呐喊，有时作画的冲动，就靠了这莫名的遐想。然而这遐想实在不是莫名的：颜色是能发出声音的，有时形容颜色用“铿锵”，铿锵就是一种声音。

我在一张对开纸上开始起稿，研究着山的造型和颜色规律。画家作画有个顺手和不顺手之分，这张画我自觉是顺手的。

大约一小时过去了，在我身后不远处传来一阵脚步声和说笑声，显然这是一群女孩。她们一路小跑着正向这里走来，笑声在四周泛着回音，这种清脆的音乐般的回声，只有在早

铁扬在画《没有风的日子》

春的山区才能听见。

她们离我近了，有个女孩喊着：“看，卖眼镜的！”

她是说我像个卖眼镜的。我知道农村集市上卖眼镜的人都背个扁扁的大木匣子，打开后，里面排列着各种眼镜。我写生用的画夹也是个木匣子，打开，就地一支，钉上纸。

一阵脚步声停下来，一股股暖气也扑到我身后。农村女孩特有的蒸腾着的暖气有点“硬”，有点涩。

“不是呦。不是个卖眼镜的。”还是那个女孩吧，否定着刚才的判断。

接着一阵七嘴八舌，但又是悄悄地议论。

“是个画花（画）的。”有人看出门道说。当地人对“画”和“花”的发音相同。接着便是对画的一阵分析。

“那是什么？是草垛吧？”

“不是，是一团麻。”

“麻有个什么画头，还有个人脸哩。”

“面条，面条！”

“面条还有红的？”

“我看见一群羊。”

…………

还有人说看见几个菜包子。有人说，快吃吧，还不去吃俩。

“有杏树，这下可看出来了。”

这是个重要的发现。

我画写生，经常遇到评论和褒贬。他们有时为我画得像而兴奋、高兴，有时因我“画得不像”而遗憾、败兴。现在这阵议论还不是评论的“水准”，只是客观地议论和猜测。

我故意不和这群客人做交流，抓紧时间，抓住光线，低头弯腰做自己的事。

女孩们看我不理她们，有“生性好斗”者就站在我前面了。

“好深沉呀，不搭理人呀。”她对我说。

我抬头看，这是一位身着军装绿棉袄，头发微黄，梳两条辫子的姑娘，她居高临下地看着我。

“等我腾下手。”我说，“哪村的？”我问眼前的姑娘。

“说个村名你也知不道。你的画上不是有杏树呦，上边、右边那两棵杏树后面就是俺们村。”她说。

“福山口。”我说。

“不是，就知道福山口呦，福山口大，俺们村小。”她说。

“晌午到他们村吃饭吧，他们村工分高，饭强。”一位女孩说，紧贴在她身后，下巴抵住她的肩。

“他们村工分高，为什么？”我问。

“大队长，能。社员卖鸡蛋、卖柿子，大队长不管。”有人说。

“你们怎么不卖？”我问。

“你说俺们村呦，可不行，严着呢，抓住就斗。”

“怎么个斗法？”我好奇地问。

“办法多的是，有斗男人的斗法，有斗女人的斗法，难看着呢。”

几位女孩嘻嘻笑起来。

和女孩们对着话，继续画我的画。

“你这山怎么越画越红？”身后一位女孩紧倚住我问，“山上有没有映山红？”

“依我看，这山比映山红还红，你看不出来？”我说。

“咱肉眼凡胎看不出来。”女孩答。

“你说这山是什么色？”我问。

“黄乎乎。”

“你看这地什么色？”

“黄乎乎。”

“你看这天什么色？”

“黄乎乎。”

“你连天带山带地一块看。”我站起来，动员女孩们和我一起观察眼前的一切。

果然，她们都朝着一个方向眯起了眼。

“哎，还真有不同。”那位女孩说，“这山还真有点红。好壮丽呦。”

“你还挺会形容。”我惊喜地注视这位女孩。

“她呀，班上的能人、诗人。”谁说。

“去去去。”能人朝她捶打着。

借一个“能人、诗人”的话题，女孩们追打起来。一阵追打过后，又把注意力集中在我身上。

“现在总算看出点门道来了。”诗人说，“这画里有个精神，看画也得有个精神。精神对精神，才能看出精神。”

我说：“你真不愧为诗人，这就是诗。”

几位女孩，好像也从“诗人”的见解里悟出点什么，显得格外安静。她们看画。

我在女孩们的热闹中，受着看画人“精神”的启发，画完了我的《没有风的日子》。

这时，山谷里没有风，几位女孩远去了，沿着山坡地，绕着杏树。四周只有她们的声音在缭绕。

2013 年 1 月

发于《保定日报》2013 年第 5 期

没有风的日子　水粉画　50.5cm×90cm　1977年

“小格拉西莫夫”的事业

在我的年表中，几次用过“潜入太行山画写生”。“潜”是一个隐藏的表述吧。那实在是我的潜藏和躲避，躲避当时因政治给大家带来的灾难。20 世纪 70 年代。旷日持久的政治运动。每人都会研究出躲避的办法：自己托病呀，老人住院呀，孩子如何如何……我是自己托病，找个大夫朋友开个“病条”，成功的时候居多。一旦潜藏成功，你就会融入大自然去做自己愿意做的事。比如画写生。那时大地已解冻，麦苗已泛青，路边的野草正从松软的泥土中吐芽萌生。如果眼前有几棵杨树、柳树、桃树、杏树，你就更兴奋难耐。

我坐在几棵开花的杨树面前，把我的中山装棉袄脱下来铺在一条潮湿的垄沟上，坐上去。打开油画箱画杨树，画杨树下正泛青的麦田，画一群正在为麦苗整治浇水的妇女社员，后面是绵延不断的太行山。那时的村民叫社员，他们的村子叫生产队。

为小格拉西莫夫造像

这天，天气格外好，好阳光，好空气，好心情。画得虽颇费周折但终于画成了，我为它取名为《春讯》。后来它几经出现在我的展览会和画册中。每次看到画，就想起一个故事，故事连着一个人，一个叫“小格拉西莫夫”的人。

当时我坐在潮湿的垄沟边画《春讯》，为开花杨树的颜色而犹豫不决。有时候像紫，有时像红。用画刀在画布上画画刮刮，刮刮画画。画油画有时要用刮刀的。转眼半天过去了。这时有两只脚出现在我的眼下，这是一双男人的脚，穿一双家做的布鞋，粗针大线纳就的鞋帮，针脚像撒上去的芝麻粒。

没有穿袜子的脚在鞋里旷荡着，脚面很皴。我顾不上抬头看人，只低头作画。这时一个声音从头上飘下来：“晌午了，家却吧，馏山药去。”

这是一位当地人，当地人说话简洁，舌头发直，有点大。比如把“去”说成“却”，把“来家里吧”说成“家却”吧。

我放下画笔站起来，和来人站个对脸。这是一个年轻人，一张油红的瓜子脸，头发蓬乱，一件假军绿的棉袄扣子已掉光，用根绳子系在腰间。肩上背只空筐。

和我一起来太行山画画的学生小三也走过来。小三是过来帮我收拾画具回村吃派饭的。小三不看来人只弯腰收拾画具。没想到站在眼前的年轻人说话了。

“先别收拾。还得爷（研）究，爷（研）究。”

小三停住手，打量着年轻人问：“研究研究，你懂画？”

年轻人说：“说不上懂，俺们接具（触）过。”

接触过？我和小三都为这个“接触”过而惊异。

“你是哪个大队的？”我问年轻人。

“土坨的。”年轻人说，“我知道你们住瓦坨，瓦坨老闷家。土坨和瓦坨隔着一条河沟子。”

小三说：“你刚才说你学过画？”

年轻人说，“我是说接具（触）过。”

小三问：“油画？”

年轻人说：“油画。”

我说：“想不到在这儿遇到个同行。”

年轻人说：“哪敢，得称您为老师。”

他把“只是”“哪敢”“您”加在他的方言里，听起来很“咯生”，但以此又可发现他确实接触过外界文明。

小三对年轻人有点穷追不舍了。说，你说要研究研究老师的画，老师的画到底有什么问题。

年轻人眯起眼睛看看我的画，又看看眼前的景色，沉吟片刻说：“老师的画是个观察方法的问题，缺少整体意识。太注意树这个局部了，忘记了周围，我说的是颜色，啊，颜色。你看看后面的山、脚下的地、穿红袄的妇女，再回过头看树。看见了吧？构成树的颜色不是老师画的紫，也不是红，是蓝，钴蓝、湖蓝、普鲁士蓝，紫和红便是一点小小的点缀而已。”

我惊讶起来，这可不是一般的见解。这是一套很具专业特点的画论。何况这位年轻人在讲这番话时，不知怎么就换了一套普通话。

我对年轻人说：“你的道理可不是一般的道理，你知道吗？”

“当然，”年轻人说，“你当这是我的发现，是我好不样地生就出来的？”

“这是谁的观点，也请告诉俺们。”小三涨红着脸。

年轻人说：“这哟，这观点出自‘小格拉西莫夫’，苏联的。先家却（去）吧。晌午啦，馏山药去。”

小三说：“俺们不想吃山药，想听你的。”

年轻人说，谈艺术有的是时间，他也有一批作品要给我们看。说着就去帮我拿画箱。跟年轻人吃山药，当然是件很诱人的事，可我们在瓦坨有派饭，便谢绝了年轻人。年轻人很是遗憾，说，这样吧，赶明天一早我去就你们吧。老闷家炕大。

从这天起小三就把年轻人叫“小格拉西莫夫”了。

真正的小格拉西莫夫是苏联的一位画家，全称是谢尔盖·格拉西莫夫。因为还有一位老画家阿里克塞·格拉西莫夫，所以国人就把谢尔盖·格拉西莫夫称作小格拉西莫夫。小格拉西莫夫作画，颜色很讲究。

晚上我和小三躺在老闷家的大炕上，小三翻来覆去只是重复着一句话：“‘小格拉西莫夫’神了。”我说是很神。

第二天天刚亮，外屋就有了响动。我们以为是房东，便故意躺着不起。当外屋安静下来，我们来到外屋时，原来“小格拉西莫夫”正坐在一个蒲墩上抽烟。他看见我连忙站起来说：“老师，画箱我也背过来了。还有……”他指着我身后的墙。原来，在我身后那面被烟熏黑的墙上拉了两道麻绳，绳子上别着他的两串作品：书本大的，巴掌大的，簸箕大的。“专为老师布置了一个小画展。”“小格拉西莫夫”说。

小三也走过来，看看画，看看我，看看我又看看画。对年轻人说：“‘小格拉西莫夫’，你可以呀。”

且不说“小格拉西莫夫”的画可以不可以，在瓦坨这个出门见山的小村里，闻柴草味儿，闻猪粪、羊粪味儿才是合情合理的。你突然闻到了油画味儿，那沁人心脾的松节油味、亚麻仁油味，这本身就是一大意外。至于画嘛，画面上颜色堆得很厚，倒是有形象，哪是山，哪是房子、树、石头……都能看出了。可见他追求的是执着、虔诚。但油画终归不是他的祖传，他的祖传本都是种地、擀毡、卖柿子的。再说“小格拉西莫夫”对于油画只是“接触”过。

面对“小格拉西莫夫”的展览，他非让我立刻做出评价。我说:“咱们还是先洗脸、吃饭上山吧。你不是也背了画箱吗? ”

小三已经在研究他的画箱了。这是一个号称“苏式”的“专家画箱”。画箱连着三条腿，支开便当画架用。说实在的这个画箱，是优于我这个“趴”在地上的画箱的。“小格拉西莫夫”说是他自己鼓捣的。

吃完早饭我们三人一起上山。“小格拉西莫夫”在前头引路，一面走着，还让我评价他的油画。小三插话先评论起来，他说：“‘小格拉西莫夫’，你为什么不把形象画具体点。连个比例也不讲，鸡和狗都一样大，还有你画的那个门，人能进去吗? ”

小三的一番话使“小格拉西莫夫”停住脚，他和小三站个对脸说：“小三兄弟，就艺术的整体而言，你的话有道理；就艺术的阶段性而言，你的话是错的。”

“俺们错在哪儿? ”小三问。

“错就错在你忽略了艺术的阶段性。你画一张画就是为了让人进门，这再简单不过。可你忘了，现在我们画箱装的是什么，是颜色。现阶段你我的任务是要弄颜色。有一次小格拉西莫夫指导学生画写生——我说的是苏联的那一位，不是我。他们眼前除了塔松和白桦树，还有一座建筑。这建筑有12个台阶，啊，听准了，台阶是12个。有个学生多画了一个，也就是画了13个，小格拉西莫夫给他打了5分。相反有个学生不多不少画了12个，小格拉西莫夫反倒给他打了3分。”

“这为什么？”小三问。

“为什么，艺术的阶段性。”“小格拉西莫夫”说，“目前小格拉西莫夫正给学生讲色彩，就不必计较一个台阶的得失。咱老师懂。为什么老师一上午画不完几棵杨树，是比例问题吗？显然不是，老师是为颜色而苦恼。老师，你说对吗？”

“小格拉西莫夫”的话“镇”住了小三。小三扭头看我的反应。

从道理上讲“小格拉西莫夫”的话无可挑剔。小三看我不说话，也不再引逗“小格拉西莫夫”。

或许，我真像受了“小格拉西莫夫”的“提醒”，这天画得很顺手。“小格拉西莫夫”也放开手脚，油画笔在纸上一阵恣肆地“舣打”。小三或许对此理论摸不着头脑，画得很吃力。

“小格拉西莫夫”故意对小三挑衅似的说：“老师，我给你翻俩跟头吧。”他翻了跟头又唱当地的老调梆子……艺术把他弄得五迷三道的。

小三不甘失败，晚上躺在被窝里向“小格拉西莫夫”挑战：“哎，‘小格拉西莫夫’，再给俺们讲讲水吧。怎么画水。”

“小格拉西莫夫”露着半个肩膀子，抽着自制的卷烟说：

“你问的是画水。水嘛，水就是一面镜子。”

“那，山呢？”小三问。

“山，一个沉默的人。”“小格拉西莫夫”说。

“还有问题吗？”“小格拉西莫夫”问小三。

小三沉默起来。胜利是属于“小格拉西莫夫”的。

是谁给了“小格拉西莫夫”——土坨的“小格拉西莫夫”（真名叫二旦）如此地道的作画理论？原来两年前有位Z姓女画家来此地画写生，二旦就接触了油画。Z画家给二旦讲“小格拉西莫夫”，二旦就给Z画家挨家找鸡蛋。据二旦说，Z画家人高马大，一天吃15个鸡蛋。

几天来自信和快乐一直笼罩着“小格拉西莫夫”。小三甘拜下风。

“小格拉西莫夫”也有沮丧的时候。事情是这样，我们住的是老闷家，老闷是个年轻人，媳妇很好看，我很愿为她画张肖像。晚上给“小格拉西莫夫”商量，“小格拉西莫夫”不屑地说：“长得不行，太敦实，脖子短，肉眼泡。这样吧，明天我把我嫂子领来，娜塔莉亚一般。你们一看便知。”

我知道娜塔莉亚是苏联电影《静静的顿河》里的人物，苗条，美丽。

可惜“小格拉西莫夫”没有领来他嫂子。他嫂子说“今后晌要粉麦子”。粉麦子就是磨麦子。“娜塔莉亚”没有来对我们倒没什么，“小格拉西莫夫”却吃不住劲了，就显出狼狈和羞惭。嘴里叨叨着：“粉哪门麦子……”

一连几天“小格拉西莫夫”都很沉闷，晚上躺在炕上不再提“水是一面镜子，山是沉默的人”。只冷不丁来一句：“老师，等着的。等秋后山药下来，我背筐山药竟（进）城看你去。俺们的山药是‘大红袍’小薄拼（皮）儿。”

一天我们真到“小格拉西莫夫”家去吃山药去了，还见了“娜塔莉亚”。她刚收工回来，见屋里是我们，故意在门前闪来闪去，还为那天的事“打圆场儿”。她朝另一个屋子喊：“娘，今后晌还粉麦子不？”“小格拉西莫夫”就自言自语地骂：“个 × 的，这家里要是有麦子，还能让老师吃山药？”

“小格拉西莫夫”的嫂子——“娜塔莉亚”，确是个美人，比老闷他媳妇可俊：胸是胸，腰是腰，圆脑门儿，高鼻梁。我吃着馏山药，“娜塔莉亚”在我们眼前晃来晃去。“小格拉西莫夫”骂着：“个 × 的。”

几天后“小格拉西莫夫”才缓过来，但对小三的画他始终不屑一顾。小三请他看画，他头也不抬说：“艺术嘛，各村有各村的高招。”小三说：“这也是小格拉西莫夫说的？”“小格拉西莫夫”说：“这是电影《地道战》里说的。”

我们和“小格拉西莫夫”相处一个月，都画了不少画。临走我们布置了一个三人联展。“娜塔莉亚”真粉了麦子，烙了白面饼，煎了腊肉，买了枣酒。“娜塔莉亚”跑进跑出，像要弥补那天的过失。“小格拉西莫夫”喝了酒，醉醺醺地说：“老师，等着，秋后新山药下来，我背筐山药竟（进）城看你去。”

秋后我没有见到“小格拉西莫夫”，我出了事。我所在的“干校”，查出了我的“病条”是假的，勒令我回了干校。我再见到“小格拉西莫夫”是五年以后的事。

我差不多是专程去土坨看“小格拉西莫夫”的。我下车后沿着一条山路，找到“小格拉西莫夫”的家。推开一个栅栏门，一个女人从屋里迈出来，原来是“娜塔莉亚”。五年不见我还是认出了她，脸上虽然多了几条皱纹，可身材不下于当年。上身穿一件宽大的外套，敞着，下身穿一条黑健美裤。看到我，端详一阵，立刻显出兴奋地说：“快画吧，今后晌不粉麦子。”我还不知怎样答话，“娜塔莉亚”又抢先说：“你看奇怪不奇怪，他嫂子好不样地成了二旦媳妇。二旦娶了我，他哥死了，烧窑砸在了窑里。二旦接了窑也接了我。”

原来这样。我对她说：“这也自然。”

“可自然哩。”“娜塔莉亚”说，“一个女人家，无非是挪条炕呗。”

“娜塔莉亚”把我让进屋，从一只牡丹花尚新的暖瓶里给我倒上水，叙述了他二人的结合和他们眼前的事业。她说，先前丈夫烧窑，烧瓦烧花盆，受益有限。后来二旦接了窑，二人就合计改变经营方向，改烧“艺术品”了。

“艺术品。”“娜塔莉亚”说，“专烧小课（裸）体儿。”

我说：“烧……小……”

“小课体儿。”“娜塔莉亚”说，“这家伙有人喜欢。走，我带你参观参观。”

“娜塔莉亚”带我上了高坡，来到后院，推开一扇房门。

"小课体儿"摆了一屋子，地上、炕上都是。原来这是一些用低温烧出的粗瓷人形，筷子高的、半根拐杖高的，有《断臂维纳斯》、安格尔的《泉》，一些裸体"小洋人"。最使人振奋的是，这些白色小洋人的乳头上，一律点着红点。

"娜塔莉亚"指着满地的"小课体儿"说："看见了吧？没想到这物件有人喜欢，赚钱着呢，二旦是听了我的话。他会造型，我给他点红点。"

"那油画呢？"我问。

"烧了，我给他烧的。油性大，一烧净冒烟。"

太阳快落山时，"小格拉西莫夫"回到家，他是赶集卖"小课体儿"去了。骑一辆电动三轮车，车上码放着几个大纸箱。停住车，从车上提下一捆当地产的白牌啤酒，敞着怀，伸出手就和我握手，说："我看到老师从集上过了，没叫住你。心说你肯定会家来。果不其然。"

五年不见，"小格拉西莫夫"变化不大，只是瓜子脸更红了。头发不再蓬乱，身上斜背着一个人造革文件包，像个走南闯北的生意人——小经理打扮。

"小格拉西莫夫"把我让进屋，把一捆白牌啤酒"扔"在地上指着说："老师不会见笑，当地产的白牌的，也比馏山药强。"

"小格拉西莫夫"扔下啤酒，就到院里和"娜塔莉亚"准备晚饭了。晚上我在灯下吃着他们二人为我烙的葱花饼、煎鸡蛋和"小格拉西莫夫"在集市上买的驴肉、驴肠。"小格拉西莫夫”用个大碗喝着白牌啤酒。他看我喝得不爽快，就说：“随其记言（顺其自然）吧。人家小格拉西莫夫肯定也不喝这玩意儿，人家喝什么？喝‘格瓦斯’，吃‘大列巴’。咱们没有大列巴，整天吃山药。光接触油画有个什么用，说到这儿，老师笑话了，你一准要问，你那油画呢？烧了。谁烧的？就是‘娜塔莉亚’，从前的嫂子，现在我媳妇，个 × 的。我说留个纪念吧，人家说，别分那个心了。做你的‘小课体儿’吧。你造型，我给你挂彩儿。个 × 的。还真能，你看那‘小课体儿’，哪最鲜气，奶头儿。怎么我越说越不着调。”“小格拉西莫夫”看我不说话，又歉意似的说，“不论怎么说，老师在我心中还是扎下根的。为什么，就因为咱们一起闻过那种味，油画味，一起闻过，一起爷（研）究过。”

我们在“小格拉西莫夫”断断续续的叙述中结束了晚餐。

当晚我住在“小格拉西莫夫”家，“娜塔莉亚”在一个堆满“小课体儿”的闲炕上，推开一块空地，为我铺陈被褥。我和衣躺下。窗外又是山区那特有的明丽天空。天空下有座山，远看像一个仰面而卧的女人。想起“小格拉西莫夫”的那句话：山，一个沉默的人。这个沉默的“人”折腾了我一夜。天刚亮，“小格拉西莫夫”又要推车赶集了。看到我说：“我猜老师一夜未眠。为什么？准是看见了‘沉默的人’。说到此，我目前的想法是，水可以像镜子，山也可以沉默，人不能沉默。沉默着光吃馏山药哟。”

“小格拉西莫夫”出门上了路，我吃了“娜塔莉亚”为我做的早饭。我们做了告别，我决定去瓦坨老闷家。

我顺着一条熟悉的山路向前走。想着，油画艺术对于土坨，对于“小格拉西莫夫”到底意义何在？也许意义就在于，在土坨这个深山老峪的小村，有人爷（研）究过油画，这便是它的意义所在了。

研究,改变,再研究,再改变,这便是一部人类的生活史吧。不改变倒成了例外。

我继续向前走，看几个农民正在砍掉自家的柿子树，有的树上还挂着成熟的柿子。几个农民认出了我，说：“快画柿子树吧，不画就没了。”

我问他们为什么砍树，他们操着当地方言说：“光靠柿子哟，喝西北方（风）吧。卖不上怯（钱）。”

这又是一个研究和放弃的例证吧，他们的祖先对柿子的研究少说也有几百年，现在他们要放弃了。

“小格拉西莫夫”研究油画又放弃油画，就像他的乡亲研究柿子又放弃柿子一样吧。油画或许就属于喝着“格瓦斯”吃着“大列巴”的人群。

2009 年初稿

2012 年再改

“河里没规矩”

我沿着拒马河走，寻找那个“河里没规矩”的故事。那故事说，夏天中午当地的闺女媳妇们可以和男人面对面下河洗澡嬉闹，又互不干扰。

看来这已是一个久远的故事。如今我坐在河边画写生，不见传说中的情景，再三打听，当地人都讲得含糊其词。

一天我坐在一个叫何家河的村边画画，一位放羊老人走来，一群羊一嘴一嘴地低头吃草。拒马河边的水草鲜美。老人停住脚步，抱一羊鞭蹲下来看着我画画，他看得很出神。我问老人，我画的拒马河像不像。老人说像是像，就是河里缺东西。我说缺什么东西。老人说，缺个“河里没规矩”。

我惊奇地站起来，终于听到了当地人讲起“河里没规矩”。我和老人站个对脸，老人的脸上正挂着微笑，那笑有点天真，有点嘎。嘴角一起一落，这类表情本应挂在年轻人的脸上。

“你是说，画个‘河里没规矩’？”我问。

“那有多么好，这边是女的，那边是男的，一蹦一跳的。”老人用羊鞭在我画面上指点这边又指点那边。

“现在还有吗，那……那个‘河里没规矩’？”我说。

“女人娇贵了，不般以前了。”老人说。

我开始刨根问底，哪怕听老人当故事讲讲也算运气呀。老人说，找个女的讲讲吧，那才有滋有味，老爷们儿讲，干巴巴的。他提醒我到村里去找一个叫贵姐的女人。老人轰赶着羊群远去了，唱着当地的老调梆子：“都只为潘杨两家事，急把我寇准调进京……”

我决定去何家河找贵姐。一位年轻媳妇把我领进贵姐家。贵姐原来是一位古稀老人，大热的天，贵姐在炕上捂着被子，露出半截身子，肩胛骨突出着，两只乳房似有似无的，脸上的皱纹像黑白木刻画。我不好意思看贵姐，贵姐却不在意，还是露着半截身子和我说话。我向贵姐说明来意。贵姐脸上的皱纹立刻敞开来。她说：“我16岁过的门，觉着这事挺新鲜，我们山那边没河，看见河、看见水稀罕着哪。大中午，闺女们、媳妇们都去，找块玉米地、高粱地，脱得光光的，把衣服一扔，就往河里跑，不怕叶子扎，不怕蚊子咬，下饺子一样……谁没打幼年过过？打闹，疯着哪。那厢兴许就有男人，有，有去。你冲我喊，我冲你喊，你冲我骂，我冲你骂。你往上一蹿，我也往上一蹿，你敢露，我也敢露。谁叫你年轻呢，可有一条，不许你过来，更不许动手动脚，说是河里没规矩，这就是规矩，严着呢……”

我好奇地问贵姐，万一有人不守规矩呢？

贵姐说：“除非他不是人。”

听着贵姐的叙述，很难想象这位瘦骨的老人，就是当年在河里“疯”过的少女。但我又清楚地“看”到一个16岁的妙龄少女，正澎湃着自己的血液，澎湃着自己的筋肉，朝着那边的男人，笑着、跳着，尽情展示着自己的青春。一个“河里没规矩”的故事，终于在我的心中复活起来。

和贵姐分别时，那位年轻的媳妇对我说，往上走，深山里，兴许还有。

听了这位年轻女人的话，几天来，我心怀叵测一样，开始沿拒马河向上走，向深山里走，每天只见碎银般的河水在阳光下闪烁。偶尔有人，那是给牛马洗澡。我无心再等什么河里有没有规矩，决定画自己的画，决定不再为河里的事分心。

人生有许多“无心插柳柳成荫”的时候。这天又是中午，我坐在河坡画画，高坡下又是一带茂密的玉米地。不远处有群女孩正朝玉米地跑来，她们迎着我跑，我的心怦怦跳起来，莫非我真遇到了“河里没规矩”，我赶快把自己做了隐藏。

女孩叽叽喳喳跑进玉米地。

女孩们五颜六色的衣服在玉米地里开始闪烁。

有人撒欢（儿）似的把衣服向天上扔。

女孩们的身影再次闪烁时，便是一身精光了。

精光的身影和玉米的秸秆交织的互动……

此时，我作为一个画家，只有一个感觉，啊，大地复活了，

河里没规矩

寂寥的山川复活了，复活中的大地、山川、宇宙美了，这美才是人间的大美吧。

瞬间是快速的，记忆却是永远的。

接下来便是女孩们在河里的推搡、拉扯、打闹，可惜河里只有女人，没有传统中的男人。

如果说河里的女孩是故事的结果，我倒酷爱女孩们下河前那些流动的瞬间：有玉米地的掩饰，有掩饰中的暴露，有靓丽的肌肤和绿的互动，这美才是沁人肺腑的。大自然原来就是这样多姿多彩的。相反，当她们奔跑到水中把自己“亮”

出来时，倒成了艺术家的司空见惯。玉米地里的下河者，竟成了我艺术生涯中永远的追求。于是在我的绘画作品中多了一个新的主题，我把它命名为“玉米地——下河者”，并开始做各种构图实验：全景式的；以玉米地为主，特写式的；以下河者为主体的。油画的、水彩画的。我曾为某些完成后的作品感到过相对的满意，某些作品也跟我登上过大雅之堂，但有时，当我站在自己的作品前，总还有几分不满足之感。它引我思考着艺术本身：假如一个故事能激发你创作的欲望，这才是作品出现的开始。它使你发现了新题材，并生出“占有题材”的欲望。但艺术还有它自身的规律，这规律有时要超越一个故事的一般内容，去寻找其中的艺术形象，如下河者贵姐说的那个“疯”，我对我的下河者不满足之处，就是画中人物缺少贵姐式的“疯”。“疯着呢”已经是一个艺术形象了。

2013 年 1 月

玉米地——下河者　油画　80cm×100cm　2016 年

画家与模特儿

画家与模特儿

画家要再现一个瞬间，要画出一个人物在一定规定情境中的动作或行为，大都要使用模特儿。艺术史上，艺术家与模特儿之间也留下过不少传奇和佳话，或喜或悲，如波纳尔与马特、罗丹与克洛代尔、马约尔与季娜。似乎是模特儿成

［法］马约尔　地中海　雕塑

就了他们的事业，马约尔的代表作《地中海》，波纳尔的《男人和女人》，罗丹那些或飞扬着的，或在安稳中激动着的人体，都是有模特儿做参照的。

我当学生学艺术时接触模特儿大多在教室中，先生将模特儿摆下一个姿势，让你面对这姿势，面对这具体的对象去研究人的解剖和画面的构图。或通过他们研究色彩在人体上那些微妙的变化。这类模特儿应该属于摆放着的静物，连模特儿自己因处于一个摆设的地位，常显出疲惫和麻木。几个小时过去后，等待他们的是昏昏欲睡，当然学子们从他们身上也收获过属于绘画技术的一些方方面面。

我接触与艺术创造有

［法］罗丹　丹娜艾　雕塑

关，与实现一个构思时才需要模特儿还是在我毕业数年之后。那时我正迷恋着冀西山区的一些山山水水和乡间故事，并专心致志地或用绘画形式，或用文字体现出来。如那个与艺术有关的“河里没规矩”的故事，那是女孩们在大暑天无拘无束地恣肆着自己。要下河，下河前他们要在河边的玉米地里把自己脱光，奔跑着，迫不及待地跑入一个叫拒马河的河水中。我目睹过那个瞬间，女孩们明丽健康的身体和玉米秸秆形成的闪烁瞬间的大美画面，那时你忽然觉得，眼前出现的那些闪烁的瞬间，似乎使大自然更加和谐完美了。后来我甚至感到，玉米地中少了女孩的跑动好像缺少了什么，大自然显得也不完整了。为了完成这一构思，我曾让一位乡间友人请来一位乡间女孩作为下河者。我们一同来到临河的玉米地前，请她按我的要求和顺序再现那个下河者的过程。这女孩是位腼腆但听话的女孩，她愿意配合我的要求，一步步地去完成我所要求的下河过程。她站在玉米地前犹豫一阵后，还是脱掉了自己的衣服，站在我面前，显出一阵不知所措。这是一位中等身高，肌体筋道，麦粒色皮肤，性格不事飞扬的那种。有这样一位女孩站在你面前，作为画家的我倒显出几分难为情了，显然我是难为了她的。身后那位为我寻找模特儿的朋友插话对我说：“说吧，她会听你的，是个好孩子。”这时我才开始像一位专业导演一样为她“说戏”了。

我对她说：“你看你身后就是拒马河，你下过河吗？”

她说：“没有。”

我说：“你听说过‘河里没规矩’的事吗？”

她说：“听是听说过。”

我说：“现在咱们演的就是‘河里没规矩’。你下一次河，从玉米地里走过去。”

她说：“我走过去？”

我说：“对，你走过去，从玉米地里。”

她说：“叶子太扎了。”

我说：“人家下河都这样走。”

画家与模特儿（摄影）

她说：“你见过？”

我说：“我见过，在山那边。”

女孩的一双眼睛朝我直视着，显出几分怯弱和为难，但还是转过身朝玉米地走去。她小心翼翼地扒开玉米叶子，一步步朝前走，可不似真的下河者那么自然那么无所顾忌，但她还是走过去，下了河，又走了回来。当然，一切距我的想象甚远。

我想，画家面对模特儿是幸事，但模特儿做到的实在有限，艺术作品体现出来的一切，还是靠了艺术家的想象，艺术形象是多了艺术家的见解的。马约尔、波纳尔、罗丹他们手下的艺术形象都是靠了他们的见解而转换出的艺术形象。于是他们的那些传世大作，已不再是克洛代尔、玛特和季娜。

但模特儿的作用毕竟是不可缺少的。也许在他们的形象或姿态中，你发现的才是一些看似微不足道的细节，是细节成全了你完整的构思。我对“炕”“红柜”和“玉米地”等题材酝酿出现，就是靠了一些细节的发现。一次我在农村写生住在农民家，中午回来，偶然看到年轻的女主人，赤着臂在房屋中劳作，她面前是黝黑的房间和房中的那张红柜。一缕阳光恰好照在她的臀部和背以上的“曲线”上，我记下了这一瞬间。是那受阳光照耀的曲线细节，决定了这幅画的构图和意境，身边的红柜倒成了画面的背景。《炕——剪趾甲》的诞生，我发现的是一位坐在炕上的女孩一伸一曲的脚，才有了“剪趾甲”的主题。至于《玉米地——下河者》的入画，是人体和玉米地交织闪动的瞬间，那时，裸体女孩和大片茂盛的玉米地倒成了主题的陪衬。

炕上的女孩（摄影）

文学作品缺了细节就变成一个只有概念的故事框架。同样，造型艺术缺少了细节，就变成了“人云亦云”、没滋没味的“大路货”。

2021 年 5 月于
铁扬美术馆工作室

梳妆的女人（速写）

为我烧炕的女孩

至今我游历的中国名山大川还很少，我愿意到距我最近的太行山画写生。从 20 世纪 70 年代开始。那时正是我们这个民族只需要政治不需要艺术的时代。

又是一个冰雪消融、草木返青的季节，但山区仍是寒冷。当你走进农民的土屋子，坐上屋里的土炕时，寒冷便会立时朝你袭来。

我身背画具在镇上下了长途汽车，来到一个叫宋王岭的山村。听同事说，这里依山傍水，建筑也有特点，说远处还有一个大水库，像西湖风景。还说，那里山民朴实，拉个山民当模特儿，让他坐哪儿他坐哪儿，在你“风景”里一坐半天，不说累，大队还给他记工分，只当出工。

宋王岭地处一个近山的丘陵地带，算不上典型的山村。大队把我安排在一个叫宋老善的家中。宋老善的老伴已过世，儿子在保定当兵，只有一个叫西芹的闺女跟老善相依度日。

西芹十四五岁吧。

我按队上的指点向老善家走，发现前面有一个闺女小跑着像给我引路，快进门时，我才得知这就是西芹。西芹先跑到家门口，一条腿站在门内扭着身子只向我笑。

我跟西芹进了院子，进了屋。屋子很空旷，是一间闲屋子。炕很大，很空。我把画具放在炕上，自己也想上炕伸伸腿。

西芹看我上了炕，就连忙往外跑，原来她要为我抱柴火烧炕。

北方的炕有两种：一种连着锅台，灶膛起火做饭时，炕也热了。一种炕是凉炕，只在用时才烧。炕的正面齐地有个炕洞，专为点火，凉炕只在点柴起火时，炕才会热。

西芹抱来柴草，跪在炕前就地点火。我也才觉出这炕的凉。炕的凉是沁人肺腑的凉，有句俗话叫“傻小子睡凉炕”，意思是只有傻小子才不怕炕凉。

我坐起来看西芹点火。她划根火柴把引柴点着，再把引柴塞进炕洞去点燃炕里的柴草，西芹就开始吹火。她侧身爬在炕前，鼓起腮帮，朝着炕洞猛吹。火苗终于升起来，映红了西芹的脸，一阵欣喜也在西芹脸上油然而生。

我注意看西芹的脸，想起苏联画家普拉斯托夫的油画《拖拉机手的晚餐》，画上有位像西芹一样年纪的姑娘，在夕阳中俯着身子在给两位拖拉机手倒牛奶，看上去很美，像现在的西芹一样。但你又无法用“美”这个字来形容她们。如果一定要形容，大约就是“圣洁”。对，健康，明丽，圣洁。

炕被点着，西芹站起来面对我倒显得手足无措了。她拍拍沾在身上的烂草，跨过门槛，跑了出去。

晚上我吃派饭回来，进来看炕的是宋老善。他进门先伸手摸炕，又蹲下身子向炕里添了柴火，说，炕总算烧热了。我说西芹可是个好孩子。老善说，好是好，就是整天不说一句话。我这才想到，原来我还没听西芹说过一句话。

老善就着炕头点着一袋烟，说村里有个戏班，唱老调梆子，是祖传下来的。村里还有个乾隆年间的戏台。他是戏班里的鼓师，能打上百出戏，可现时老戏不让唱，光让唱《红灯记》，《红

为我烧炕的女孩　水彩画　13cm×15cm　2022 年

灯记》又没个“打”头。我知道“打”戏是鼓师的专用术语，鼓师是一出戏的指挥。

老善说着，脸上显出无尽的遗憾。我决定改个话题，问宋王岭水库的事。老善告诉我，水库在村子西面，走二里上一个高坡，就能看到水面。“那是个好地方，仙境一样。”老善说，“这几年哪儿都变，就是山不变，水不变。”

果然当地人对这座水库有着特殊的感情。

我在西芹烧热的炕上躺下来，体会到热炕对于人的意义。第二天起来，浑身筋骨得到解放一样，在通往水库的路上，走得格外轻松。

我沿着老善指出的方向走，发现西芹又在前面引路了。她一定是从父亲那里知道我的行动计划的。她在前面小跑一阵，停下来向后看看，又小跑一阵，再停下来向后看看。直到她先我一步走上大坝高坡的顶端。我喘着气爬上坡顶。

西芹看我上来，还是一脸满足的笑。我想起老善的话：西芹好是好，就是整天不说一句话。我决心让西芹说话。

这确实是一个好地方，好就好在这山水的搭配。

我找个角度，打开画夹。西芹在一旁看，想帮忙，又不知如何下手。

我要让西芹说话。

“你们这地方种芹菜吗？”我问西芹。

西芹没有应答。

“西芹也是一种菜呀。”我说。

西芹还是没有应答。

“那你为什么叫西芹？”我问。

“知不道。”西芹终于说话了。

当地人管不知道叫“知不道”。

“啊，我听见西芹说话了！”我故意高兴地拍起手来。

西芹却撒腿朝坡下跑去，头也不回。

我看着西芹的背影，研究着西芹的性格。

我坐下来画水库，想起一句画界名言：水像一面镜子。这在风平浪静的时刻就更能体现出来，现在风平浪静。远处玫瑰紫般的山峦映在水中。

我画完宋王岭水库，回到西芹家，把画贴在墙上。西芹跟了进来，站在画前，脸上是无尽的好奇。我还是要让西芹说话的。

我说：“你看这张画好不好？咱俩也得讨论讨论呀，你也不能光给我烧炕呀！”

“知不道。”西芹又是这样回答着跑了出去。

第二天我再上水库时，西芹没有带我，我决定不再往高处走，坐下来画这条通往水库的路。这是一条蜿蜒而上的光明小道，它能引你向前走，大凡能引人向前走的路，都是迷人的吧。我为这张画定下的题目为《通往水库的路》。

回到西芹家，我把这张《通往水库的路》和昨天画的“水库”并排钉在一起。西芹也走进来，我又要引西芹说话了：“西芹，这张好不好？知不道。”我替西芹说。

“知道。”西芹说。

这可是怪事，西芹又说话了。我说：“你接着说，这两张画哪张好？”

西芹毫不犹豫地指着《通往水库的路》说：“第一好。”又指着“水库”说，“第二好。”

“这是怎么回事？”我问西芹。

西芹指着“第一好”说：“能上去，上去再……再看水，更好。”

西芹不仅说话了，还道出了一个艺术欣赏的规律：“联想”和“直白”的比较。联想是更重于直白的。在一条通往水库的路里，有联想的存在吧。

我围绕宋王岭水库画了不少画。和西芹分别时决定送一张画给西芹。我指着一片作品对西芹说：“西芹呀，挑一张留下吧，你用手一指就行。不用说话。”

我想西芹会指“第一好”的，但她却指向了“第二好”，她把“第一好”留给了我。

西芹送我出村。路过那个乾隆年间的戏台，台上正唱老调梆子的《红灯记》。奶奶正给铁梅说家史，“铁梅”是位中年妇女，脸上的粉涂得很厚，眉毛也画得很黑，单薄的戏衣罩着她的厚棉袄，腰显得很粗。但嗓门儿大，声音从戏台上方四散开去……“打不经（尽）车（柴）狼，决不下战场。”

老善的鼓打得很精神，一手拿鼓板，脚也在鼓以下跺。

我想站下再听一听，但西芹替我背着画具早已走到远处去了。我知道她要催我快走。我追上西芹说："唱得不是挺好吗？"

西芹说："整天这一出。"

我和西芹在村口告别，西芹先开口问我："明年还过来不？"

我说："过来。"

西芹把画具交给我，转身向村里跑去。她没有目送我上路，那是她认定我明年还会过来。

然而，明年我没有"过来"，又过了一个明年我还没有"过来"。我"忙"了，一个万物复苏的新时期到来，大家都忙了。于是我带着几年来的"积累"四处游走，去向世人展示，这积累里也包括了和西芹在一起时的那些收获。有一幅叫《通往水库的路》的写生作品，甚至一再出现在我的展览会和各类画册中，我珍惜这张画，因为它总让我想到西芹，想到西芹那张明丽、健康、圣洁的脸。就这样，我走过了地球上一些地方，这一走就是几十年。

几十年过去了，忽然我又有了再去宋王岭找西芹的念头，我这才"过来"了。此时，我已是一位"八〇后"的老人，我在宋王岭村的街道上寻找西芹的家，寻找那个乾隆年间的大戏台，我知道绕过戏台走不远就是西芹的家了。然而村里却没有了那个戏台，老街也改变了模样，处处是新的屋顶新的墙，粉白的墙头上显示着"与时俱进"的广告："买水泥到我家，4558658""村西老梁家收购蝎子"……像许多新农村一样，宋王岭村已是一个全新的宋王岭村，已不见西芹家的老门老房子。

后来我在村民的引领下还是找到了西芹新家，那是几棵不高的杂树包围着的一个像临建一样的屋宇。

西芹在哪里？一位两鬓斑白的大妈从屋内走出迎接了我。她面对我这位不速之客，站下来，抻抻身上一件不合体的、扣子也不完整的大外套，脸上只是一片茫然。当然我也是同样的茫然，我在分析猜测这是西芹家的谁。很快村人就告知我说，这就是你要找的人——西芹。西芹对我还是一脸茫然，两手不停地抻她身上的大外套，惊异地把我注视良久。

我问她：“认识我吗？”

西芹摇摇头说：“知不道。”

这是她，她爱说知不道。

我说：“我是在你家住过的那位画家。”

西芹还是说：“知不道。”

“你给我抱柴火，烧炕，吹火！”我说。

西芹不再说知不道，但对此还在疑惑着。

我又对她说，那是在他们的老院子里，我住她家那间闲屋子，屋里有盘凉炕，我来了，她为我抱柴火，点火，烧炕……

终于，西芹“醒悟了”。这时她先是走到我跟前抓起我的手，然后就扑向了我，我和西芹抱起来，脸上都挂着眼泪……

当然，西芹的脸不能再用明丽、圣洁来形容，岁月在她的脸上刻画下许多被磨难的痕迹。刚才在寻找西芹的路上，村人就告知我，宋老善久病昏迷卧床不起，至今西芹仍然和父亲宋老善相依为命。她不曾离家，只有三次招婿入门的历史，三次招婿又被来人嫌弃而离去。

原来属于西芹的那些日子是这样的。

西芹和我相认我又进屋来看他的父亲宋老善。老善仰卧在简单的床铺上，一条花被窝胡乱搭在身上，两眼望着天。我和他做着各种交流都无济于事，后来我想起老善唱戏的经历，就用两句《调寇》中的唱词来试着唤醒他。我俯在他耳边大声唱道："都只为潘杨两家事，急把我寇准调进京。"果然奇迹发生了，老善睁开了眼还和我牵住手，一汪清澈的泪花在他浑浊的眼眶里转悠着。

我和老善告别，西芹把我送出家门，在当街不顾乡亲的围观，再次抱住我痛哭着。

我和西芹在宋王岭村里走了半条街，在村口分手时，她还是用那句话问我："明年还过来不？"我说："过……过来。"但我说得非常不肯定，不恳切。

2015 年立冬

发于《散文》2016 年第 2 期

《散文海外版》转载

通往水库的路　水粉画　25cm×31cm　1977 年

铁匠山

那年寒露，大秋已过，我来一个叫东水的村子画写生。这是一个位于狼牙山下的小村，山梁那边还有个村子叫西水。我住在一个叫二丫头的家中。二丫头的父亲放羊、擀毡，母亲是一位普通山民，二丫头是他们的独生女。

我是在村委会（当时叫大队部）遇到二丫头的。大队长对我说，就住二丫头家吧。接着大队长向外喊：“二丫头，过来一下！”一位个子不高、圆乎乎的姑娘跑进来，看看我，问队长：“有事呦？”队长说：“没看见来人了，画家，就住你家吧。”二丫头不假思索地说：“行。”

当地人说话简洁，有的单字能代表许多意思。“行”就是可以，就是没问题，就是好吧。队长又对二丫头说：“吃饭呢，还是派，你掂对吧。”

我跟二丫头走进二丫头家。这是一个典型的山区小院，乱石垒墙，干树枝做门，几间坐北朝南的房子面朝山。院子一头是柴草棚，厕所连着猪圈……

二丫头推开两扇房门把我让进来，指着一盘炕说：“你就住这儿，里间是我。”

这是一间有里外间的屋子。里间和外间由一人高的短墙隔断，短墙以上是秫秸插制的隔扇，隔扇上糊着纸，纸很旧。门上只有一条白布门帘。

面对这样一种居住形式，我踌躇一下，对二丫头说：“还有别的空屋子吗？大小都行，我们这个职业不计条件。”

二丫头咯咯笑起来，说：“这有个什么呀，不是还隔着一道墙呦。我不怕你，莫非你还怕我？”

我吞吐着说：“也不……不是，其实……”

二丫头已经从里屋抱出被褥。

我住下了。

二丫头农中刚毕业，是大队的广播员。

二丫头替我铺好被褥，我把前几天画的写生摆在窗台上、桌子上，摆地摊一样。

二丫头从炕上扑通跳下来，东看、西看，面对眼前的稀罕似有不解之意。但她并没有问长问短，不似我遇到的一些女孩，面对你的画，总要问点什么：这是什么，那是什么……

已是黄昏，当晚我就在二丫头家吃过玉米粥，又和二丫头的父亲聊了家常，该是睡觉的时候了。

我先走进我和二丫头的屋子，毫无目的地坐在炕沿上。二丫头走进来说：“知道你躺不下，恁讲究，我睡去了。”

二丫头

二丫头也不看我，一挑门帘进了里间。灯也亮起来，把糊着的纸墙照得很亮。

我脱下大衣服，留着“小衣服”躺下。二丫头给我铺陈得很厚，足能抵挡早春的寒冷。

二丫头在里间窸窸窣窣一阵：她上了炕，站在炕上开始脱衣服，影子投在纸墙上。我熟悉此地的山民，他们脱衣、穿衣要站在炕上，睡觉要裸着自己。二丫头的影子就如此这般地凸现出来。

或许是外屋太黑，里屋太亮，我的视线很自然地就被吸引在隔断墙上。我闭上眼睛，再看就是自己的“不洁”了。尽管画家面前出现裸体女性是常情，那自有个规定情境的不同，那是模特儿。

里屋灯光骤然消失。二丫头朝着外屋没有人称地说：“你画那画卖哟？”

“不卖。”我朝着屋顶的黑暗说。

“留着自家看哟？”

“啊，自己看吧。”

“好看哟？”

“好看不好看的吧。”我说。

“也许有人愿意看，百人百脾气。”

这一切都证明着二丫头是不喜欢我的画的。

过了一会儿，二丫头又对我说：“县广播站来电话了，明天，也许后天有霜冻。出去别冻着。”又说，“明天派饭在东头富贵家吃。他家生活比一般人强，偷着卖香油。”

我答应一声。

里间、外间都寂静下来。

二丫头不喜欢我的画和隔断墙上那个影子干扰了我许久。

第二天，二丫头起得很早，蹑手蹑脚走了出去。

我起来打听到东头富贵家，早饭并不强，半盆掺着干菜的秫米粥。

白天我在村外画写生，眼前是一片开阔地，远处有座山，像四边不靠一样，当地人管它叫“铁匠山”。这山的造型和颜色都和它的名字接近：凝重、稳定。我决定画铁匠山。村里广播站传来二丫头的声音：“社员们注意啦。根据县广播站通知，明天也许后天有霜冻。各家的山药要尽快刨，以免烂在地里，白菜、萝卜也一样。要自己掌握。还有一件事，咱大队来了一位画家。画家要到各家吃派饭，派到谁家，谁家都要拣好的做，有鸡蛋的摊鸡蛋，有腊肉的煎腊肉。熬粥，也别往锅里掺和烂菜叶子、树叶子了。这也是对毛主席的无产阶级革命路线忠不忠的问题。”

二丫头的广播一遍又一遍地重复着。我心里七上八下地听。心想，煎腊肉、摊鸡蛋算我运气好，要和无产阶级革命路线连在一起，我实在不敢当。我是借故逃离我所在的“五七”干校的。本身就是对革命路线的不忠。

我听着广播画完了眼前的铁匠山，回到二丫头家，把画贴在墙上。很巧二丫头也进了屋，她一眼就盯住了我的画。

她向前走走向后退退端详一阵，脸上带着无比的惊喜说：“呀，铁匠山。这张可好，般哪张都强。”

没想到铁匠山引来了二丫头对我作品的热情。

“你喜欢这张？”我问。

“嗯。”

“你为什么喜欢？”

“这太神奇了，太像了。铁匠山不是一般的山，没人能画像。”

“你说，太像了，哪儿像？”

“铁打的一样，稳重。”

原来我和二丫头在艺术上是能沟通的。

她说的“铁打的一样”是道出了一件作品的气质吧。不是细枝末节的像。

晚上，我躺在炕上又看见二丫头的影子。里屋黑下来时，二丫头冷不丁问我：“富贵家的饭强呗？”

我说：“煎了腊肉。准是听了广播。”

二丫头说：“有，他家有，闹点小资本主义，就比普通社员强。”

“大队不管？”

“管。管不过来，你横是管不住人的心思……画人呗？”

二丫头突转话题问我。

我说：“画，画画你吧。”

“可不。找好看的吧。”

假如我要说，“你就好看”，此时、此地、此话就有些欠庄重。晚上，一间屋子，两个人的世界。我采取了沉默。二丫头也沉默下来。窗外格外安静，有山鸡的叫声从远处传来。当地人说这是山鸡在求偶，叫声清灵幽远。

我在东水一住半月，转着圈儿吃派饭，画了半墙写生，二丫头却有着不同的褒和贬，唯独没有对铁匠山的热情。

离开东水时，二丫头一面替我整理东西，一面指着我的一摞画说：“都是山水，到了也没画个人。”语气似有委屈和抱怨。

我说：“是啊……没画个人。”

二丫头说：“那天你说画我，我说找好看的画吧，你不说话了，想必是我不好看呗。”

原来这样，看来这是一个难以解开的误会了。我尴尬地站在二丫头面前，二丫头看出了我的尴尬，打圆场似的说：“那……我要一张画吧，留个纪念，你知道我要哪一张。”

我从已经整理好的画作里，抽出了“铁匠山”。

留下铁匠山我是很心疼的。过后想想，它毕竟是留在了铁匠山的故乡二丫头家。二丫头认识它。再伟大的作品也难求一认识吧。

2012 年 12 月

为文集而作

午夜喂牛者

假若你不进山，不在山上住，永远不知道在山上看星星，星星有多大。星星有多大？有酒盅大，有核桃大。不用月亮的率领，单只一天繁星，大地也会明如白昼。

这个散落在半山腰的村子叫瓦片。瓦片村有瓦房，也有草房，瓦房都很老，有的房上残存着砖刻，有说法为明代的建筑。我和我的学生小三来这里画画，就住在一间老瓦房里。房主人叫全福，是位刚结婚半年的青年。全福和新媳妇住在我们对面。

全福是一位赤红脸、敦实个，有文化、不爱说话的人，遇到我们顶多说一句“出去哟”。要么“回来了”。至于你是干什么的，他全然不闻不问。

媳妇很俊，也结实，以画家的眼光看，全身哪儿都标准。她也不爱说话，整天从屋里跑进跑出，低头不看人。不似我接触过的另一种女人，总要把你问个“底朝天”。

很快我们得出结论：深山出俊鸟。全福媳妇是一只俊鸟，怕羞的俊鸟。

晚上我和小三躺在炕上聊天，悄悄议论几句全福媳妇成了自然。

“美倒是美。”小三说。

“是挺美。”我说。

“您画模特儿多，有这么美的没有？”

“百年不遇，标准也不一样。”

“整天羞羞答答不说话，莫非和全福也这样？”

“这很难说。我想不至于。”

外面月亮升起来，加上繁星的光华，把一棵核桃树的影子投在窗户上，如同白昼。

全福踢踢踏踏进了院，进了屋。媳妇在屋里黑着灯等他。还是听不见两人说话。院里格外安静。正是夏天，只有丝瓜架上的蝈蝈在鸣叫。

我们不再议论全福媳妇，我想着明天的事。小三很快打起了呼噜。我不知何时进入梦乡。再醒来时，大约已是午夜。是为了到院里“方便”，我从炕上下来，摸黑趿上鞋，蹑手蹑脚拉开门，挑起一个蓝布门帘，一只脚迈过门槛，对面一个现象惊呆了我，全福媳妇从对面屋里走了出来，是裸体。这时你是不敢相信自己的眼睛的，但现实又顽强地证实着你眼睛的确认无误——全福媳妇是裸体。

我赶忙把迈出去的脚缩回来，用门帘把自己遮住，只留一双眼睛朝门外。只见全福媳妇径直向牛棚走去，噢，她是出来喂牛的。在院子一角有个敞开的牛棚，一头黑牛头朝外吃草。全福媳妇背朝我弯腰拿起一个筛子，又用筛子撮起一些碎草，晃动着身子把草筛净，再把筛子举过头顶开始给牛添草。于是，一个美的瞬间呈现出来：金灿灿的草节向下飘落——金子一般。月光洒在她的肩上、背上和臀上，碎银一般。我说的美的瞬间，不是一个司空见惯的美。那实在是人间的大美，一个千载难逢的大美。

全福媳妇喂完牛，扔下筛子，闪电一样闪回了屋里，月光、星光追了她一路。

想起法国画家米罗一句话，大意是说，画家像支蜡烛，但蜡烛靠点燃才能发光。点燃画家的只能是生活。

现在，全福媳妇不把你点燃才怪呢。不然，那只能是你的麻木和迟钝。

趁着我已被点燃，我开始画“喂牛”，“午夜喂牛”一时成了我的“题材占有”。谁知画了几年，终没成功。但它对我的点燃，已成永远。这是后话。

第二天我把当晚的情景告诉小三。小三埋怨我为什么不把他叫醒。我说，一是怕你醒了，她走了。再说两个男人看一个裸体女人，总有不方便之处吧。

看全福媳妇喂牛，我想起了马约尔①和维格兰②，但她实

① 马约尔（1861—1944），法国雕塑家，画家。

② 维格兰（1869—1943），挪威雕塑家。

在又不是马约尔和维格兰式的女性。她是太行山瓦片村全福媳妇。平时不言不语，很羞涩。一旦四周属于她自己时，她自由了，更美了。

2013 年 1 月

午夜喂牛　油画　130cm×150cm　2010年

馒头是文化

一个馒头能满足你的欲望。

一个馒头能点亮一个世界。

馒头是念想。

馒头是文化。

一

小时候盼馒头，一年之中馒头在眼前只出现两次，麦收了，家人总是把未晒干的麦粒，碾压成粗面，不干的麦粒不能上磨，难成细面。用上年的老酵母发成面团，做成馒头，用大火蒸熟。馒头出锅了，你捧起它，只觉得日子怎么这么美好，鸡狗也叫了，鸟也叫了。它们的鸣叫也许不是为了你手中的馒头，但你觉得是，不然一年的美好从哪里来?

要过年了，陈放了半年家人舍不得吃的麦子，也陈干了，才能上磨磨成细面，细面蒸出的馒头，比粗面更暄更白更温柔。腊月二十九蒸馒头，吃要等到初一。初一这天，大人把又暄又白的馒头递给你一个，细白的馒头正好配你身上的新棉袄，配门上的新春联。于是你便觉出这棉袄更新了，春联更亮了，若不是你手里的馒头，新棉袄新春联就成了司空见惯，新不新的吧。于是一切的新鲜都笼罩着你，都只为你手中有一个细白的馒头。

然后又是一个漫长的等待，等待来年的麦收，等待来年的岁末，你觉得日子长得难熬。

二

你长大了，等馒头再不需一年半载，只需一周的七天。那时我在解放区一所大学学习政治，一周的六天吃小米干饭萝卜汤，只在周日吃馒头配豆腐。这天，一屉屉馒头被抬到厨房门前空地，我们一个百十号人的班级，守着热气腾腾的笼屉，排起纵队，开始唱歌，向着笼屉致意。唱什么，唱“解放区的天是明朗的天”，唱“什么花开朝太阳”，唱“军民合作打老蒋”。大家唱着歌，心向眼前的一片雪白。作为学员的我们，不只是朝着馒头唱歌，朝着小米干饭萝卜汤也要唱，每次要唱三首。与往日不同的是现在唱歌唱得更响，唱得更具激情。大家还用手中的筷子敲响手中的碗做伴奏，唱完三首我们便冲向笼屉，用筷子去串馒头，一个两个三个……任你盘算，然后蹲在一个什么地方，狼吞虎咽地咬起来，于是你的期盼你的欲望满足了，这预示着当明天来临哪位领导的报告也会格外生动。我们坐在树下讨论时，发言也会争先恐后。

三

日新月异，你又经历了种种岁月。好的不好的，你见过了许多馒头，粗面的，细面的，北方粗犷的，南方精致的，小的，大的，圆的，方的，丰满的，瘦弱的。就算你已经失去了早先对馒头的期盼，失去了你对馒头的热烈和馒头对你情感上的鼓荡，但是你冷不丁又遇到了全新的馒头。

我已是画家，我常背着画箱在太行山中游走，我常坐在农民的炕上，一面和他们聊天，一面等待他们的饭食。那炕被四周黝黑的墙壁和屋顶笼罩，有时连炕席也是黝黑的。那时农村物资匮乏，农民常以薯类、瓜豆乃至榆柳树的叶子做饭食。锅里的颜色和四周一样也是灰暗的，灰暗的饭食和四壁如墨的黑屋子黑炕，倒也显出不谋而合的协调。一天，我又坐在一家的炕上等饭食，在灶前劳作的是位两腮绯红的大嫂。灶中柴火很旺，锅上笼屉蒸腾出的热气充满着整个屋子，也把我和大嫂笼罩起来。像往常一样，我已不在意锅里蒸煮的是何物。少时，火停了，蒸汽慢慢消沉下来，大嫂从灶前站起，揉揉被柴草灰眯过的双眼，朝着炕上的我展开了笑容。这笑容，显然有几分得意，似乎还有几分挑衅，我猜锅里定有故事了。大嫂平时就少言语，现在她更卖关子似的，也不揭锅，只倚靠门框，轰轰院里的鸡，赶走眼前的猪狗，然后再次来到灶前，终于揭开了锅。这是一锅馒头，大嫂揉出的馒头很大，大的像扣着的饭碗，在黝黑的锅灶上，它们一个个蓬勃着鼓动着自己。在一锅雪白馒头的照耀下，四壁竟也显得不那么黑了。面对这一锅馒头，我猛然想到两个字，这是文化。啊，馒头文化，它不仅照耀了一个屋子，也再次点燃起你的欲望，你的念想，你做事的能力和信心。

大嫂唏嘘着把它们从锅里捧出来，摆在一个箅帘上托上饭桌。她用手背擦擦额头上的汗珠，我这才发现汗珠不光浸在她的脸上，她那件被丰硕的胸膛支起的衬衫也洇湿一片。我们一时无言语地只共享着眼前的馒头文化，一切语言在这里都会显出轻浮和微不足道的。

四

又过了一年，我再次来到这个山村。这天正值清明，我受着早春风光的吸引，坐在尚是没有苏醒的山梁上画写生，向山涧望去，尚是一涧的黝黑。突然山涧里亮了起来，那是什么，原来是一队上坟的人群，为首的一个男人手托一个大托盘，盘里是一堆堆白花花的突起。细看，那是馒头，是亲人为故人送去的祭物。我的眼光随着这队人群移动着，他们步履缓慢郑重，为首者小心翼翼地托着手中的祭物向前移动。突然我又有了新的“发现”，我看到天空中正有人向着山涧的人群做着呼应。那一定是幻觉，是联想，是意念。我看见他们在空中飘游着向山涧垂下头。我竟然还认出其中的一位，那是我的一位年轻姑姑。先前她美丽可亲，体态丰硕，常把我拢在她的怀里，使我享受她身体的温暖。她是一位受过洗礼的基督徒，受洗时那件被水浸过的长袍紧贴在她的身上，丰硕的体态更明晰可见，我还曾为她的体态流露过羞涩。有一年圣诞节她让我为她折下柏树枝，我们一起做了圣诞树，一起过平安夜时，这一切的一切，都使我觉出世间上没有比她更可爱可亲的人了，但是她死了，死于肺患，当地人叫弱症。按当地规则，未婚女性早逝，要按孤女对待，不能入祖坟。她便被“扔”在一个墓地的边缘，只在一块灰砖上写上她的名字扔于墓中。那时我躲在人后，掉着眼泪，目睹一锨锨的黄土朝她扔去——心想我再也见不到我这位姑姑了。谁知现在我又看见了她，我就要向她呼喊了，可她随着空中的人群飘走了，去迎接这队祭奠的人群，那里有真正给他们以安慰的人，还有他们手里的祭品馒头。

　　我放下手中正握着的画笔，再次想到文化这两个字。不是吗？只有馒头所形成的文化仪式才能把逝去的灵魂和在世的亲人沟通起来，没有馒头做引导沟通，祭奠也就成了一句空话，一切思念也就永无依托和结果。我放下手中的笔，涂掉眼前未完成的早春画作，一个全新的构思在萌生。啊，《馒头祭》。这是一群亡魂向着人间的馒头做着呼应。沟通他们的是馒头文化。

2016 年 5 月 31 日

发于《人民文学》2017 年第 2 期

馒头祭　水粉画　80cm×77cm　1996 年

名伶大绿菊的肋骨

大绿菊是位跑“野台子”的坤角，唱当地的秧歌调，唱《劝九红》，唱《安安送米》……大绿菊出师早，名气大，年纪轻，身子单薄，穿上戏装很显旷当。然而，人们对于坤角的欣赏与痴迷是千姿百态的。戏迷们欣赏大绿菊的艺术，不如说他们更欣赏大绿菊的肋条（骨）。

一位坤角的肋骨怎么会被发现，又会被人们去欣赏，那实在得力于村子里那座“撒气漏风”的舞台：苇席掩着的门板总要留下些缝隙于人的。于是当台前观众静等开戏时，后台两侧便有人在欣赏大绿菊的肋骨了。盛夏，当大绿菊在后台脱下便装换戏装时，两排肋骨也就赫然亮出来。那时，一位村野小艺人的穿着是再简单不过的：光膀穿件布衫吧。当然肋骨以上还有其他，或许它们过于平淡，于是肋骨就夺取了人们的眼睛。很难说男人对于女人的好奇的注意，到底是她们身上哪些部位。现实显然是大绿菊的肋骨。于是，当大绿菊出场，人们感到大绿菊的美是空旷的美，空旷里有肋条（骨）。

当大绿菊脱下戏装往下处走时，村人也会忘记她刚才在舞台上的唱腔和身段，就想，大绿菊布衫以下，便是美丽的肋骨了。

在这粗俗的“念想”里，或许还包含着稚嫩的温柔，再说没有大绿菊的艺术，也就没有大绿菊的肋条（骨）。

2012 年 12 月

名伶大绿菊

姚氏兄弟

我们的邻村很小，只半条街，可姚氏二兄弟出名。哥哥叫藏子，弟弟叫藏印。哥俩儿好评剧，哥哥拉弦，弟弟男扮女装唱主演，据说曾拜石家庄名伶筱金珠为师。

评剧的伴奏以板胡为主，二胡为副。藏子拉二胡，却坐在板胡的位置，一副艺术总监的架势，一张脸又长又白，不苟言笑，能“镇住场”。

藏印戏出不多，常演《打狗劝夫》。剧情是：有兄弟二人，弟弟富，哥哥穷，弟不认兄。哥哥到弟弟门前讨饭，弟问：“你姓什么？”兄答：“姓赵，咱们是兄弟，你也姓赵呀。”弟曰：“我姓的‘赵’是天下第一姓，赵钱孙李的‘赵’。你姓的是……”弟指着舞台上的煤油灯罩说，“你姓的‘赵’是这个‘罩’。”当然这属于即兴表演吧。台下却为此而轰动。拉弦的藏子，看看台下，不苟言笑的脸上也显出得意。看来这是“总监”的处理。

弟妻贤惠，劝夫认兄，弟仍不从，弟妻便设计激夫。她让仆人打死一条狗，将狗穿上人的衣服，扔进后院，让丈夫处理。丈夫叫来“友人”帮忙，友人纷纷离去。弟妻又请来哥哥，哥哥却不讲二话，将“死人”扛出掩埋。弟妻借此便甩开大嗓以大段的唱规劝丈夫，丈夫终感动，于是又指着台上的油灯说：“那是个灯罩，咱不姓那个。”又唱，“天下第一姓，才属于咱赵家门。”弟妻在一旁暗笑，唱道：“这才是奴家略把小计施，打狗劝夫还是自家亲。”

藏印扮戏不俊，喉结也很突出，但招人待见。村里女人开玩笑时常说：“看美得你吧，快找藏印去吧，藏印等着你哩。”

2012 年 12 月

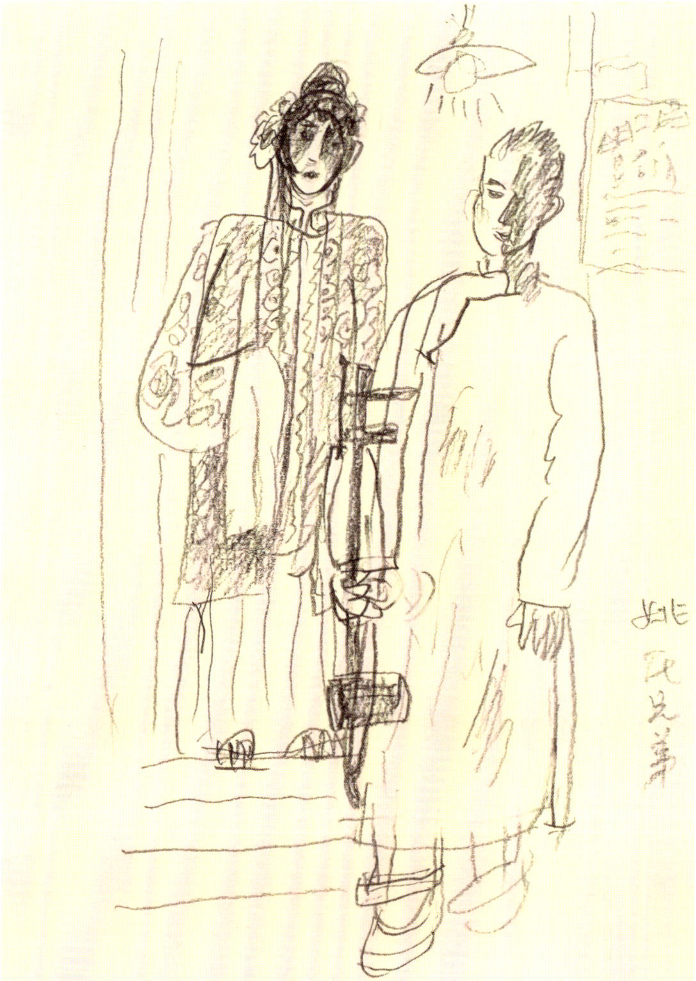

姚氏兄弟

肆

水彩之路宽又广

先前我画水彩时净在颜料里加“粉”，便常遇到圈内朋友们的不认可，即使我在省内当了水彩研究会会长时，作品也常在省内一些水彩展览中落选。他们拿起我的画，带着警惕似的说：“看看有粉吗？”于是发现了粉，画便落选了。那时我常觉出这是我的“鬼祟”：你分明加了粉嘛。但常又觉出它的不合理之处。

后来我以此事为自己做辩解。一次在一个研讨会上做“谬论”似的发言说：“那水彩颜料盒里就有一支白，那便是粉，为什么还要制造它，允许画家使用。”

当然，发言归发言，过后也常看到一些不加粉水彩的妙处，便也试着画不加粉的水彩了，大张小张都画。画着又觉得缩手缩脚，自己不得解放，不似加粉的自由，却也觉出这是水彩的一种，得画。自由与限制同步。

这些年我常在大展中做评委，每次都看上千张的水彩画，有不加粉的所谓“透明水彩”，或称“纯”水彩，也有加粉的“不透明水彩”。我一面庆幸着不透明水彩终归登上了大展的大雅之堂，终于无人再对“粉”做着警惕。我也一再呼吁这两种艺术形式在此应该是平等关系，同时也把这两种形式暗自做着比较：哪种好？我看，画得好都好，画得不好都不好。这应该因题材而异，因人而异，因人的习惯而异，因画家将要创作出的风格而异。

于是，一个“怪”现象不知不觉地呈现出来：在历届大展中，获高奖的大半是加过粉的不“纯”水彩。我和评委朋友常在私下议论这现象，并常把这获高奖作品加以形容：它们像是“拱”上来的。评委们对这种“拱”像无准备一样。

“拱”是一种认可吧，是一种不自觉的无奈的认可。这是对作品力量的认可，张力的认可。显然，加过粉的画是多了些张力的。

这些年，水彩画的道路无疑是宽广了。由于它给画界带来的繁荣，也被大家刮目相看了，有些兄弟画种甚至把自己“评不出的大奖”也慷慨地让给水彩了。但许多朋友仍然觉出水彩画就它的形式和艺术语言而言，还是贫乏的。一些从事其他画种的朋友，一面为水彩称道，仍存有一种居高临下的眼光。我看见他们拿起一本水彩画册噼里啪啦一翻了之。显然一本厚厚的画册，丝毫也没有引起他们的兴趣。这就不似他们在翻动其他画册时那样入神、在意。这种见怪不怪的现象，不能不说是水彩画的一种悲剧。这时自己再说“水彩画是贵族艺术”也是孤芳自赏了，艺术忌的就是孤芳自赏吧。

原因何在，我看是观念的循规蹈矩。由此带来的是，美学趣味的低下，形式的贫乏。再深究其原因，窃以为同行们就水彩谈“水”和“彩”太多，谈艺术和艺术规律太少。就“水”和“彩”这两种物质之于水彩画家而言，早已成为雕虫小技，而大家还在大谈特谈。这便成了放弃宽广的大道不走，偏偏在一个小胡同里挤。只谈论“水”和“彩”的结果，使我们对于艺术创造的“有感而发”“感觉的升华”以及艺术形象思维的特征都忽略了。

我记得有位奥地利的画家奥尔斑说过一句话，他说：“第一流的艺术杰作是以形式表达的创造性和真挚性而成功的。”这里的真挚性就是艺术家对于人类社会生活的真挚感悟——有感而发吧。而形式的创造性就是画家感觉升华后获取的形式吧。

倘若以上论点有所道理，那么画家朋友不妨试试，我们放弃对“水”和“彩”这个早已无需深说问题的探讨，对形式做些关注，这里也许才大有文章。比如形式是什么？是对描写对象的简单变形（也包括夸张）处理？是画面上那些毫不负责任的随心所欲？显然不是。它应该是画家潜心经营出来的一种完整的“联合体”。这“联合体”只属于画家本人的内心抒发，而不再是画家对于对象的被动描摹。对于水彩画家而言，就不再是显示自己对于“水”和“彩”的驾驭能力。其实水彩画家这个称谓就不怎么科学，它会使自己的道路越走越窄。

如此说来，那些“拱”上来的获奖作者和作品，就不足为奇了。他们起码赋予了作品以真挚和不拘泥于“水”和“彩”的品质。

当然我也偏爱那些见水又见彩，别具匠心，看得见作者自己，能给人以愉悦的佳作。即使人们称它们为小品。

2010 年 1 月 30 日

发于《美术》2014 年第 1 期

逆光　水彩画　27cm×38cm　2000 年

我看水粉画

——记首届全国水粉画大展

水溶颜料，不透明，可渲染，可塑造，这种不透明水彩大约在百年前和透明水彩一起传入中国，国人把它称作水粉。水粉画作为单项画种集中展示，在我国还是首次。

用水粉颜料作画，由于它运用自由和表现形式多样的特点，受到许多画家的喜爱，在中国近现代画史上，还出现过许多经典之作和大家。在此，如果我们稍作回顾，就可发现水粉画有过的辉煌和一些功不可没的画家。林风眠先生就是一家。在他留下的画作中，水粉画占有相当的数量，许多颜色斑驳的金灿灿的风景和被颜色浸染的礼花般的花卉，都是用水粉颜料画成。甚至以水墨为主的风景、静物、侍女等，也都有水粉颜料的痕迹。这种水溶性的不透明颜料，大大丰富了林风眠的艺术，使他把中国的笔墨又提高到一个出人意料的高度，也大大增加了水墨画的表现力。关广志先生应该是一位“纯”水粉画家，他发挥这种水溶颜料的另一优势——

塑造。他那些面对中国古建筑的写生，在20世纪的四五十年代就把中国的写生画提高到一个新的高度，影响到一代注重写生的画家，更受到青年学生的敬仰。若再举几位和林风眠、关广志同时代的画家，他们应该是常书鸿、周令钊、秦威以及吴冠中诸先生。新中国成立之后，适应着国家建设改革的需要，水粉画由于它表现现实题材所具的优势，又出现过不少用它作画的画家和作品，如董希文的西藏写生，何孔德用它对于革命历史题材的表现以及对冲锋中战士的刻画。即使在“文革”时期，朱乃正仍画出了具有经典意味的水粉画作品《好门巴》。这幅作品即使以现在的眼光审视，它仍具有自己的高度，在人物画创作中，完全可以和油画、国画的人物创作并驾齐驱。朱先生以他严谨的造型意识和对材料的合理运用，画得不水、不干、不腻。应该说他把这一画种发挥得恰到好处。

这种不透明的水溶颜料，又被许多长于写生的画家所喜爱。袁运甫、佟翔天、周本义……都为我们留下了一批代表着这一画种的优秀写生作品。

改革开放初期，艺术界面对新时期的到来，欢欣鼓舞，许多“画会”应运而生。记得最早的一个画会在北京成立，便是“北京水粉画研究会”，那是1980年。画会由吴冠中、周令钊牵头，会员包括了像袁运甫、肖惠祥、秦威、谭云森、庞涛诸先生。秘书长由《美术》杂志的编辑张文斌担任，我们几位年轻人也踊前跑后忙活过。画会在北京北海水榭举行首展后，又被邀请赴全国十几个城市做巡回展出，可见画家乃至观众对此画种的热情。

近年来，被称作不透明水彩的水粉画，和透明水彩一起纳入中国美协领导下的水彩画艺术委员会，和透明水彩一起活跃于各种展事中，在艺委会安排的“届展”以及全国美展中也频频获奖，乃至最高奖——金奖，也显示出自己不可替代的艺术价值。但总体而言，水粉画在造型艺术这一大家庭中，却处在一种忽隐忽现的状态。众多观众乃至我们画家自身，对它尚存有偏见，认为充其量不过是考前班的教学所为。为使这一画种完成一次“复兴”，也有必要替它来一次“证明”，于是在中国美协的领导下，在美协水彩画艺委会的运作下，首届全国水粉画大展才应运而生。大展一经发起便得到众多美术家和美术爱好者的关注，一时间竟有近三千名作者投寄作品，就此，再次证明了它有着广泛的群众基础和历史渊源。但遗憾的是，最后只有不到两百幅作品入选，许多不错的作品不能入围，但它也证实着这一画种的社会基础和发展势头的可喜之处。最终又在这近两百幅作品中，评出艺委会提名作品十件，优秀作品四十件。

我作为一位大展组织者，一位评委，再次审视这近两百件作品时，发现获奖作品和未获奖作品，就它们的共同品格而言，实在没有多大差别，但任何一次展览的评选，都是摆在评委眼前的一次难题。评委们在行使自己的权力时，自然要带出自己的审美取向，也正因为如此，评选结果才会呈现出一种百花齐放的态势吧。也会带出必然的“不圆满”。所幸，反映现实题材的作品占据了绝对优势，体现出它是便于贴近生活、贴近人民，便于表现我们这个伟大时代的一个艺术门类。这也是本次展览我们感到欣慰的一点。此外，作品风格虽然各异，但作品都代表着这一画种目前的绝对高度。在众多画家的参与中，我们不能不提到一些作品的作者和几家对此展热心的支持和组织者。其中，江苏、福建、云南、浙江等省都为此展做了大量工作，江苏省曾为此举办水粉画高研班，组织画家深入生活，创作观摩、反复上下，取得了非常可喜的成绩，凸显出画家对此画种的感情和经营精神。他们收获的作品在此展中也十分突出，如陆庆龙的《童年》，耿金龙的《这里的黎明》，薛勇的《海人》以及涂蓉蓉的苏北风景《溶》都呈现着画家的潜心追求，形成一股强劲的“江苏风”。《童年》画了几位留守儿童，他们欣喜地受到一位大妈的呵护，而那位大妈专注而富于责任心的表情，和她面前的儿童形成一幅和谐的大气象，这不就是社会主义核心价值观所倡导的那种社会风尚嘛。而作者运用水粉材料的娴熟程度，更使这幅画达到形式和内容的高度贴切。江苏的几位画家，始终把反映普通百姓生活作为自己创作主题，在水彩画的大家庭里，已给人留下了不可磨灭的印象。

福建省的水彩画创作，也有着可圈可点的成绩，尤其他们的水粉画创作，优秀作品也屡屡出现。厦门有个水彩画会，他们在老画家郑起妙的带领下，注重写生活动，注重观摩研究，据我所知，仅去年（2014）他们就自发组织深入生活写生达十几次，在这次入选的作品中，也有自己独特的面貌，如林天喜的《苍南矾矿》，林再福的《阡陌纵横》，杨晓光的《余晖》等。

云南的领军人物是陈流，他以自己的艺术实践，感召着一些致力于水彩、水粉画创作的朋友。陈流多变的题材和画风也影响着云南一批水彩画家，他们不甘寂寞，刻意创新，在许多展示中，都收到过许多可喜成绩。如本次展览中苏晓旺的《内·外》，王健的《下午两点十分》等。

此外，内蒙古、黑龙江、山东的画家群体也都显出自己的优势，在本次的展览中也都有精彩作品呈现。

一批八〇后乃至九〇后年轻人的出现，是这次大展的新气象。他们在我们所处的大变革时代为艺术提供的大空间里，思维活跃，勇于探索，自由发挥，按照自己的情致，为水彩画这一队伍增加了新的血液，使这次的展览不沉闷，不因循守旧，充满生气。而许多年轻画家由于受过良好的艺术教育，都呈现出十分成熟的特点，这实在难能可贵。于是一批充满朝气、充满新意。在形式上大胆探索的画家，作品更加“自己”。一个画种的发展是必得要有一批更加“自己”的画家参与的。有了他们的参与，水彩画的道路才更加宽广。

当我们在回顾历史，又看到它初现的繁荣时，也不能不看到摆在这一画种面前的问题，一些问题也急应得到画家的重视。在开幕式举行的研讨会上，专家学者们在肯定了它的成就和本次展览的成功时，也提出了中肯的希望。比如水粉画既然已勇敢的亮相登台，那么它的本体语言到底是何等面貌呢？它和它的近邻油画、水彩相比较，又如何把握自己呢？凡此，专家们又提出独到的见解。王镛先生的见解独到，他主张，水粉画应该是“色重于形，疏重于密”的一种艺术。郑工先生提出水粉应该是重视胶和粉的艺术，他希望画家们注意它那胶和粉的属性，它的一切内涵，质感都应体现出它的胶和粉的特点，而不是“油”和“水”的特点。就本次展览而言，我也发现画家在追求画面“完整”的时候，忽略了“颜色”对于人的感染力量。画家在追求画面“成熟”时，忽略了颜色的天真情趣。而过分对于“成熟”和“完整”的追求，也忽略了用水粉作画可自由书写的意识。水粉、水彩本应该是以“颜色”为灵魂的，失去了“色”的灵魂和自由挥洒的意识，就失去了水彩画独特的表现力，要“表现”就要使它的长处“发力”。但无论如何，它又是离不开“水”的。“水”的多少（厚与薄）应该是画家本人的习惯。

我希望画家们在追求画面的成熟和完整时，不妨对颜色的科学加以研究。颜色就是颜色关系，颜色关系是一门科学，就像钢琴上琴键被演奏时产生的科学。一位钢琴家面对 88 琴键只会运用哆、来、咪，咪、来、哆（最多七度），就不是钢琴家。在一个有相当规模的展览中，观众面对的总是颜色的哆、来、咪，就会使人感到视觉上的疲劳。

此外，我们看到水粉画既是表现现实生活最有力的画种之一，但我们在表现现实生活时，还存在着描摹生活的倾向。在一些人物画里，是否只注意对人物表面形象（包括质感）的描摹，而忽略了人物的内在精神和最真实的人物属性。所以众多的人物画便出现雷同感，无论是工农兵的脸，不同民族的脸，由不同地域塑造出的脸，面貌大都雷同，甚至连人物年龄也难以区别。再则，在众多油画家、版画家的参与下，画家们也要注意研究水粉画的本体语言和水粉画自身的表现力，于是发挥自身胶和粉的特征，“肯定”的颜色特征，自由书写挥洒的特征，就成了摆在众多画家面前的课题。这时，假如我们在回顾绘画史上那些中外大家时，就会发现他们在运用水粉颜料作画时，是怎样有别于他们在运用其他材料作画时的特征的。我注意过俄罗斯画家克洛文、戈洛文，他们在美术史上都占有绝对的地位，其原因不是因了他们的油画（他们也画油画），而是他们的水粉画。他们的水粉画就是水粉画，不似油画，不似水彩和其他。林风眠在运用水粉颜料时，他的书写意识也使水墨画呈现出前所未有的生机，他把“水粉”这种物质提高到只能用艺术来衡量的高度。董希文是油画大家，又是水粉画大家，他用水粉颜料作画时，是完全不同于他在用油画颜料作画的规则的。当我们重视这些经典的范例时，我们再研究水粉画的本体语言，也许就更具操作性。

要不要有一支专门从事水粉画的队伍或专门的群体，我倒主张应该顺其自然，水到渠成。大家渴望的是要有一批作品，一批好作品，乃至传世作品。有了作品就是对这一画种的证明，为什么非要强求它的专门群体，也许水粉画家这一冠名就并不科学，画家只把自己局限于“水粉”也并不划算。画家，只有对艺术乃至材料广泛涉猎时，才能称得起画家吧。画家的分类“抱团”在某种程度上给画家自身会带来局限。在此我又想到了林风眠、克洛文、戈洛文，他们又是怎样处理画家和“水粉”的关系的。大师们从不把自己归类，从不把自己纳入那个群体。

我注重从事水粉画(也包括了透明水彩)群体的自然形成，我们更期待水粉画（水彩画）有作品为自己证明，让历史见证它存在的价值。

2015 年 2 月 1 日

发于《美术》2015 年第 4 期

柯桥镇　水粉画　53cm×57cm　1980年

我画写生

至今我游历中国的名山大川还很少，但我热衷于写生。在我的写生画里，每年都有离我最近的太行山和冀中的平原湖泊。每个画家对于大自然的照应都有局限性吧，再说这也够了。外部世界给予人类的种种可能毕竟是有限的，画家开掘和探究出的生命的内部世界，才有可能为观众创造出不衰的新奇。这便是我几十年不厌其烦地描写、揣摩冀中平原、冀西山川的缘由。

我越来越觉得，艺术的描写实在是艺术家心智的自白，写生更是这样。这就再没必要争论什么是写生、什么是创作，关键是你能否借助你所描写的对象创造出一种精神境界。这境界的造就不仅源于艺术家对外部世界习惯性的模拟，更有赖于艺术家无限的遐想与潇洒不羁的热烈情怀乃至你的美学取向。因此，在写生时看似技法自由、情怀放任的态势，也许更接近于艺术的本质。于是你那画外的喜怒哀乐才有可能萌生，这便是你和艺术、艺术和你之间天真无邪的交流，这便是一个画家的幸福所在，写生会带给你这个幸福时刻。写生画还会启发你的读者和你去做这种潇洒不羁、情怀放任的交流。一个画家的希望和期盼也在于此吧。

我常想起我在太行深处遇到的那些乡间女孩，每当冰雪消融，我背着沉重的画具出现在她们的院子时，她们总是扔下手中的活计，抱起柴火跪在炕前为我拢火烧炕——那时炕还凉。她们把脸对准黝黑的炕口，鼓起腮帮用力向炕口吹火。火光照耀着她们明丽而健康的脸，炕烟使她们流着泪。炕被点着了，她们便会以新奇的目光去寻找我刚画成的作品，然后在手中翻过来调过去地看。当她们看懂的时候就会惊叫起来“呀，拒马河！”“呀，铁匠山！”一种满足感从我心中油然而生。我想，明年我还会再来。

2008 年 6 月于画室

《铁扬画册》前言

铁扬在张北坝上写生（摄影）

我与油画

每个画家对于题材和材料工具的选择是对他人生的又一次选择。这一半是因他的兴趣，一半似乎是命里注定。你一旦选择了它们，便终生和它们难解难分。日久天长，这种选择本身成了画家生命形式的一部分。而由此派生出来的一个个画面是他生命派生出的许多永恒瞬间。

我不是一个“纯粹”的油画家，但画油画却占去了我作画的大部分时间。我用油彩画画，是喜欢它能制造出一种颜色的坚强节奏，有时它表现出的质感仿佛可以触摸到生活。有时我也用水彩、水粉画画，这些材料也自有它们的“灵性”。但我又觉得材料工具之于绘画，不过是表达自己生命形式时的一个手段的变换。

我学油画始于我在中央戏剧学院读书时。那时“中戏”

在我国为数不多的艺术院校中绘画教学名声也很显赫，因为当时舞台美术教育是因袭了苏联舞台设计，注重绘画性，因此，造型基础就格外重要。当时，任教名师济济，他们治学严谨。我接受油画的启蒙教育是从孙宗慰、冯法祀、李宗津诸先生开始。他们都是20世纪的油画大家，代表着当时我国油画最高水平。他们教学形式多样，且具操作性，从他们那里了解油画的诸多因素，是年轻学子们的幸事。后来，又有从苏联留学归来的王保康、齐牧冬、马运洪诸位，他们毕业于苏联列宾美术学院，把苏联油画艺术的全新规则带回国内，使学子们直接接受着早已向往的俄罗斯乃至苏联的油画风格。而罗工柳、董希文的专题讲座也开拓着学生从不同角度对油画的认识，或色彩或节奏。画面的节奏我就是从罗先生那里听来的，觉得新鲜。它改变着你画作的品格。后来我常带着画作和问题找罗先生登门请教，先生则给过我更真切的指点。

我毕业了，并不等于“会画了”。余下的问题要自己去寻找去开拓，其中最重要的莫过于对题材的“占有”和认识生活的角度。

我的作品题材大都来自离我最近的冀中平原和冀西太行山。山川、湖泊、炕头、玉米地、健康明丽的少女、星星点点的花朵都是。

我越来越觉得，艺术的描写实在是艺术家心智的自白，是借助你的描写对象而创造出的一种精神境界。这精神境界的造就，不仅源于艺术家对外部世界习惯性关注与敏锐捕捉，更有赖于艺术家无限的遐想与潇洒不羁的热烈情怀。因此看似技法自由、情怀放任的遐想，也许更接近于艺术的本质。于是你那画面之外的喜怒哀乐才有可能萌生。

在我的作品里，每年都是这些：太行山、炕头、玉米地以及和它们相互依存的人。那些健康明丽的女孩们，大自然不能没有她们，少了她们大自然便不再和谐。有了她们，大自然便多了几分豁达和乐观。你用油画画它们，更觉出它们相互依存的自信和坚定。

2008年6月于画室

发于《中国油画》2008年第5期

积水的村头　油画　19cm×19cm　1959 年

我画水彩

我画水彩，是对我一个无需寒暄的肯定。我说的水彩是透明水彩或“纯”水彩。

国人对水彩有严格的界定——用水稀释颜料且不加“粉”。加粉的画便成了水粉。域外画家无此界定。

先前我净在颜料里加“粉”，便常遇到“圈内”人士的不认可。

为此，这些年风风火火、磕磕绊绊还是画了点“纯”水彩，捡出一些小画编成册子给自己也给朋友们。所谓纯，也不纯，其中也有铅笔的痕迹。只是没有粉了。

2008 年 6 月于画室

《铁扬小水彩画集》前言

冀西风景　水彩画　14cm×21.5cm　2007 年

童年的启示

——1991年《铁扬画集》后记

少年时我在冀中农村。离艺术很远，却又受着两种艺术形式的熏陶：春节，我登上雪堆看灯方，灯方上有狸猫换太子，有古城会，郭怀和张飞的名字都写在人物头上。郭怀的头有点大，眼光有点斜，张飞的一条腿高高抬起。很晚，我才知道这是武强年画的一种。村中有所主日校，逢礼拜有外籍牧师来教孩子和大人背诵“金句”。金句是《圣经》上的一两句话，印在巴掌大的一片有光纸上。另一面是图画——《圣经》故事。图画印得精美，连人物的衣纹都明确可见。我以为是按真人照下来的照片。很晚我才知道，有些画竟是出自艺术大师之手。

灯方和宗教画尽可能引你去展开联想，引你尽情去喜怒哀乐，这喜怒哀乐却大都在画面之外。我想，造型艺术的功能或许就在此吧。它夹带着魔力把你引出画面，使你不可自制地去追赶捕捉生命中那些模糊得清晰可见的无中生有。于是我想象着，画们是怎样被人画出的。

15岁时，我在解放区一所“大学”学社会科学，星期天坐在村边池塘画水中的鸭子，背后有一个声音说：你的鸭子画大了，照你的画法一个池塘才能容下几只鸭子？我在心里把鸭子重新排列一下，如梦初醒，便认真起眼前的事，鸭子和周围的一切开始被我“准确”地安排在纸上。这件事很使我永志不忘。

后来在大学里学绘画，我常用“鸭子”的道理去揣度、审视眼前的一切：人的五官、四肢、躯干，自然界的山川树木。我把一切排列得合情合理，却又觉得枯燥起来，难道这些合情合理的排列组合，便是艺术的全部？我那画外的联想都哪里去了？为什么我不常想想我那脚下的雪堆，头上的灯方，耶稣和门徒之间那永远也揣摩不透的交流。

原来，艺术奉献给人们的并不是对自然界不差分毫的归纳、再现，却是一份心智的自由。你那喜怒哀乐的萌生，便是艺术和你，你和艺术之间天真无邪的交流。这天真使你忘却了郭怀有几头高，张飞的腿和胯骨的失调。据说像拉斐尔那样写实的画家，在对人的大臂和小臂的连接上也常出现错误。

却原来，艺术对人的感染，仅是借助一下你的描写对象而已，或风景静物或人的身体、飞禽走兽。这借助过程是你先读者（或观众）一步的联想过程。

技法是什么有时就显得那样微不足道，比例也就变作相对而言，难道池塘里的鸭子只能如数排列。我要是只画一只鸭子的速写呢?

但是，艺术家所以称为艺术家，毕竟要先去掌握作画的规律的，这不仅包括了鸭子和池塘的比例，还包括了用眼睛去感觉人体上那些几乎无法认识的弧线以及人的指尖到手背之间那些常人所忽略了的颜色变化。然而，这种掌握又实在是为了未来的舍弃，这便是艺术家返璞归真的道理吧。

我对祖国的名山大川涉足很少，画中所及大多是我久居的城市保定一带。这里有山川、湖泊、平原。有时山上的花像簇簇火炬，待到无花时，山险峻得使你肃然起敬。无风时，白洋淀的水像一面镜子，有风时，平原的天地是一片迷离。我愿描写我所熟悉的一切，这便是我对第二故乡的奉献。对于在我的艺术活动中，给过我热情支持的保定地区人民和朋友们，我永远怀有感激之情。

有一句听惯了的老话叫作：更新更美的……我愿继续把它作为新鲜去听。

1991 年 5 月

卖画记

作为劳动者的画家,卖画本是自然,尤其在一个商品社会,要生存,卖画已是一种生存方式。但,不以盈利为目的的画家,卖画又是一件极不愉快的事。你要面对你的顾客张口说出一个数字,不能吞吐,不能犹豫,不能降低自己,又怕“吓跑”顾客。这其中还包括了你的自尊、你的做人,更是难上加难。

但,画家的画还是要卖,因为有人要买。那买主又是各式各样。他们因了各种原因给你站个面对面,述说着自己:自己买画的必要以及买画的难处。买画甚至还联系着他的生存,他的命运。

去年吧,我接到一个自称学生的电话。这学生自称是我省某市某大学的一名毕业生,正在向首都一个有着摩天大楼的大公司求职。这公司老总已答应对他的录取,但老总还有一个条件:他喜欢一个叫铁扬画家的画,若能得到,这学生的前途便是板上钉钉了。这学生为了证明自己的学生身份,甚至在电话里向我通报了他的所有证件号码。但我还是多了一个“心眼儿”，这年头，媒体对这种“差差错错”事件的报道已不在少数。我告诉他说，我非常同情他，但我目前无画可卖，望他另选画家。这学生在无奈中挂上了电话。但，这仅是事情的开始。之后一连数月，这位学生的电话仍不断，电话云，买画之事关系着他前途和终生。我甚至可听见他呜咽之声，并称要登门拜访。面对这一位学生，纵有铁石心肠，心也会软下来的。

过了几天这学生来了，是一位个子不高，体态偏瘦，营养不太好的学生。进门少不了又述说了“买画”对他前途和人生命运的至关重要性。于是又摊开了他的这样那样的证件，况且，眼泪即将流下。我相信了他的“真实”，拿出了一张小油画，按惯例当然要涉及它的价格的，并请他参考一下网上公开的价格。他显得慌张，意思是他并无条件参考媒体上公开的价格，他东借西借，家中、朋友、同学……最后他将手指厚的一沓钱放在了桌上，说，口袋里还有两张，那是回去的车票钱。

面对这一切，你能如何？你还能让他跪在你面前大哭吗？事情已成定局，我只想到我是亏待了我那幅作品的。我把画交到他手中，说了几句祝他好运的话。学生向我告了辞。

过后，我想，我那张画假若真的能给他带来好运，也算我做了一件善事。没准儿当他几年几十年成为那座摩天大楼的主人时，也会想到铁老师的“敲门砖”吧。

谁知之后的一年多里，我不断接到一些自称学生要买画的电话。北京的、山西的、陕西的……有男有女，理由同前，口气同前，“出价”同前，我便心生疑虑。莫非我进入了一个什么“圈套”。我便有所警惕。

前几天在一个朋友家聚会，这朋友告诉我，不久前我市一个拍卖行拍画时，其中有我一张油画。我想我不曾送画入画廊啊。朋友举出了一本拍卖图录，打开一页给我看，确有。便是那位“学生”的“敲门砖”。我才恍然大悟，对这位“学生”的“求职”秘密也才彻底明白，也懂了后来另一些学生为了同一个理由左一个右一个电话的秘密。在这本图录中印制的“敲门砖”的画下，还标了一个很寒酸的价格（赚头很少），看来这“学生”是要急于出手的。显然这幅画和他说的那座摩天大楼以及摩天大楼里的老总没有任何关系，是他的一次“小倒腾”而已。

我后悔我没有机会将我的画买回，若我能购回，不也是一件两全其美的事。满足了他急于出手的愿望，也挽救回了我的画。

发于 2014 年 1 月 18 日《燕赵都市报》

伍

我与贺昭

15 岁时我来到当时的省城保定。我来保定得益于我在“华大”的学习，那是解放初期的 1950 年。

“华大”是华北大学的简称，当时它设在正定那座天主教堂里，庭院里盛开着月季花。在那里，我们学习政治，学习辩证唯物主义，还演戏、画画。我了解到劳动创造了人，也不知不觉地接近了文艺。于是省文工团到“华大”来招人，经过“严格”的考试，录取了我。那考试很具专业性。在考场一位个子不高、穿皮夹克留长辫子的女“考官”问我，你会哭吗？我懵了。她说这就是考试，你哭一个。我为难着不知所措。她一定是看出了我的为难之处，便对我说：你想一件伤心事，就会哭出来。我按她的指点去做，想起一件伤心事，想着想着掉下了眼泪。我成功了。考试当然还有其他内容，比如朗诵。还是那位穿皮夹克的女士，信手从桌上拿起一张报纸，指出一则短文让我念。我念起来，念得很吃力。这因了两个原因，一是我口吃，二是我的家乡口音。很快她制止了我。但两天后，这位女士还是把我领进了省城。从此我便是“圈内”人了。我的进“圈”是得益于我的哭吧。显然不是得益于我的朗诵。

原来那位穿皮夹克、梳辫子的女士叫贺昭，省文工团团长。她的穿着和谈吐很是与众不同，给人一种“个别”但干练的感觉。贺昭的先生洪涛，也是省文艺界领导之一，他们都是南方人。

那时我觉得省城保定很大，从火车站到文工团驻地要穿过那么长的两条街，西大街和北大街。我和贺昭同坐在一辆马车上，马踏着保定的鹅卵石街道，发出清脆的响声。赶车人叫老马，说一口保定话，在车辕上和贺昭聊天。那时的保定街道上没有汽车，自行车也很少，马车和行人摩擦着前进。原来这车就是省文工团的交通工具，管接人送人。演出时，把灯具、布景也装上大车，还是在大街上和行人摩擦着前往剧场。

保定很大，新鲜事也多。现在想来许多极平常的事，当时也觉得新鲜。比如吃土豆、吃芹菜，冬天取暖烧煤球，屋里的拉绳开关……当然最新鲜的还是发生在舞台上的一切。

后来我逐渐熟悉了舞台这个方匣子里所发生的一切，站在舞台一侧看戏时，竟“研究”起故事中那些不合情理的虚假之处了。当时虽然我的理解能力浅薄，但还是能看出故事中那些不合人情的地方。我所以能看出，因为戏剧故事演的就是人类生活。人类看自身的行为，或深或浅总能看出几分毛病。除非你是视而不见，或因了其他。

有一次剧团要参加全国话剧汇演，贺昭团长把省内的一位“剧作家”介绍给大家，说他为汇演专写了一出话剧，写一位叫春生的复员军人回乡带领村人走合作化道路的事。剧作家当场把剧本做了朗读，他带着浓重的冀南口音，自我感觉极好。后来这出戏参加汇演，剧本还得以发表，作者拿到了一笔稿费，在北京买了一个四合院。那时稿费高，房价低，一千元就可以买个四合院了。这是后话。

这出戏里有这样一个情节：有位老奶奶——主人公的奶奶，因思念参军打仗的孙子春生，每天站在村口瞭望等待，盼孙子回来，达八年之久，使得老人双目失明。当孙子春生真的复员回家时，奶奶已是一位双目失明的老人。

若不细究，这一情节也就被忽略了。细究，便是逻辑的混乱。神话可以，民间流传的那些“望娘滩”“望儿滩”，那些望娘望儿的活人都可以变成石头变成山。现实中老人（或孩子）对亲人的瞭望式的等待是有限度的，若没有近在眼前的希望，人是不会做出生理上过分地追求和期盼的。何况孩子是去参军打日本、打老蒋去了，老人家是大可放心的。

那时我站在舞台一侧看戏，想到这位编剧在北京买房子的事，便强制自己去相信这一情节的合理性，因为这是一位剧作家写的呀。他买得起四合院。

贺昭有时也站在舞台侧幕边看戏，我很想就这一情节听听她的看法，但我尚没有勇气和贺昭做交流。我们一起在后台吃午饭（大半吃包子），我们可以就包子论包子。她像个老熟人似的叫着我的名字喊：“铁扬，你说这包子咸不咸？”我轻描淡写地应付着。

那时贺昭给我的感觉有时像一位风度翩翩的艺术家，有时又像一位快人快语的爱管家的老大妈。她和赶车师傅聊天，指出已做妈妈的女演员给孩子喂奶时的不规范之处，指出炊事员搭配伙食的弊端。她把炊事员叫过来，说：“别光给大伙吃白菜土豆，常到菜市转转，买点新鲜的。”

在生活上贺昭总是要给大家闹出点新鲜的。那时我们每年要发冬装、夏装。有一年她对管总务的说：“今年把夏装改进一下，做乌克兰服。”顾名思义，乌克兰服是乌克兰人的衣服，是一种宽大的套头衫，胸前还沿着花绦子。后来我们穿着它在保定大街上走，很是风光。

有一年我们排练苏联话剧《曙光照耀莫斯科》，贺昭作为主演还思考着剧中人物的穿着。她让我做服装设计，在会上点着我的名说：“你明天就去北京买高跟鞋，不论主角次角，女演员一人一双。买回来就发给大家穿，得练习走路，不能等上台再穿，要崴脚的。”

我买回高跟鞋发给女演员，她们不会穿，贺昭就穿起来给大家做表演，作为南方人的贺昭，显然是熟悉此物的。

在北京我还了解了一些“苏装”的特点和外语称谓，向贺昭汇报。贺昭也跟我学着用俄语说着“布拉吉”（连衣裙）、

“不劳斯”（女衬衫）、“诗拉帕”（礼帽）……我把我画的服装设计图给她看，她指出一件，用刚学来的俄语说：“这件布拉吉颜色不好，太老气……”后来我们的戏在省会演出，大出风头，散场后贺昭和我步行回住处，说：“铁扬，咱得进步啊，演外国戏就得学点外国文明。”

贺昭和我在这次的共同“进步”之后，不久就做了告别，她离团进京，进入中央戏剧学院苏联专家的导演进修班。两年后我们再见面时，我已是中央戏剧学院舞台美术系的本科生，我们常在校园相见。秋冬时，贺昭还是穿件皮夹克，长辫子已不在，改成一头蓬松的短发，显得人更干练。每次相见，贺昭都向我摆摆手叫着我的名字说：“来，说两句话。”很自然我们就谈起河北，谈到我们的过去。一次她问到我那次的哭，她说：“我还从来没有问过你，那次我考你你想起了什么就哭了？”我踌躇着，不想告诉她，因为那是我埋在心里很深的一件事。它联系着“政治”。贺昭还在问我，点上一支烟（贺昭抽烟，显得很“派”），以探究的眼光望着我，看来她是要问到底的。

我在不得已时告诉她，我说，我在老家上小学时，是儿童团长，也许我一向神气活现。直到1947年“土改”时，我的命运才有所变化——我出身不好。在学校因了一个不值得一提的理由，我被“双开除”了。但我不愿告诉家里人。每天该上学的时候我还是装模作样地背上书包走出家门，做出一副去上学的样子。然而我走出家门后就溜出村子，钻进庄稼地一坐半天，直到中午回家吃饭。这情况达一月之久。一天我又要背上书包出门时，父亲叫住了我，说：“别去了，我都知道了。”他声音平和，带着几分凄婉。我止住脚步，泣不成声地背过身去。

父亲对我一向严厉，若我平白无故逃学，他是不会轻饶我的，而现在他只是叫住了我。父亲在当地也是一位有身份的革命者、社会活动家，现在因了“时局”，他也像“赋闲”在家。

我把故事讲给贺昭，贺昭以一位导演的角度说：“我明白了，致使你哭的原因可能有两个，一是你被迫离开了学校，二是你父亲叫住了你。你能告诉我致使你哭的是哪个吗？”我告诉他是第二个。她说，这就对了。为什么？因为这合乎逻辑。符合逻辑的逻辑才能出现真实的“规定情境”，你父亲叫住你是个意外，这个意外就是此时此刻的规定情境，这使得你非哭不可。哭是靠了规定情境的感染。“规定情境”是演剧学里一个很专业的名词，看来贺昭目前正研究演剧理论中的“规定情境”。在舞台上，人物的一切行为都和规定情境有关，而规定情境正是产生于合理的逻辑。

谈着规定情境，贺昭约我到她家去吃面条。在路上她从南锣鼓巷一家切面铺买了切面。当时贺昭全家住棉花胡同22号，中戏在12号，22号距12号只有几十米远。22号是个艺术家大院，那里住着中戏许多名人教授。

我和贺昭常常在校园相遇，常常听贺昭讲关于导演学的一些知识，话题也经常转向在河北时的一切，谈得轻松愉快。不幸的是我们在“中戏”还遭遇到1957年的“反右”斗争，当时我所在的班级是个“温和”的班级，是唯一一个没有出学生右派的班级。当运动如火如荼地展开，校园的大字报铺天盖地时，我们正躲在教室画静物，大家一面观察着静物的安静，一面听着室外那些讲演、争论的喧闹。但运动的发展是由不得你的，有时你不找运动，运动也要找你。运动终于找到了我：系领导要我去批判贺昭。贺昭将要被定为右派了，此时她已毕业在本院所属的实验话剧院任职，现正在该院挨批斗。运动的发展需要一些知情人去发言。我是贺昭在河北的“战友”啊，领导要我去揭发贺昭在河北时反党的或不符合党的原则的言行。系领导还告诉我，这也是对我的考验，学校正在学生中划左中右。

晚上，我在床上辗转反侧：我遇到了前所未有的“难处”。我实在找不到贺昭在河北时的反党言行。但学校已把我当成了贺昭的“知情人”，何况又告诉我学校正在学生中划左中右。我实在又不愿因了我的“萎缩”甘心向“右”。再说，从一位身居领导干部的人身上找一点“不符合党的原则”的言行，还是可以找到的吧。花了几个晚上，我终于想出三条：一、贺昭在河北期间，常常以自己的资产阶级生活方式影响我们，我们穿粗布棉袄，她穿皮夹克。二、以拍戏需要为名，向大家灌输资产阶级生活方式：借戏里有“郊游”，就带我们去郊游。借戏里有女性人物穿高跟鞋，就提倡女同志在生活中穿高跟鞋。三、用公款置装费不为大家做规定的制服，却做“乌克兰服”。

以上内容我就如此这般地在批斗会上结结巴巴讲了出来，当时的会议主持人是著名演员于蓝。贺昭看我发言，表情很是异样，显然我的出场很使她意外。但我发言时，她还是在一个本子上半真半假地记着，有时朝着房顶看看想想。

于蓝不知道我的名字，管我叫“河北同志”，我发言结束后她说：这位河北同志发言很生动，有内容。但我惧怕再见贺昭，面对她我将无地自容。

也许因了我的发言，改变了我在运动中不明不白的身份，我开始被使用办起了校办的《真理论坛报》。

自那次批判会后，我再次见到贺昭是我毕业离校 20 年之后。20 年后的 20 世纪 80 年代初，我回母校任教，母校还在棉花胡同 12 号。

一次，我在棉花胡同遇到迎面走来的贺昭。贺昭认出我，笑着向我伸出手，两鬓的白发随风飘着。这正是入冬时节，棉花胡同的风格外硬。贺昭穿一件崭新的羽绒服，本来就不算高的身材显得格外宽横。

我踌躇着伸出了手，一时不知说什么，想到那次我的发言，心里七上八下，更不知对贺昭的右派定性起了多大作用。贺昭是被定为极右派的，经过多种形式改造吧。没想到 20 多年再见面的贺昭却就她的羽绒服抢先对我说：“铁扬呀，快去买羽绒服吧，在地安门商场，减价了，不到 40。”那时我的工资是 64 元 8 角。

我看着她身上那一个个轻盈的“大泡”，还在想那次的发言。贺昭大约看出了我的尴尬，就专说起她正在排戏的事。她仍在实验话剧院做导演，正在导着一出叫《未来在召唤》的话剧，对她目前的工作显出信心百倍、雄心勃勃。原来 20 年的风风雨雨并没有为她留下什么消极的痕迹。她约我去看戏，我答应她一定去看。后来贺昭又约我去她家吃面条，我又来到她 22 号的家中，我们七拐八拐又走进她那两间中西合璧的老房子：典型北京四合院的门窗，却铺着老松木地板。回家前，贺昭又在南锣鼓巷买了切面和肉馅。

这时她的先生洪涛已经去世，两个儿子一个女儿已离家，现在贺昭一人住在这里。

吃着面条，贺昭到底才谈起了反右时的那次批判会，她又是带着一个艺术家的职业特点谈起的。她谈到艺术创作中“逻辑”这个最应遵循的基本原则。她说我那次的发言，对她的右派定性没有起什么作用，因为它缺乏必要的逻辑性。她说：“铁扬，你想，逻辑不对，他们没法上纲啊。乌克兰服是苏联老大哥的呀。你说的那两个问题也是为了排练苏联话剧《曙光照耀莫斯科》所必要做的呀。郊游，穿高跟鞋，都是戏里有的呀，得体验，得练习。咱们河北离这儿太远，咱们太土。我要是带头学美国，那可就是原则问题了。”

没想到贺昭的几句话，使我如释重负，很快我们就谈起了艺术。那时，我正和我的老师齐牧冬一起为中央歌剧舞剧院设计舞剧《文成公主》，这也是后来我没有去看《未来在召唤》的原因。

贺昭买肉馅是用来做炸酱的，可惜她的炸酱炸得有点老，炸出的酱发硬。她看着我把一块酱放在碗里，左搅右搅搅不开，就告诉我加点醋。醋果真稀释了坚硬的炸酱。

最后，我们少不了又谈起河北的事，七拐八拐拐到那出话剧。贺昭说："什么什么什么呀，一个老太太盼孙子回家盼瞎了眼，在村口一站八年，胡编乱造。孙子是打日本打蒋介石的呀，也是个逻辑混乱。"贺昭快人快语，有时说话连着说几个什么什么，像指问又像否定。这时靠了眼前的气氛我斗胆问贺昭："当时你是团长啊。"贺昭说："推荐"来的。不知她指的是那位作家还是那位作家的剧本。我本来想问谁推荐的，但又觉得这已经不是我该问的了。吾国吾民是懂得适可而止的。再者，谁推荐的，那已是遥远的历史了。

2010 年 10 月

一颗新星的陨落

——记油画家于长拱

今年 5 月，中央美院与中国具象油画展在我省巡展，展出自油画传入中国以来至当代一百余年和中央美院有关的油画优秀作品。此时我又意外看到《冼星海在陕北》这幅油画，现在距它的问世已过去了 60 年。60 年前我第一次看到它，现在应该是第二次，它的作者于长拱是我的朋友。

20 世纪 50 年代中期，中国美术界曾升起过十几位油画新星，于长拱便是新星中的一颗。

这些新星的升起，得助于苏联油画家马克西莫夫的教导，但因了他们条件的不同，这些新星对于当时艺术界的照耀也就有所不同。于长拱是耀眼的。在马克西莫夫的油画训练班，他以他的毕业创作《冼星海在陕北》一锤定音，在画界立时被人刮目相看。当然，那时中国人之于油画、之于油画家只局限于“苏派”，而“马派”在苏派绘画中又具备着一定代表性。

我认识于长拱的《冼星海在陕北》先于他本人。

1957年的初秋，马克西莫夫的油训班毕业了，在校尉胡同中央美术学院的展厅举行毕业展览。不大的展厅被一幅幅巨大的情节性绘画装得满满的。当时我正在中央戏剧学院舞台美术系读二年级，置身于这些油画中，觉得“艺术殿堂”也莫过于此吧。我们正在学油画，就格外容易和这些油画在感情上产生交流。我在一幅《冼星海在陕北》的画前站住，以我当时作为低班学生的眼光看这幅画，如同我几十年后在

于长拱　冼星海在陕北　油画　1957年

欧洲看诸大师时的心情一样。我觉得作者把油画的诸因素发挥得实在尽善尽美。它的作者就是于长拱。我的一位河南籍同学张树棠走过来告诉我，于长拱也是河南人，现任教于浙江美术学院。

一年以后吧，我在杭州和一位画界朋友去浙江美院看展览，进门便见一位高个子男人正和一位学生模样的青年说话。这高个子男人身穿一件洁白的绒衣，手扶一辆半新进口跑车，看起来很是潇洒倜傥。朋友走过去同这位高个子男人握手，握着手又把我叫过来说：“认识吧，于先生，于长拱。”原来这便是于长拱。我见他鼻子高、眼窝深，深陷的眼窝里有一双智慧而犀利的眼睛，乍看去像有着西亚人或者中东人的血统。然而，后来我得知他什么外籍血统也没有，他是地道的河南人。

朋友把我介绍给于长拱，当于长拱得知我是中央戏剧学院舞美系的学生时，一双深陷的眼睛亮起来，像惊喜地遇到老熟人。他说：“认识张树棠吧，我……我们是同乡。”原来于长拱说话稍显口吃。我说：“认识，我……我们是同班。”我年轻时说话也口吃。可我们谁也不在意这个不算好的习惯。于长拱让朋友领我去看展览，还说看完别走，等他回来。他回来就到展厅找我们。如果我们不在展厅，他就到宿舍等我们，我们再到宿舍去找他。我觉得他很注重我们的见面，因此把他找我们、我们找他说得仔细而繁琐。

那次的展览内容印象已不深，大约是学生的习作展吧。

只记得浙美的院里到处蜿蜒着水泥甬路，到处都有冬青。法国梧桐的叶子很黄，已是初冬。

果然，于长拱到展厅来找我们了。他领我们在水泥甬路上很是盘桓一阵，来到他的宿舍。这是一个不算高的、有柱廊的单身宿舍楼。于长拱和画家曹思明住二楼靠楼梯的一间。房间很小，摆两张床，一张属于他，另一张便是年纪长于他的油画家曹思明先生的。曹先生是浙江美院为数不多的讲师之一。他们当时都未结婚，大约在这个紧靠楼梯的小房间里很是住了几年，因为后来我每次去杭州看他们，都来这个房间。当时的于长拱近 30 岁吧。

那天曹先生不在，于长拱用一只小铝壶在一个小电炉上煮了一壶红茶，煮着并告我，壶和电炉都是曹先生的。当时以我的眼光看，他们都属于“很会生活”，且对生活充满情趣的人。于长拱穿白绒衣、骑进口跑车，而曹先生喝红茶要用小壶煮，后来，每次我置身于这个房间，都觉出这房间气氛的独特。

于长拱和我一见如故，大约基于三点。一是他的老乡张树棠和我是同学，另一个原因是曾有一位追慕他的女友 W 君也是我的同窗。再一个原因是他画冼星海时，找模特儿找到我当时的老师李松石先生。李先生酷似冼星诲，饱满的前额，方圆的稍有前倾的下巴。这三件事加在一起使我们的话题一触即发。我们喝着红茶谈张树棠的河南话，谈李松石为什么那么像冼星海，还专谈了 W 君。因为 W 君在学校和我也保持着很好的关系。她比我高一班，担任班里的团支书。常见她站在校园一个什么地方和同学个别谈话。当然是谈思想。当时，我就想，于长拱真的为W君动过心？他们好像不是一种人。果然，后来熟了，于长拱就对我说：“你说，铁扬，见面就谈思想，咱……咱跟得上吗？不过长得倒可以。”W君长得真可以，我们舞台美术系女同学不少，出众的不多。W君当属出众者之一。

三十几年后母校院庆，我和W君相聚，W君已是退休年龄。飘逸的短发也变得灰白，我壮壮胆问她和于长拱的事，她的脸立刻涨红起来，红得像少女时的她。她说那件事都怨她，也是想到了她和于长拱的只“谈思想”吧。谈思想是当时学生中在政治上互相帮助的一种形式，其中有约谈者和被约谈者，有约谈者和被约谈者进步的希冀，也有被约谈者应该接受的批评。

第一次见面我和于长拱没有谈油画的事。我是很希望于长拱谈谈油训班的，听他谈谈驾驭油画的种种法则，身临其境般地听他谈谈油画新星们的趣事。遗憾的是在以后相处的日子里我们也很少谈艺术。每次我都下很大的决心去开一个头，每次都是因了一个和艺术无关的话题一岔好远，半天收不回来。

20世纪50年代末60年代初，我与杭州来往甚密，因为我的几位亲人在杭州或任职或定居。与于长拱的来往也就多起来。

“大跃进”之后的中国，很快就进入了被称作三年困难时期。连一向供应优越的杭州，1960 年以后也开始紧张起来。定量供应的东西越来越多，且有许多购物小票。从油盐酱醋各种鱼干（杭州人称鱼鲞）到香烟、点心、水果以及种类繁多的小食品。各种小票每人每月要一大把，但它们代表的数量却有限。似乎南方人对于小票的发明使用更具耐心。比如点心，一张小票只卖一块儿。换句话说，一块儿点心就须小票一张。那么每人每月的一斤点心就须小票二十张。不似北方，一斤点心一张票。当时举国上下众人都很在意这小票。一时间人们都显得格外计较起来。于长拱不然，不知为什么他总像个小票富翁。我和于长拱在南山路或者湖滨散步，他总是见店就进，进去东看西看一阵，只要有于他有用的东西，他便有与这东西相关的小票。点心、香烟自不必说，像杭州特有的麻酥糖、小胡桃、香榧以及各种糕饼，凡此种种小票，他从衣服口袋里伸手可得。现在人们常用“出手大方”来形容一种人，于长拱当时对于小票可谓出手大方了。我们沿湖滨一路，二人总要吃去十张小票的点心。我客居杭州，口袋里的小票自然是零。但和长拱走在一起，嘴从没有过亏空。半斤点心，肯定我吃得比他要多。当时我还抽烟，在杭州本应是个缺烟户，却成了余烟户。我们抽烟，吃点心，嗑胡桃，还常到杭州唯一的一家西餐店“海丰西餐店”吃西餐。当时的西餐虽不地道，又属议价，但在“海丰”，一小块儿猪排，两片黑面包，一份罗宋汤还是有的。于长拱还知道“海丰”

什么时候有黄油和果酱。一有消息他就给我打电话："铁扬啊，有……有黄油啦。"我们约个时间在"海丰"见面，便会有两小片黄油摆在面前。

和长拱在一起只觉得日子过得松快而悠然。一时间于长拱也成了我家的常客，家人也热情地接待着我这位画家朋友。后来于长拱恋爱了，也常常和女友出现于我家。

1961 年春节过后，有一天早晨我还没有起床，有人敲门，凭感觉我知道这是长拱，便胡乱披些衣服去开门。果然是他。他进门来显得急不可待的样子问我："哎，铁……扬，你手头有钱吗？"我说："你要多少？"他说："有多少，给我多少。"我说："有事？"他说，是这样，他要替侯一民买辆车（自行车），等侯一民寄钱来他就还我。正任教于中央美院的侯一民先生也是一位受人尊敬的油画界明星，于是我把身上的钱都收敛起来，凑了近 40 元。我说："就这些了。"他顾不得数，把钱一折装入裤子后面的口袋。我记得他穿一条黑毛料西服裤，上身还穿那件白绒衣。他小跑着下楼，急匆匆地走出家门。我从窗子向外望去，他的白绒衣、半新跑车和他一闪即逝。那天有小雪。

没想到，这竟是我和长拱的最后一次见面。大约半个月后我离开杭州回北方。照一般规律当应去和长拱告别的，可是有了那次借钱的事，也许告别就有了讨债的意味。我犹豫一阵，终没有去。后来我们只有过一两次书信往来，信中说他就要结婚了。不久还接到他寄给我的画册，是他的《东海前线写生集》。小开本，有三十几页吧。里面有东海，有军舰和海军战士。

又过了一年，美术界有传闻说，浙江美院的于长拱自杀而死。我听到后当然不敢相信自己的耳朵，赶忙写信给曹先生去证实。曹先生很快就来了信，说，那是真的。还说他用剃刀刀片切开自己的喉管，死在他刚刚布置好的新房里，隔一天便是他的婚期。但信中却只字未提他的死因。

后来我断断续续了解到长拱的死因和一些细节。他的学生胡振宇毕业来河北工作后，细节才彻底详尽了：当时于长拱正担任着胡振宇那个班级的油画课。这天，他没有来上课，作为课代表的胡振宇便去找他，发现人们正从那间即将成为新房的屋子里往外抬人。这便是自杀之后的于长拱。胡振宇和几位学生也立即参加了抬人行动，他们把生命垂危的于长拱抬往医院抢救。路上胡振宇看见于长拱断裂的喉管向外喷血，便用块棉花给他堵住……

于长拱自杀之前，他的从河南远道而来的老母亲正坐在屋内为他洗衣服，她听见床上有动静。于长拱正在床上蒙头“睡觉”。“睡着”的于长拱发出的声音很奇怪……

新房的墙上挂着潘天寿专为于长拱的婚礼而作的画……

又过了两年在北京遇到曹思明先生，曹先生告我说，于长拱是用双面剃刀片切断喉管的。剃刀片是广州美院的王恤珠先生作为礼物寄他的。进口的吧。广州总是不同于内地的，那时就不乏进口货。但是，关于长拱的死因仍是个疑团，曹先生只说，大家猜是学校要给于长拱晋升讲师，人们便反映他的一些毛病，比如借钱不还吧。对此，细心的人有过统计，长拱的借钱大约已累计近 2000 元（一个惊人的数字，当时我的工资是 64 元 8 角，年工资应为 777 元 6 角）。我便想起他那次找我借钱的事。我问曹先生，2000 元做什么用了？曹先生说，没做什么用，零吃了。“可他从不一个人吃东西呀，他请大家吃。”曹先生说。我又想起我们吃点心、吃“海丰”大半是长拱付钱。我又问曹先生关于他那些“小票”的事。曹先生说:“从同学那里搜罗的。同学们钱少,用不完那些小票。他也给同学吃呀。”

于是，我仿佛看见一个总是取之于“民”，用之于“民”的怪人。到底还是“取”多于“用”的。或者他不长于算账，或者明知有账姑且不算，一旦算时才恍然大悟，于是只剩下一条路可走了。这便是于长拱的性格吧：在人前他不愿一个活着的他失去他那潇洒倜傥的形象。那白绒衣，那跑车，那对人的出手大方……

但他的（包括我在内）美术界朋友对他的评说实在又不能到此为止。

20 世纪 70 年代，于长拱逝世 10 年之后，我的朋友、油画家潘世勋约了侯一民先生以及夫人邓澍先生还有李宗津先生在侯家为我女儿铁凝画像。我很想问一下侯先生那次托于长拱买车那件事的真伪，几次话到嘴边又咽回去。因为我愿意相信那件事是真的。

60年后，当我第二次再看到于长拱的作品《冼星海在陕北》时，心潮起伏，如烟的往事又清晰起来。一边是这样一幅构思新颖、经营到位至今仍属上乘的作品，一边是一位对自己生命轻浮潦草的友人，自己仍存有无法理清的疑团。我不愿用一套简单俗气的理由去形容一位新星的陨落，就像我永远相信他向我借钱为友人买车的真实。

2016 年 5 月

发于《美术》2017 年第 3 期

云晴龙去远

——周昌谷逝世 30 周年

今年是我的朋友、画家周昌谷逝世后的第 30 个年头。

如今周昌谷的名字在画界渐渐淡去，我在艺术院校做讲座时，问过几位学生，他们都不知周昌谷是谁。然而在 20 世纪五六十年代，周昌谷在画界是一位无人不知无人不晓的新星。这源于他过早的“出道”，在国际比赛中获奖，且是最高奖项——金奖。那是 1954 年在布达佩斯世界青年联欢节上。当时的青年联欢节是社会主义阵营的一件盛事，它包括了艺术各门类的比赛，著名歌唱家郭兰英也曾在前一届比赛中获过奖。当时周昌谷的参赛作品是《两只羊羔》，画了一位藏族少女凭栏而立，两只羊羔在她脚下做着依偎。此画的获奖不仅证明了周昌谷的实力，也为中国画中的人物画创作提供了一个全新的范例。当时的中国艺术，正充斥着图解政治的倾向。《两只羊羔》却一反常态，画了一幅与政治无关的田园“小品”。那是人和自然安谧的大和谐。当时周昌谷的获奖就像为中国艺术界吹来一股新鲜的空气，因为它突破了当时中国艺术和政治难解难分的模式。而当时的周昌谷才是刚从浙江美术学院毕业的一位青年。

我与周昌谷相识始于20世纪60年代初，是靠了油画家曹思明先生的介绍，然而一经认识便成了至交。论年龄，昌谷应该是我的大哥辈，论资格他已是一位新星，是浙美的一位“名师”，而我尚是一位学艺术的普通毕业生。

那时作为青年画家、青年教师的周昌谷，创作正处在巅峰时期，他住在浙江美院附近的韶华巷的巷子里，来韶华巷“串门”便成了我来杭州的主要目的。那时我的父兄也住杭州，杭州几乎也成了我的第二故乡。每当来韶华巷串门我都经受一次艺术熏陶，因为那时年轻的周昌谷实在已是一位学者型的长者。他不仅作画“入道”，对于书法和诗词都有着不可忽视的造诣，而对于艺术和生活的关系也有精准的论道。他的作品虽多为《两只羊羔》式的“小品”，但其生活根基却有深厚积淀。一次他从云南写生回来，不仅对于云南的众多

周昌谷　两只羊羔　国画

少数民族有了深入的了解，就连云南的茶树、茶叶、茶花都有独到的关注和认识，虽然浙江杭州也是茶叶的名产地。后来他画采茶图，就是一种全新的形式，大大有别于我们对采茶的概念。他所有“出新”的根基都是立足于中国文化之上。他告诉我在中国诗词中他最喜欢辛弃疾，他主张研究中国文化要深入研究和普遍开花相结合的方法。我注意到昌谷对于辛弃疾应该说是一位研究专家了，而对于书法，昌谷也自有严格的把控。一次我捧着一位书法家送我的字，请昌谷过目，昌谷看过后直截了当地对我说：“铁扬，画可以有漫画，字可不能有漫字。”原来这样。两个“漫”道出了书法应该有的气质：形式可新，“漫”却不可以流淌于书法中。目前，书法界“漫”字是否多了些，这是题外话。

凭着昌谷对中国文化的积淀，凭着他对国画的娴熟功底，凭着他对生活的严格把握，凭着他对艺术的不浮躁，不招摇，无表演，谁能预料这位才华横溢的青年在艺术道路上能走多远？然而疾病使这位新星过早的离开了我们，肝病始终纠缠着他。加之一些运动的连累又使他的肝病治疗一误再误，我和昌谷的最后两次见面都是在他肝病加重时。

1976 年的冬天，那时“文革”已结束，昌谷正在家中栽种水仙，在一间寒冷的屋子里，他用一把小刀正在一株发芽前的水仙头上雕刻着。他的棉袄袖子很长，手像在袖子里面袖着，脚上穿一双硕大的棉鞋（杭州的冬天是很冷的），脸上本来稠密的胡子也未刮，但他对手下的活却很专注。雕刻水仙是一种手艺，为的是让水仙叶子弯曲着生长，好突出花的本色。

昌谷见我进来,未做任何寒暄,也未放下手里的活,只说:“铁扬，我教你刻水仙吧。”就这样，他一面为我表演着刻水仙的手艺，一面潦潦草草地叙述了他这几年的经历，茶也没有喝，饭也没有吃，我们就做了告别。很难形容我们这次见面的氛围。分别时我还是有了意外的惊喜，他把一枚早已为我刻好的名章交给了我，这是一块不大的鸡血石。昌谷告诉我，我名章的字体为“泉文”，又告我，图章刻于他在“文革”中最受煎熬时。

又过了几年，已是改革开放的年代，我得知昌谷身体好转，并已带着研究生，此时我也正在“中戏”任教。哪知肝病还是不依不饶地缠绕着他。我们最后一次见面是在医院里，在一间不算小的病房里，除了病床，院方还为他设置了一个画案，精神好时，他还是可以写字画画的。这天他精神不错，见我进来，刚输完液体的他，从床上坐起下地，显得无比兴奋。那天，我们围着画案谈了许多：老朋友们的趣闻、中国艺术的走向……最后，昌谷执意要送我一幅字，在两条裁好的四尺宣纸上用饱蘸着墨汁的大笔写下了“云晴龙去远，月明鹤归迟”，写完告诉我，这是他正在练习着的“蚓书”。昌谷写字风格多变，每遍都有出处，却不“漫”。

这是我和昌谷最后一面。分别时，他执意要把我送出医院大门，后来我们在长满冬青的甬路上做了告别。

云晴龙去远，月明鹤归迟。我总觉这幅字代表着昌谷的一种难以捕捉的心情，它似乎预示着一种什么，莫非这真预示着他将远去？而当时阴霾的时代已过去，天气是那么晴朗。

两年过后的1984年，我接到周昌谷逝世的讣告，他真的已离我们远去。但我因事没有向昌谷告别，只在家中悬起他送我的一幅幅字、一幅幅画，我在前面默立许久。

这几年我也习字，常写“云晴龙去远”反其意送友人，祝愿他们趁形势大好，越飞越远越高。这或许也是昌谷对我的祝愿吧。

2014年12月8日

发于2014年12月20日《燕赵都市报》

铁扬与周昌谷（摄影）

我与周思聪

像往年岁末一样，1995 年岁末，我照样又收到不少国内外朋友们寄来的贺卡。今年在众多的贺卡中，最使我注重的一张，便是周思聪亲手为我画的这张。这是画在一张办公用的粘贴纸上的一幅静物画，它只有几公分大：几只不知名的花插在一个陶罐里。花和罐子都是用细弱的签名笔画成，用铅笔涂着淡淡的赭石色，不算茂盛的花朵低着头。可以看出这是周思聪那只患病的手，极力把握着手中的笔画成的。这一方小纸又被这双手努力裱在一片深红色卡纸上。裱纸上写道:“铁扬老师,新年快乐,全家安康。思聪、卢沉九五岁尾”20个字。

面对这张贺卡，我的心情久久不能平静。虽然它用了红纸作衬，淡黄纸作画，却显不出一点热闹，相反，我觉出的却是无尽的惆怅。她对我的美好祝愿，就笼罩在这无尽的惆怅中。我想到她的身体，想到她正在以她的艺术为依托，与疾病抗争的顽强。今年她不断以“轻雷”为题作荷花，就是证明。现在从这张小小的贺卡里，我就仿佛听到了隐约的雷声。我把它镶在一个镜框里，郑重其事地挂起来。

大约一个月之后，在单位的一次会议上，我便听到周思聪逝世的消息。回到家来，我面对那张贺卡，觉得一切是那样符合我的感觉。我立刻给卢沉打了电话，询问事情的真伪。卢沉告诉我，思聪确实走了。和卢沉交谈几句后，我们很快就谈起贺卡之事。卢沉说，那是思聪专门画给我的，并说，周思聪画贺卡是第一次，也是她最后的一张画。

我和周思聪认识“交往”很晚。先前只是敬重她的作品，敬重她的人品。她的画不论是早期的写实风格，还是“变法”后的画风，我都十分敬重。作品中没有任何急功近利的虚荣和俗媚，有的只是有感而发的真诚与纯洁。一位画家如果没有那样高洁纯净的人品，怎会有如此纯净的画品。

我和周思聪“正式”相遇是1994年春天，我在中国美术馆举办我的画展时。当时一位友人答应帮我请周思聪来参加画展开幕式。当然，能请到周思聪，我是非常高兴的。但当友人与我同往周思聪的住宅去看望她时，原来她的身体正被顽疾缠磨得难以出户。那天她只能倚靠在床头和我们说话。她嘱咐卢沉为我们泡了茶，我则把我的一本画册送到她手中。我们的谈话是从这本画册开始的。她边翻画册边显出激动地说着我那画册的好话。开始我对她的赞许只当“客气话”听，因为我自知我那本画册分量的单薄。哪知周思聪的赞许，并非只是客套。翻完画册她对我说，她是多么愿意到美术馆去看到原作。说时，她的表情凝重、真切。可以看出她是多么希望和我做这次真挚的艺术交流。但她又是无奈的。最后她只好请卢沉代她前往了。

开幕这天，卢沉距开幕式早一小时就来到了美术馆。我们见面后，卢沉拉着我的手说，原来他昨天就来过一趟了，因为周思聪记错了时间，一大早便催卢沉来看画了。二人对于开展日期还有过争论。结果卢沉服从了周思聪。可以看出周思聪让卢沉代她来看画是如此在意。

画展结束后，我约铁凝再去看望周思聪。见面后卢沉告我，他从美术馆回来，周思聪是如何向他询问画展的情况，还取出我送她的画册和卢沉的讲解做着对照，看到我们后又再次为她看不到原作而遗憾。

这次见面，我们谈得很多，谈了画家有感而发的重要，而有感而发又是基于画家对于自然和生命的赞美，形式是什么以及艺术语言的表现力。还谈了目前艺术界的浮躁，无病呻吟对于艺术家的危险……我们的交流坦诚而率直，没有任何谁对于谁的迎合。如果说我和周思聪有所"交往"，这便是"交往"的开始吧。分别时，她让卢沉取出她的一本画册送我，便是她1993年出版的那本，其中以荷花和苗家妇女为主。

我不断翻看思聪送我的画册，觉得她的作品和她的言论是那么一致。好像病魔缠身的她对于艺术的思考更加单纯，更加平凡淡定，更加可爱了。她在画册的分类题记中写道:"我爱静谧的大自然，我爱平凡的人。”可见自然静谧了，人平凡了，便也可爱了，也值得去爱了。反之，自然喧闹了，人失去了平凡，也就不那么可爱了。再爱也就不值得了。这是周思聪对人生的感悟发现，也是一切真正的艺术家的感悟发现吧。

距我们见面一个月之后，我曾有一封信给她，信中再次谈到“做”艺术和做人的看法。周思聪很快就回了信，她称我为老师。信中说：“铁扬老师，今年我觉得很高兴的事，就是结识了你们父女两位艺术家。中国有句俗话叫‘君子之交淡如水’，我很欣赏。有的人与人之间交往频繁，但未必默契和自然。有的一见如故。”可见我和周思聪都已感到，我们是一见如故的。我们共同欣赏着“君子之交淡如水”这句至高的人生交往境界。或许就是因了这些，我曾有几次去看望周思聪的打算，但又被自己打消了，我生怕干扰了我们这一淡远的人生主张。再说，病人少些应酬，无论如何是有益处的。这年只在元旦时我给她寄了从邮局买到的那种贺卡。周思聪给我寄来了她的“新荷”的照片和吉利的语言。这是1994年。

1995年有一段时间我在美国，岁尾前回国，便接到了周思聪为我制作的贺卡。

我常想，讲交往，我和周思聪之间实在谈不上。然而，有了我们对于“君子之交淡如水”的共同欣赏，“交往”毕竟是存在于我们的交往之中了。在我们的交往中我一再体会到，周思聪作为一个“平凡人”的不平凡。她的不平凡之处正是她真诚地热爱着“平凡”。然而她实在又是平凡的。当你面对周思聪的平凡时，你才会对整个人生、对你从事的艺术增加几分信心吧。一部民族艺术史是不能没有周思聪的。她不平凡。

“芙蓉塘外有轻雷”，李商隐的诗句吧。

2012 年 10 月为文集作

右一为周思聪　中间为其先生卢沉（摄影）

我与曹思明

新中国成立初期，在我国用油画颜料作画且能驾驭现实题材的画家，为数实在不多。在我的印象中，大约只有黎冰鸿、莫朴、罗工柳等十多位先生，曹思明也是其中一位。他们的一批革命历史题材油画，填补了中国这一时期油画创作的空白。而董希文先生的《开国大典》又为这批作品画上了更加圆满的句号。曹思明的《平型关大战》也被频繁地发表和印刷。从某种意义上讲，他们较中国第一代油画家徐（悲鸿）、刘（海粟）、颜（文樑）更显灵活。他们不计较流派的影响，抱着艺术为政治服务的信念，诚恳而朴素地作画，很难说他们心中的油画偶像是德拉克洛瓦[1]还是戈雅[2]。

当时论我的年龄和辈分，与油画家曹思明是不会有交往

① 德拉克洛瓦（1798—1863），法国画家。

② 戈雅（1746—1828），西班牙画家。

的，然而我们认识后，交往却很不平常。

曹思明早年曾留学日本，20世纪50年代在浙江美院任教，那时我尚是中央戏剧学院舞台美术系一名高年级的学生。因了我的大哥在浙江任职，父亲退休后也定居杭州，杭州几乎成了我的第二故乡。那时曹思明是浙美为数不多的讲师之一，人们称他曹先生。曹先生三十多岁仍是单身，和油画新星于长拱同住一间单身宿舍。于长拱刚从马克西莫夫的油画训练班毕业不久，他以他的毕业创作《冼星海在陕北》在油画界一锤定音，很是被人刮目相看。我认识于长拱是早于曹思明的。一天，我去浙美看于长拱，他领我走进他们的宿舍后，信手拿起一只铝制小茶壶要为我煮茶。他把小茶壶放在一个小电炉上，放上茶叶和水煮起来。于长拱对我说，壶和茶叶都是曹先生的。凭着曹先生用小壶煮茶的兴趣，凭着主人不在，于长拱用这壶和茶叶的随便，我猜曹思明一定是位宽厚可敬的先生。果然我没有猜错，我和曹先生认识后，很快就发现，有着兄长风度、性格宽厚随和的曹先生，好像活跃了整个美术学院。上至几位艺术大师，下至年轻助教和同学，似乎谁都不拿曹先生当外人。在浙美有了曹先生的引荐，几乎没有你见不到的人，没有办不成的事。即使曹先生不在，只要你打他的旗号，要办的事也会顺理成章。

我认识曹先生始于1958年。虽然认识他是靠了于长拱的关系，但后来我和曹先生的见面交往是多于和于长拱的。如果说我和于长拱的交往带着年轻人的潇洒不羁的浪漫，那么和曹先生的交往无疑是多着几分平和的真实。曹先生为人随便，生活工作却有秩有序。在他和于长拱同住的这间小房子里，靠了他的经管，使得这里滋润而有趣：他用小电炉、小铝壶煮红茶，喝绿茶自有绿茶的专用杯。一条蓝条呢围巾，不论系在脖子上还是挂在墙上，都显得平展而挺括。几件颇具纪念意义的小纪念品，总是摆列在一个很讲究的位置。提到曹先生的喝茶，他对绿茶的品尝比红茶更为严格。开始我喝他的龙井时，把茶叶放进茶杯，举起暖瓶便倒水，曹先生制止住我说："不行。铁……扬，可惜了，可惜了。"他说的是茶叶。曹先生说话和我一样稍带口吃，每次叫我都把铁扬二字断开。曹先生告诉我，泡新龙井，要先放水后放茶，这样泡出的茶格外绿格外鲜。他给我做泡茶示范：先将开水倒入玻璃茶杯，用手握住茶杯试试温度，待温度合适时，把适量的茶叶投入水中。少时，即见茶叶一片片舒展开来，开始垂直下沉，茶和水都慢慢变绿。果然和我平时泡出的茶大不相同，这时你觉得杯中已不再是茶，那实在是一杯春天。

很长时间，杭州对我有着极大的吸引力，这除了杭州的气质出众，杭州有我的亲人，且有曹先生和他泡出的茶。于是一想起杭州，脑子里就会出现一个形象思维的飞速转换：白的墙、灰的瓦、家人、曹先生、一杯碧绿的春天。

曹先生的作画如同他的泡茶，对于油画的做法，他从不乱来，一笔笔一刀刀，该放在哪儿就放在哪儿，能用两种原色调出的颜色，他决不用三种。他说三种颜色的混合，色度就会黯淡。他说画布纹路不合适，内框不规矩都会影响画家作画。他的画干净而不甜腻，严谨而不刻板，充满着他的艺术科学。

作为朋友，我常把曹先生和于长拱做比较。在艺术上于长拱就显得散漫无序，虽然他在马克西莫夫的油训班放过那么耀眼的光芒。在生活上，于长拱吃得随意、喝得马虎。曹先生是清高的，就像他的泡茶，自得其乐也乐个与众不同。

曹思明作为比我年长十几岁的单身大哥，我也经常关心他的个人生活，暗中观察他对于女性的动向，可惜总无所获。后来我从“中戏”毕业来河北工作，便从河北为曹先生物色了一位女友——歌唱演员。我请他来河北“相亲”，他真的千里迢迢来到河北，可惜和那演员草草见面后，他便笑着对我说：“铁……扬，你我还是经常在杭州见面吧。”我懂了。

1963 年吧，我因工作不得脱身，一年没有去杭州。一年中曾两次写信给曹先生终也未得回信，而此前他对我是有信必回的。一年后我们在杭州见面时，才得知，原来曹先生恋爱了。确切地说，他是因了恋爱才顾不得回我的信。我对他说，如果这样不写也罢。而曹先生却显出沮丧地说：“完……完了。”我沉默一阵，他也沉默一阵，又说，“不过我们也真好了一阵子。”他和我说了不少他和她激动难忍而今又使他痛苦难挨的细节，最后他对我说：“你……认识她。”我说：“谁……谁呀？”他告诉了我她的名字，那是一位话剧演员，一位正在浙话（浙江省话剧团）“挂头牌”的演员，Z 君。

我认识Z君，那时她正在话剧《胆剑篇》里演西施。Z君才貌出众，我很为曹先生高兴，当然现在我的高兴为时已晚，我问他能不能挽回，并说必要时我再去找她。曹先生说：“不必，不可能挽回，省里领导找她谈了话。你……知道，我在日本留过学。”那时一个“尖子演员”的终身大事是要由领导决定的，谁让Z君是尖子呢。谁让曹先生去过日本呢。

这次见面，曹先生给我看了一幅肖像画，画的是Z君在一出戏里的剧中人，好像是一出朝鲜戏，Z君穿着洁白的“朝服”。曹先生把白色经营得纯洁而耀眼，我总觉得那是曹先生肖像画中的一个顶峰。

这次在杭州我也见到Z君，还是委婉地问起她和曹先生的事，她深有歉意地叹着气说：“铁扬，你的朋友曹先生，天下没有比他再好的人了。”

曹先生是决心要“忘掉”Z君的。他一次次向我表示着这个坚定的信念，而我又怀疑着他的坚定。他每次见我，总要先问，见过Z君没有。一次，我告诉他，Z君将在某个电视剧里演某某。他说他已注意到了这个信息，可见他仍关心着Z君的行踪。后来，这部电视剧每晚黄金时间在中央电视台播出。当然，Z君已不再演西施，而演某夫人。我想，每晚我坐在电视机前时，曹先生一定也在看电视，也许他永远不会认作她是夫人，那就是Z君，那就是“西施”。

在以后的日子里，我和曹先生见面交谈，话题永远是过去，我们谈过去谈得自如，话题一涉及现在，即生疏得要命，稍有不慎，或许还会使我们互相警觉起来，这警觉却影响着我们的以往。

1991年，我准备去北欧举办我的个人画展。曹先生得知我的行程后，很为我兴奋，并告诉我北欧某国有他的朋友，他愿把朋友介绍给我，但一时手中没有地址，他说待抄确切后再寄我。分别时，他又嘱我帮他一件事：几位画界朋友要去河北山区旅游，希望我为他介绍一些关系，提供一些方便。我也当即答应，并说和山区联系后再写信告诉他。谁知我从北京回来后，即忙于出国前的准备，这期间又去深圳做画册，曹先生的事竟忘得一干二净，而此间曹先生也不曾有信给我。直到我已在北欧时，才意识到这是我们共同的失信。

三年后，我在北京中国美术馆举办我的画展，发请柬时还是首先想到了曹先生。开幕那天，曹先生也应邀赶来，我们在美术馆走廊相见，谁都未提及各自失信的事。哪知“祸不单行”：开幕前，因未接曹先生确实到会的消息，曹先生的名字没有作为贵宾被列入贵宾名单。我赶忙将曹先生光临的消息再告知开幕式主持人。谁知待仪式开始时，在主持人宣布的贵宾名单里，我还是没有听见曹先生的名字。当时站在“台”上的我，看着近在几米之外的曹先生，觉得我们的距离不住地在加长。这或许已成为我们之间再不可挽回的遗憾了。

然而我庆幸我有过和曹先生的交往，不然每次去杭州为什么我就会想到“不见居人只见城”的诗句呢。每年当我按照曹先生的习惯把“一杯春天”摆在自己眼前时，就会觉出春天和人生原来是这样美好。

1993 年初稿

2012 年再改为文集作

远去的笑声

新中国诞生时，我离开我的家乡冀中平原的笨花村，参加文艺工作，在一个省级文工团。那时我15岁。回家时父亲问我：你们那里有文化名人吗？我说有。父亲问我，谁？我说，陈一痕。父亲摇摇头，表示费解。我父亲是一位医生，却有着医学以外的许多知识。他的书架上除医书外，还有《胡适文存》《饮冰室文集》，连黎锦辉的歌曲集都有。对于文化名人，他尤其崇敬。他常常一面做着手下的事，一面哼唱着“云儿飘，星儿摇摇”，要么“早晨太阳里晒渔网，迎面吹过来大海风”。父亲当然不知陈一痕是谁。我举出我们团里的陈一痕，是觉得他的名字像名人。也是为了说明我所在的那个单位档次不低，有名人。

至今我仍觉得陈一痕的名字实在不一般。若把他和那些璀璨一世的文化名人排列在一起，非常协调。你看，邹韬奋、叶圣陶、李叔同、陈一痕，不是很整齐吗？可惜那时的陈一痕只是我们那个文工团的一个导演。说是导演，一个普通同志而已，一个只在家乡读过“高小”的普通同志。再者那时的导演不似现在，刚导过一个卖酱油的广告片，也被人簇拥着喊某导、某导。陈一痕是个普通同志，大家平时喊他老陈。

导演老陈

导演老陈，长胳膊，长腿，长脖子和一张严肃的长脸。在这张偏长的脸上架一副金丝眼镜，便显出那张偏长而严肃的脸更严肃。若想和他接近，使人想到“无法下手”这句话。只待他对这世上的大事小事发表自己的看法时，你才觉得他离你本是很近的——他幽默。他的幽默不是有意安排，更不是只为哗众取宠把自己当作低下的笑料，那实在是对这世界太认真了的缘故。人大凡在过分认真时，自己的言行反倒会出现闪失。老陈的闪失只表现在说话时对一个半字的安排有误，这或许就变成了他的幽默之处，它不伤大雅，不改变事物的性质。比如他从来都把“沙发”说成“发沙”，把“比较”说成“较比”，把“喷气式”（飞机）说成“喷式气”。但谁都知道“发沙”就是“沙发”，“较比”就是“比较”，“喷式气”就是“喷气式”。

我来我们团时，还是一个喜欢模仿大人的少年。而陈一痕已经在排练场坐着“发沙”指导演员排戏，为我们这个时代塑造着“典型环境中的典型人物”了。他还告诉你塑造典型人物这一演剧理论，本来源于俄国戏剧大师斯坦尼斯拉夫斯基。

那时老陈做导演，我则学着给他做舞台设计。在排练场听着老陈讲“斯夫拉”理论，到底拉近了我和老陈的距离，于是我敢于和他对话了。我问他，他的名字谁起的。老陈操着很浓重的河北某地方言说：“我爹。”“你爹是……”我问他。“务农。”他说。老陈说话像面对乡人一般。他乡音地道、简洁，尾音拉得很长。我想，老陈的长辈、一位在河北农村包着羊肚手巾务农的老乡，怎么就给儿子起了这么一个学者般的名字。

老陈却从来没有当名人、当学者的奢望。人们记住他，甚至以后的念念不忘，也只因为他给你带来过欢乐。其实何止是欢乐，他的一个小小的言语闪失还能使一个冷峻的现实立刻变得冰雪消融，使一个人云亦云的顽固堡垒迅速土崩瓦解，使那些走入死胡同的瞬间起死回生。那时你会忘记时代对你的苛求，你会笑得忘乎所以。那时候，时代对于你时不时会有些苛求的。

同事中有一个叫小尚的年轻人，在团里本来是一位跑龙套、演个伪军甲乙、群众丙丁的同志。但小尚不满足于眼前的现状，一心想当一名小提琴演奏家，还净说一些有关大演奏家的话。他为了提前进入“角色”，常常右手按住左胳膊练习演奏小提琴的指法。小尚的行为当然要受到批判的。团里为了帮助小尚不再好高骛远，安心本职工作，先是团小组会上的帮助（小尚是共青团员），而后是团支部会，最后竟酿成全团大会。人们在大会主持者的诱导下，便沿着一条批判极端个人主义的道路开掘下去，会议气氛越来越紧张。但发言者的发言内容却越来越空泛，使批判难得要领，这使得主持人有些不知所措。这时的老陈突然站了起来，眼镜一闪一闪面对小尚说："你这个问题，是个什么问题……是个是个，确切点说……"老陈决心要把小尚问题的性质说准确的。既是挽救一个同志，发言就不能笼统，要稳、要准，对症下药，有的放矢。于是老陈经过一番思索之后，把自己的目光转移一个角度，面朝与会者同仁，说："他这个问题，是个是个……很明显，就是个自己认为自己'英雄无地不适用'的问题。而……而且，年轻人常有的毛病就是自己认为自己英雄无地不适用。"接下来，老陈当然还要说这个"英雄无地不适用"对于革命事业将会造成多大损失。因此年轻人最应该警惕的就是这个"英雄无地不适用"。

老陈终于把小尚问题的症结说准确了。当然他要说的是"英雄无用武之地"。会议发展至此，不用说是进行不下去的。当与会同仁对老陈的发言七转八转，转过弯时，便是炸开了的笑声。主持人无法再将会议主持下去，小尚便成了受益者。然而老陈并没有弄清众人为什么要发笑，面对这么严肃的批判会，本来就是个"英雄无地不适用"嘛。

一个“英雄无地不适用”涉及的性质毕竟是微不足道。哪知在一次更严峻的“肃反”会上，老陈在向一位“现行反革命”交代政策时，竟然将“坦白从宽、抗拒从严”这个人人皆知的原则，说成“坦白从严，抗拒从宽”。这次谁都觉得老陈是走在一条危险的道路上了。然而老陈的闪失，仍然没有给老陈带来厄运。这或许是因了老陈的好人缘，或许因了他的长辈是包着羊肚手巾干活的上好的家庭出身。就在那次的“肃反”会以后，老陈却作为全省文艺界代表到北京参加国庆观礼了，也才有了观礼归来之后的汇报讲演。在那次汇报演讲会上，老陈以按捺不住的兴奋告诉大家，那天，天安门前走的是坦克车，天安门上空飞的是“喷式气”。还说这阵仗，都是针对侵朝美军布置的。“让万恶的美帝国主义，让万恶的麦克阿琴（瑟）发抖吧。”麦克阿琴（瑟）是当时侵朝美军的总司令。在老陈的讲演中既是涉及了“麦克阿琴”，老陈必然会向这个美国鬼子再施些愤怒的。他说：就像前几天报纸上指出的那样，疯狂的“麦克阿琴”在朝鲜战场上真要“抓住一扔了”。老陈读报常把“孤注一掷”念作“抓住一扔”。

老陈刚进团时，领导本要培养他做主演的，曾经让他在《牛永贵负伤》这出小歌剧里演一号人物牛永贵。剧情是这样：八路军战士牛永贵在一次战斗中负伤了，也因此而掉了队，他急迫地寻找他的战友张守义。在舞台上的牛永贵应该拖着一条“伤腿”边走边呼喊张守义的名字，于是扮演牛永贵的陈一痕在舞台上便转起来、喊起来，但人们却发现这个牛永贵（陈一痕）喊的不是张守义而是他自己的名字牛永贵。不用说这戏是演不下去了，前台后台笑声一片。但“牛永贵”不笑，牛永贵还是喊着牛永贵下了场。在后台老陈问大家，刚才发生了什么事，为什么大家都在笑，“这么严肃的一出戏”，老陈严肃地对大家说。当有人指出他的喊声有误时，陈一痕愣了一下说：“妈的，错了，看下次的。”下次的牛永贵又出场了，拐着腿还是一遍又一遍地喊牛永贵。

领导还是没有失去培养陈一痕演戏的信心，陈一痕也总是信心百倍地接受着演新戏的任务。但他不再担任主演改演配角了。在一出叫《胜利渡长江》的剧中，他演一位老船工：解放军为解放全中国要渡过长江，便找来一位老船工（陈一痕）了解长江的水性。这船工坦率地告诉解放军，长江水流凶险，渡江困难，看来是难以过江的。解放军首长叫着大爷说：“黄河我们都过来了，长江我们也一定要过去。”船工大爷（陈一痕）本应该说：“这是长江，这不是黄河……”意思是黄河能过得去，长江不一定能过。或许陈一痕是决心要把这两句简单的台词说正确的，对于长江、黄河每次他都有严格的逻辑换算，但话一出口就变得语无伦次起来。说完长江，又说这不是长江；说完黄河，又说这不是黄河。每次颠倒几遍，还是以逻辑混乱而告终。

不仅如此，最使领导头痛的是，老陈演戏想何时上场就何时上场，上晚了顶多向台上的诸位说声“对不住，我来晚了”了事。而说到“诸位”，陈一痕与这个“诸位”也有过故事。

一次他演一位战士，在一个战斗总结会上，他说："诸位，我说几句。"说完后，他问导演这里谁叫诸位？

就这样，领导考虑再三，还是决定让陈一痕改导演了，大约导演说错一句半句话，毕竟是在台下吧。

陈一痕做导演是经过"科班"的，他曾去位于北京专门培养戏剧人才的全国最高学府进修。那里虽然也留下过关于老陈的一个半个故事，但并没有妨碍他的学业修成。比如，老陈永远记不住他的学府所在的街道名称和附近那个公交车站。这样，每次他坐公交车时下车就成了问题。于是乘车时他要时刻做着下车的准备。车将到站，乘务员问，前面是某某站，有下车的没有，陈一痕就跃至车门，抢先迈出一条腿说："下。"但他又开始怀疑自己的行为了，于是把迈出的腿又赶紧收回来说："不下。"如此反复至公交车的终点站。当他再向回坐时，乘务员问清他的所在单位后，才指示他在何处下车。

还有什么？还有老陈请进京看他的老战友去北京莫斯科餐厅就餐时的点菜故事。老陈接过服务员递上的菜单，点了菜单首页的1、2、3、4、5、6、7、8。原来西餐的菜单汤在前。这八道菜乃八道汤。老陈面对这八道汤对大家说："喝吧，不喝白不喝。"

陈一痕做导演一做20年，说了些颠三倒四的话，也拍了不少戏。陈一痕的名字一次次地出现在广告上、节目单上，也几乎成了一方文化名人。然而他的地位还是因了一次不可原谅的闪失有了动摇：就在我们国家处处事事以阶级斗争为纲时，他坐在“发沙”上给演员读报，生是把“把阶级斗争的火药味烧得浓浓的”这句充满政治激情的表述，读成了“把阶级斗争的大药丸……”如何如何。领导没有再敢原谅他的闪失，他要远离他这只久坐不下的“发沙”被另作安排了。那天他来向我告别，这时我正同他合作着一台戏。他说他要走，我问他是下放，他说不是，是调动，是因工作需要而调动。他说着看不出有任何压力和不悦。他甚至告诉我说：“还是个主任哩。”我问他要到哪里去，他说了一个地区，便是当年林冲发配的那个地区。

陈一痕导演走了，我再见到他是两年以后的一个深秋。这年寒冷来得很早，他也赶早穿起了一件蓝棉袄。也许是棉袄领子太肥，老陈的脖子看起来比过去还要长。他敲开我的门，头顶着门框，脸上是一片平静的茫然。当时已近中午，我在做好的午饭里，又为他多做了一盘蛋炒饭。他吞咽得很猛，每咽一口便伸一下脖子，使人想到充饥这两个字。我问他来省城的目的，他说来看病，今天一早他搭了一辆卡车，300 多里路走了 8 个小时，是早晨 4 点出发的。我问了他的病情，他说是感冒，我立即想到感冒和几百里卡车的利害关系。很快老陈便转换了话题，谈起了工作。他说他在一个小水库上做了一段管后勤的主任之后，当地领导又起用他为一个县剧团拍戏去了，也总算归了本行。我问他拍什么戏，他在脑子里编排了一下要说的剧名，对我说：“……就是，霓虹哨下那个灯。”我知道那是《霓虹灯下的哨兵》，当时这出戏正演遍全国。他说调教戏曲演员演话剧太费劲，“扒拉”不动，他累出了病。县里和地区都治不好，他才选择了他早些年战斗过的这座省城医院。老陈吃完炒饭点上支烟，靠在椅背上抽。我好像要“招惹”他似的，非要他讲讲下面的事情，他不假思索地说：“多了，看你想听哪类的。”我说哪类的都行，所见所闻吧。他说：“讲个结婚的吧。”

老陈住在一个区政府里，一天来了一个老头，老头误认为他是区干部，便对他说要求登记结婚。老陈假装区干部，问，谁？老头说，我。老陈又问，她呢？这时又进来一位老太太，和老头年龄差不多，六七十岁吧。老陈问老头，你结过婚没有？老头说，结过。老陈问，几次？老头说，三次。老陈又问老太太，你几次？老太太说，两次。老陈当机立断说，不行。老头问老陈为什么不行？老陈说，不合乎要求。老头说，领导宽大宽大我们吧。老陈说，不行。老头又问为什么？老陈坚定地说，不合乎规格。在两位老者再三请求下，老陈还是不“松动”。二老无奈，怏怏而去。我问老陈，你为什么不成全人家？老陈说，这情况登不登记一个样，反正也是一家人了。管他们的。

这是老陈讲的最后一个故事，他讲得有板有眼。对于“字们”的安排也没有出现错误。

我请老陈住下，他说早已安排了招待所，离医院近，明天一早去挂号看病。

过了 24 小时，我听见院子里有人在叙述一件事，我隐隐约约听见是关于老陈的。我赶忙从屋中跑出去，果然是关于他的，他死了，死在医院门诊大夫的脚下。一位目击者说，老陈在向大夫述说自己的感冒症状后，大夫却发现老陈的感冒并不严重，严重的是他的心脏。大夫为他做心电图，又用听诊器在老陈的心脏上很是听了一阵，最后在病历上写下："心肌梗塞"四个字。老陈看到了那四个字，便"迫不及待"地倒在了大夫的脚下。抢救是抢救过的。

人们常把老陈的死也化作他的趣闻来讲，觉得他死的方式无论如何和他的人生是相吻合的。好像有了他的死，他生前的一切，才真实得不容置疑了。

省城没有道理为他开追悼会。他远在外地的家人赶来，只撺掇着在一个烈士陵园里，为他立了一块石碑，碑上有他的名字和生前的职务——导演陈一痕之墓。我几经过此，觉得石碑上有了他的职务，他的名字才确实像个文化名人了。但在众多烈士中，他的名字和职务却又显得很"各色"，很不合群。

2001 年初稿

2011 年再改

发于《人民文学》2012 年第 5 期

与伊蕾的交往

我与伊蕾的交往不是因了她的诗。我深知她曾是中国诗坛一位感情蓬勃，最坦率、最孤寂、最“不管不顾”的一位现代诗人。在一个时期，她像一位头戴光环的女神被众多粉丝拥戴着，但诗对我总是有距离的，虽然有时我也弄些文字。

我与伊蕾的交往是因了“画”，是绘画。更确切说，是俄罗斯和苏联时期的画家和油画。她是一位对俄罗斯艺术如痴如醉的鉴赏家和收藏家。

我与伊蕾的交往是因了她的为人，因了她对友人坦诚、热情，甘心给予你帮助，哪怕牺牲自己一点什么。比如最宝贵的时间和私人空间。

我认识伊蕾始于 80 年代初。当时省里开文代会，她大约是最年轻的代表之一，可见那时她在诗坛已有些名气了。但她仍是一副学生模样，穿一件系腰带的紧身上衣，两条松散的辫子搭在胸前，额头上任意散乱着刘海，与当时的与会代表穿着的保守很是有别。有人告诉我她叫孙桂贞，年轻诗人。但我们并没有过多的语言交流，只有过几次小会时的相见。

不久我便看到了她的诗集，但那些处处充盈着骚动和情致不安的诗句，我仍然没有深读下去，这时她叫伊蕾。

之后伊蕾在文坛消失很久，后来听说她去了俄罗斯，在俄罗斯做着她喜欢的事业吧。后来我才得知她已是一位俄罗斯艺术家和俄罗斯艺术的探访者和收藏者。

过了几年吧，有位操着天津口音的女士突然打来电话给我，口气宛若老朋友，说："铁老师还记得我吧，来趟天津吧，看看我的美术馆，在河西区，叫喀秋莎美术馆。有特卡乔夫和法明的画。"我问："您是……"对方答："我是伊蕾，孙桂贞，忘记了吧。十几年前咱们就见过。"

啊，伊蕾，孙桂贞，一个几乎忘却了的名字，还有俄罗斯艺术和喀秋莎美术馆。要说这个邀请是突然的，然而又是必然的。我记起了那位梳辫子的诗人姑娘，她在苏联的事业在国内又不胫而走，很使人存有好奇。我去了天津，去了伊蕾的喀秋莎美术馆。当然此时的她已不再是当年那位梳辫子的女孩，已是一位干练，对艺术和艺术品运作的行家了。她的美术馆并不大，是由一座旧公寓改造而成，但收藏档次不低。她热衷于特卡乔夫兄弟、法明和日林斯基，尤其对特卡乔夫兄弟的作品充满着无限的敬意。在这两位兄弟的作品中，除几幅有代表性的作品外，连哥俩上学时的习作都收了过来，算是她的镇馆之宝了。

这次和伊蕾的会面也借助了我早些年对特卡乔夫的关注，借助了她对特卡乔夫的热情，才使得我和伊蕾真正有了交往，而她对苏联艺术的痴情和真诚也给我留下了极深的印象。

后来，我又两次去天津去她的美术馆，并约了张德育等几位画家在那里相聚认识。她还为我从别人手中淘来了一幅特卡乔夫的作品，这也成了我对这位画家作品的唯一一张收藏，至今它还悬挂在我家中。每每看到它，想到的先是伊蕾的热心。

在后来我和伊蕾的交往中，当然还是以俄罗斯和苏联艺术为中心话题。并相约我们一起赴俄罗斯去拜访这两位年事已高的画家兄弟。后来我几赴俄罗斯都因为阴差阳错没有和伊蕾一起成行，也成了最大的遗憾。再后来，她放弃她的喀秋莎美术馆，搬到北京。2012 年我们在她的新居——北京宋庄见面，那时她刚从南太平洋（大溪地岛）归来，但世界的新奇并没有使她对俄罗斯艺术冷却下来，那些藏品仍然悬在房中。那天她为我准备了一顿丰盛的午餐，自制烤鸡，捧着精美的餐具，诱人的美食，在她的藏品前穿来穿去。席间，还为我再赴俄罗斯的路线和计划做着规划，把她在俄罗斯的熟人和关系都搬了出来，并为我介绍了俄罗斯美协主席萨罗明和其他几位重量级画家，分别时还对我说："来宋庄吧，咱们做邻居，你看我的院子有多大，足够你再盖一个大画室。"她是有一所大房子和一个大院子。

谁知，这是我和伊蕾的最后一面，当然在之后的几年中，电话是不断的，除了一般的问候，有几次相约一起旅行，但都阴差阳错错过了机会。

谁知 2018 年的 7 月 14 日，突然传来噩耗，说伊蕾走了，走在一个有冰雪的国度。我不知怎么对待自己的情绪，连忙从书架上抽出一本伊蕾的诗集，胡乱翻阅起来，其中有这样的诗句：

……

我若因守在山崖

就永远是冰是雪

我今要一泄而下

去寻找我所爱的一切

伊蕾走了，也许像冰雪一样融化了，但她留给人间和朋友的是爱。

发于 2018 年 7 月《文艺报》

我与李明久

铁扬与李明久（摄影）

我常做这种思考，画家之间的交往怎样才是深层次的，有知心意味的，没有表演色彩的？

天长日久，我终于悟出道理，那是彼此之间不谈彼此的艺术了。这是一个“辩证”。

我和明久就很少谈论彼此的艺术，我们只有“茶余饭后”。

“茶余饭后”这是明久在一次关于我的研讨会上说的。他说：“在河北，画家之间有茶余饭后的大概只有我和铁扬了。”当时我很为明久的话所震惊，至今我仍为这句话感动不已。在那次关于我的艺术研讨会上，许多中国顶级评论家、艺术家对我的艺术说了那么多好话，过后想想，“落”住的并不多，但这句茶余饭后“落”住了。

茶余饭后的交往有古朴的真切，有平起平坐的自由态势和可天南地北的不加修饰的语言交流，这和“君子之交淡如水”有同样的意味。

“君子之交淡如水”，这是另一位艺术家周思聪先生说的，她用这句话来形容我和她的交往。其实我和周思聪只见过两次面，平时只有少量的书信交往。1994 年我请她去看我在中国美术馆的画展，她已病重不得行动，她用变了形的手握住我的手，连连说了几声遗憾，她说的是不能去看我的画展了。后来她只派了卢沉先生。开幕那天，卢先生早一小时来到中国美术馆，他告诉我这是在周思聪的催促之下。之后，周思聪给我写了一封信，还寄了一张手绘的小画。信中说“我欣赏‘君子之交淡如水’这句话”。一个月后，思聪便撒手人寰。卢先生在电话中告我，那是周思聪最后的一封信和最后的一张画。

“君子之交淡如水”这句清淡而明丽的话，大概就是简朴文人交往的准则吧，它和茶余饭后遥相呼应。

大约是1982年，我乘火车去北京，坐的是一辆慢悠悠的快车，在车上巧遇明久，明久正站在门口抽烟。当时他正任河北师大美术系主任，我则是刚进画院的画家，我们是从未有过交往的。我和明久做过几句简单寒暄后，明久便直截了当地对我说：“铁扬，来师大给我们上上课吧。”大概我是做了答应的，但我没有去。现在我要说的是明久那看似随意的邀请。他没有用夸赞我的艺术作为邀请的前提，也没有附加任何客套，有的只是真切的“淡如水”的邀请。我从这“淡如水”的邀请中感到这邀请是真实的，显然他对我早已有所观察。

之后，我和明久常在为一些画展做评委时见面，明久总是匆匆而来匆匆而去。他发言大多三言两语，似有更重要的事使他分心。我对他做着判断：他一定正在思考他该思考的吧。这比摆在他眼前的事更重要，那一定是他的艺术。

一晃二三十年过去了，我和明久见面仍属有限，但每次相见越来越具自然，越来越具“茶余饭后”。有了一次次的茶余饭后，我才大言不惭地说，我认识明久了，他是一位画家，是河北省“落”住的一位画家。我对他那些思考和判断也得到了证实。我猜，让明久说说铁扬，他一定也会说，铁扬是一位画家，仅此而已。于是，我们才可以不必面对我们的艺术或高谈阔论或评头论足了，于是两位年事已高的画家，自己开着自家的车，从事着净是纯属画家自己的事。

在一次“茶余”（或饭后）时，明久对我说：“铁扬，咱俩搞个小活动吧，搞个小画展……”我觉得这实在是我们俩应该成全的一件事。这也是一次茶余饭后，这才是一次为彼此艺术的对话，这对话却在不言中。我们正在为这个小活动安安生生地做着该做的准备，这次的小活动一定会明净如水。

2012 年 7 月 30 日

发于 2012 年《燕赵都市报》

我读白寿章

开始，白寿章的名字是从我大哥那里知道的。我大哥早年就读于著名的邢台四师。那时他活跃于学校的文艺社团，编演话剧，学习书画，加之他早已是地下党的身份，在学校名声“显赫”。后来终因闹学潮驱赶一位大搞蒋介石“新生活运动”的校长而“犯案”，被迫逃离学校，在冀南搞起农民运动。“七七事变”后他投笔从戎成为一位职业革命家。曾在山西、四川、中央任职，而后在浙江做领导工作，闲暇时仍喜欢弄弄笔墨，交友于文人。我学习艺术后，谈论艺术常成为我们兄弟的话题。

一次在浙江的莫干山，面对扑面而来的云海他突然问我：“白寿章呢，了解不？”那是20世纪70年代后期，他已从“牛棚”被解放出来，才有此闲心打听白寿章了。像他这种好舞文弄墨、历史上又闹学潮闹农运的人，在某些运动中更要吃些苦头的。

我却不知白寿章是谁。后来他告诉我白寿章也曾在邢台四师，那时他已觉出白的书画才能了。

我回到河北，在画界开始打听白寿章。一次和当时的省美协主席田辛甫坐在一起开会，我向田问白，田老操着浓重的乡音说："那是俺老师。"原来这样。

有了我大哥的推介，有了田辛甫老师的身份，才引起我对白先生艺术了解的欲望。之后，又在友人家中第一次看到白先生的一张画作和一幅书法。

我们看画，大都有个习惯，常把眼前的画和另几位画家的作品在内心暗暗做比较，尤其对那些题材、章法、笔墨相近的画家。我把白寿章先生的画、字和几位当代画家比较起来，我断定他应该在这几位画家之上，虽然他们的名声远远在白先生之上。但名声是名声，造诣是造诣。后来又断断续续看到白先生几幅字和画，就更坚定了我的信念。

大约就在这个时期，有位画坛朋友要到省美术出版社就任总编辑，并告诉我要优先出版河北画家的专集，我极力向他推荐了白寿章。后来，这专集竟然出版了，那是一本不到30个页码容量的小册子。现在看来，它比起目前诸画家那一本本装帧华丽、重量压手的大部头专集实在寒酸，但那是真实的画呀。

对白先生艺术的评价和定位，我有个执拗的观点：他作为河北画坛百年来的第一人，我是坚信的。这是由白先生在艺术上的"安生"、毫无表演意识的态势和质朴而悠远的文化气质所决定的。离开这些谈艺术，艺术就会变得鱼龙混杂，笔墨那玩意儿便成了纯物质的雕虫小技。

2009 年

发于 2010 年《燕赵都市报》

百年田辛甫

我从河北美术馆的一则展出广告上得知，今年已是田辛甫[①]的百年诞辰了，并得知美术馆正在举行着他的百年诞辰纪念展。于是我怀着崇敬的心情走进来，来瞻仰田老的遗作。这是开展的第二天，在挂满三个展厅的作品前，不知为什么观众却不多，也没有留下开幕时那些花团锦簇的热闹痕迹，也没有相关领导出席过开幕时的舆论证明。以往这里凡有展览作者不论老少都要留下些热闹的。后来听馆内同仁说，这本是一次“私家”的活动，难怪连我们这些田老的“战友”也没有得到任何讯息。虽然如此，展厅内的作品还是证明着田老确实是我省一位有代表性的画家。尽管展览布置得并不专业，看来也没有经过认真策划和对作品的调理“打扮”。

我说田老是我省一位有代表性的画家，是指在他所处时

① 田辛甫（1911—1985 年），河北大名人。国画家，美术活动家。

代里，他以自己所掌握的国画形式，着实为那个时代助威呐喊过。对于国家每个有关政策的实施，一些口号的发布，田老都力图把它们用艺术形式来表达歌颂，对此他不存任何怀疑和动摇。田老在作品上的题字就是证明：“大地回春”“农田颂”“丰收图”“春满园”“织春图”“家家尽在图画中”等，还有更直白的对人民公社的歌颂。田老最具功力、尺码最大的一幅画便是《建明公社》。

田老擅长的虽然是藤萝、葫芦、芦雁等，他也执意要把这些国画家惯画的小品题材，赋予其思想内容。那时画家作画要讲思想性的。许多老画家都是面对这个“思想性”而束手无策，寂寞终生的。这使我想起和田老同一时代的同乡画家白寿章先生（也有白是田的老师之说）。白先生就是不擅长把自己的作品纳入一定的思想范畴，就显得与时代格格不入。时代却热情地接待了田老。新中国成立不久，田老就担任了我省美术界的领导，成了我省美术界的标志性画家，而白先生却自甘寂寞的连家门都难以走出。

我 1960 年学画毕业后，曾携我的一批小风景写生去天津“投路”（当时省会在天津），极希望在《河北美术》刊登一张半张。那时除了全国有本《美术》外，国内只河北一家有本具专业性的《河北美术》，田老正担任杂志的主编。我在编辑部请编辑看画，他们说了那些习作的不少好话，并有选几张上杂志的意向。但后来一位编辑私下告诉我作品送田老审阅时，田老却不同意，因为画里没有人，没有人也是缺乏思想性吧。

我没有责怪田老，他是刊物的把关者，他为党的文艺政策把关，他为社会主义把关，这就无可非议了。后来我发现在田老的山水画里大都要安排些人的，有时在一两尺见方的村景里，竟然巧妙地安排下几百个人，人人脸上都充满笑容，因为他画的是“家家都在图画中”，是庆祝人民公社成立吧。

后来，我也画人，画“毛主席是咱社里人”；画白求恩在河北行医；……田老下来指导工作，看了我的画说，好，挺好。田老“承认”了我，但我画人仍然三心二意，再见田老时就有几分忐忑。

我说田老是我省一位有代表性画家，不仅他为社会主义把过关，他终生也在磨砺着他的笔墨和章法，在简单的藤萝花、葫芦蔓、瓜棚、苇穗中去研究，去寻找，以期通过它们画出生活情趣，画出新意。他是一位朴素的实践者，是位具备手艺人特征的劳动者，不似有些颇具资格的画家，一旦进入领导岗位便不再从事这种手艺人式的劳动了，他们的任务是做报告、发指示。田老却始终如一保持了一个劳动者的特征，他通过实践告诉你，画家放弃劳动就不再是画家。他还告诉你，画家不要企图什么都会画，你终生所涉范围实在有限，这也就为一些故作深沉、自己都不知所云的画家提个醒：艺术就是要人看得懂的，艺术离人越近越好。这便是田老作画时的艺术主张。这也是他作为我省美术界带头人为大家做出的榜样，人们尊敬他也在于此吧。

但身处田老的纪念展中，又不时觉出有点滴遗憾。也许因为田老看重思想性的缘故，使他忽视了艺术的自身规律，这就不似他的老师白寿章先生，白寿章极懂艺术规律和艺术的社会效应。白先生也画葫芦、画藤萝、八哥、小鸟，可他在画中题款时只题上某某同志留念了之，可见他画画只为给人带来快乐，滋润人的生活。因此田老和白先生比较，有时就显得顾此失彼了，夸大了艺术的功能，硬让艺术背上沉重的包袱。本来是几棵高粱也要标上“农田颂”；其实农田里长出高粱不论农田和高粱实在没有什么可歌颂的；本来是一幅风景画也要标上这是某某公社，殊不知公社是一个社会的、政治的实体，它并没有资格代表祖国的大好河山。这时我想到齐白石，他画棵白菜题上：人云虎为兽中之王，凤为鸟中之王，独不论白菜为菜中之王，何也。他以此通过白菜给人以欢乐。如果齐老先生题上“公社的大白菜”，那就不是齐白石了。背上包袱后的田老，甚至连书法之重要也不顾了，这使得他的作品总有几分说不清的“寡淡”，也缺乏了国画的文化底蕴。白寿章的画所以不寡不淡，且具文化底蕴，显然和他的书法功底有关，白寿章还是一位优秀的书法家。我常为田老不写字而暗自惋惜。

身处田老的纪念展中，还觉出田老的百年诞辰从形式上应该再热闹些才是。前不久北京刚开过大会，专门作为议题提出文化于国于民之重要，国家要有文化品牌。田老作为我省有影响的画家和美术活动家，在这大好的形势下过百岁诞辰，本应该有组织有领导的搞点像模像样的纪念活动才是，也把我们这些田老的战友、同行，乃至年轻的晚辈都召集起来，面对田老这批不可再现的财富，展开些讨论，然后集言论成书是不算过分的。也是告慰田老的一种方式吧。大文化就是要有自己民族的独有的文化形式、文化品牌，国家要有，省里也要有。难道一架藤萝一棵葫芦就不能成为一个省的品牌，问题是在田老的实践基础上，后人能否借此再赋予它们一种全新的概念和经得起推敲的文化特征。这也是我们借纪念田辛甫百年诞辰更应该思考的。

2011 年岁末

发于《当代人》2012 年第 3 期

巧遇鲁若迪基

第一次到云南，按着友人的指点，先到版纳，后来丽江。原来丽江和版纳的风貌差别是如此之大，这包括了民族习俗，也包括了地貌和温差。在7月版纳炙热的气候里刚享受过基诺族在高脚楼中的款待，又来到气候宜人，甚至还有几分凉意的丽江。

出机场后，接待我们的是一位有着高大身躯、面目黝黑、五官明晰、眼睛炯炯有神的汉子。凭感觉我猜他是一位少数民族朋友。果然他有着一个奇特的名字鲁若迪基。我和我的同伴坐在鲁若迪基的车上向我们预订的饭店行进。窗外是白云缠绕的山峦和开阔明丽的低地。一路上鲁若迪基话语不多，对丽江的美丽山水也未做过多介绍，他心中总像还有另外一个世界。车行半天，鲁若迪基才“不显山水”地告诉我他是一位普米族人，也可以叫他鲁若。他写诗，现在丽江文联工作，并说他曾在中国作家协会所属的“鲁院”(鲁迅文学院)学习过。诗、作协、鲁院这也才引出我们对话的兴趣，也才成了我和鲁若真正对话的开端。谈到鲁院，他显得格外激动，话语中充满着对那个地方的敬意。他说在那里读了许多名著，认识了许多作家,还听过一些名家讲课,他的诗集也曾进入“鲁奖”（鲁迅文学奖）那个最具权威的层次。他一往情深地告诉我，那年有五部诗集获奖，而他的诗集只一票之差排在了第六。谈到此，鲁若的表情明显地带出几分遗憾。我说，我是一位画家，对评奖的事也不陌生，任何一个评奖过程都有阴差阳错，至今人类还没有发明一种能衡量文学和艺术的衡器和量具。我说，有谁能评判出第五和第六的差别在哪里，作家、艺术家终生都会遇到这难以公断的事。鲁若笑着，脸上又显得无比轻松，话也多起来，为我讲起普米族的故事，每个故事都带着对普米人以及普米人所处山水的深情，每个故事里都有对祖辈的无比敬重。至此，我已经猜出鲁若迪基——一位不折不扣的诗人。显然是普米族所处那块天地的灵性也附在了鲁若的灵魂中。宗教里不是有圣灵附体之说嘛。而养育他的父辈也给了他智慧，给了他真实的感悟和情操，他有根，他不是无源无根的漂流汉子。很快我的猜测就得到了证实。

到达酒店已是下午，鲁若还是没有过多的热情表达，只告诉我晚上他不准备请哪位领导出面为我搞什么接待宴会了，他只约了几位朋友为我“接风”。还真实地告诉我，吃饭并不重要，重要的是和几位朋友的认识。对此，鲁若的谈吐是神秘的，自得的。

晚上我如约在一个极普通的饭店和鲁若的朋友们见面，几位朋友都是普米人，和鲁若迪基一样浑身都带着普米人特有的淳朴和坦然。大家围着一个不大的圆桌而坐，每人面前都有一组用塑料膜包着的简单餐具。谁也没有过多的寒暄，我入座后大家就用筷子把塑料膜“嘭嘭”捅开，算是正式开宴。桌上是一只沸腾着的大铜锅，锅周围是一盘盘“山”样的新鲜菌类，满地瓜子皮证明着他们早已在这里等待着我这位尊贵的客人了。我的尊贵显然不只是那一个大铜锅和那一盘盘新鲜菌类，他们还为我准备了珍藏了10年以上的老白酒。无比新鲜的菌类，珍藏10年以上的老白酒完全可以证实我们见面的气质吧。几位朋友出于对我的敬意，自己先一杯杯地满着酒。酒过三巡，鲁若才神秘地把几位朋友向我做了真实而详细的介绍，至此鲁若对这场饭局精心策划和安排的神秘也才显现出来。他要向我证实这几位朋友可不是一般人，他们虽不写诗，但他们唱歌，几位歌手还大言不惭地、幽默地冠有属于自己的“封号”。鲁若问我，知道有位叫容中尔甲的藏族歌手吗？我说知道，他好像还在《星光大道》上得过年度冠军。鲁若说下面我将为你隆重推出的是容中尔乙、容中尔丙、容中尔丁。于是，尔乙、尔丙、尔丁站起来向我笑着致意，那笑可不是一般的笑，笑里包含着他们对各自封号的认同感，好像在说我们虽然不是尔甲，但我们就是仅次于尔甲的尔乙、尔丙、尔丁，这不用怀疑。

既是尔乙、尔丙、尔丁到场，当然是要唱歌的，珍藏10年的老白酒下肚，也当是唱歌的好时候了。首先登场亮相的当然是尔乙，他唱了茶马古道上赶马人的情歌：赶马人走着崎岖的山路，想着情人对他的“勾魂”，忘掉了走路的艰辛。尔乙表情老到，声音坚实洪亮，俨然一副专业歌者的架势。我受着歌声的感动，想着他若站在《星光大道》上会不会给他个年冠军。周冠军、月冠军就太亏了。

接着唱歌的是尔丙、尔丁，他们唱歌的架势虽然没有尔乙那么专业，但声音各有千秋，歌声里尽是普米人的新老故事。我听着歌，想着他们的排名次序也许并不准确。

随着歌声，鲁若显然不住地在观察我。他看我一面真心领略歌声，一面为他们拍手称赞，有时我还情不自禁地“随声附和”时，他放心了。现在该他了，他要向我朗诵他的诗。他先朗诵了他的名篇《小凉山很小》，又朗诵了他的名篇《一九五八年》。

诗对于人的感动是奇妙的，有时你觉得这首诗好，就是“诗好”而已，你仍然是个旁观者。但对鲁若的诗我是从内心受着感动的，我像是个“参与者”，你不能不跟随他在小凉山里行走、思索。在那首《小凉山很小》里，他道出了一个普米人对小凉山的真爱。当这爱变成诗时，他不是把一座山无限地夸大（这是诗人的通病），而是把它无限地“缩小”，缩成拇指，缩成针眼，缩成一缕歌声……他觉得小凉山小了，他的歌声才能轻而易举地越过山梁，答应他母亲的呼唤，一个小凉山的孩子随时都可以回家了，哪怕是他的声音。而他的那首《一九五八年》，更是一首幽默、辛辣、冷峻、顽皮的小诗：

一九五八年
一个美丽的少女
躺在我父亲身边
然而，这个健壮如牛的男人
却因饥饿
无力看她一眼
多年后
他对伙伴讲起这件事
还耿耿于怀
说那真是个狗日的年代
不用计划生育

我不知道除了诗以外，人还有什么办法用几行文字就能描写出一个时代，而对那个时代的描写又是如此传神。然而更有意思的是，这首诗还引出了一个更具幽默的反义故事：当有人把这诗念给鲁若的父亲——一个赶马人听时，老人却说："这个杂种，他怎么能这样写他父亲，他哪里知道他父亲从来没有放过他身边的任何一个女人。"

你可以理解老人的回答是对儿子的斥责，也可以理解为老人的回答更是那个年月的真实写照，老人只不过不和“它”一般见识罢了，这也是一个普米人的大度之处吧。

歌声和诗伴着餐桌上的铜锅和鲜菌持续到深夜。没有不散的筵席，宴席散了我也才真正认识了鲁若迪基和他的朋友吧。啊，普米人，原来这样。他们不是像山样高大的汉子，但他们心中有各自的山，山就是屹立在他们心中的民族意识吧。也难怪鲁若对他面前的小凉山写了又写，但作为诗人，他情感之大，早已高过了他面前的小凉山。至此，我想起俄国诗人普希金的一首叫作《纪念碑》的诗：

我为自己建立了一座
非人工的纪念碑
在人们走向那里的路上
青草不再生长
…………

我没有理由拿鲁若和普希金相比，要比也可以，普希金的豪言壮语是傲慢的，而鲁若不必用人工为自己建造纪念碑，他心中有小凉山就够了。后来我又读了鲁若的一些诗，小凉山和鲁若无论如何是分不开的，它们的形象你能说不是纪念碑？普希金说在人们走向那里的路上青草不再生长。鲁若说：草原上的草 / 疯长着 / 风吹来 / 也不肯低下头去。那就是鲁若迪基走过的路，也是寻找鲁若迪基和寻找小凉山的人走过的路。草，不是不再生长，草，在“疯长”。

2014 年 7 月小暑

发于 2014 年 7 月《文艺报》

陆

维格兰的生命奇观

20 世纪 90 年代一个秋天，我从丹麦的兰讷斯，乘船穿越卡特加特海峡，去挪威首都奥斯陆。黄昏时，我和两位北欧朋友在甲板上看海聊天。当他们得知我是刚在丹麦举办过个人画展的中国画家时，便有人问我，中国画家知不知道蒙克。我说，大多人都知道。挪威画家蒙克就像挪威剧作家易卜生、作曲家格里格那样有名。马上又有人问我："那么，维格兰呢，在中国也有名吗？"我说，维格兰虽然不像易卜生、蒙克那样有名，但维格兰对于中国艺术家同样重要。

我从丹麦来奥斯陆的原因，一半是靠了蒙克的吸引，另一半便是维格兰。

据此 20 年后，我再次来到奥斯陆，却是靠了维格兰的吸引，另一半是蒙克。

挪威雕塑家古斯塔夫 · 维格兰几乎终生都工作在他的雕塑公园里，这座具有百组人体雕塑的公园，已被今人称作世界十大奇观之一。它以它的坚定的、独特的性格，不可动摇的气度，矗立在挪威首都奥斯陆，受到越来越多的人热爱和关注。

当1892年不为人知的维格兰还在巴黎学雕塑时，便向公众展示了一个有着人体群雕和喷泉的模型。他当众宣布，这模型将变成真正的雕塑安放在他的祖国奥斯陆。几位有声望的法国作家和艺术评论家马上发现，维格兰的构想可不是一般的应景点缀，并预言奥斯陆将以“雕塑之城”闻名于世。

不久维格兰将此构想（模型）在奥斯陆的工艺美术陈列馆展出，一天之内观众竟达四千余人，许多人都为这模型激动异常。为了维格兰的构想成为现实，不少人慷慨解囊，短短几个月维格兰就获得了他所需的资金，当然也包括政府的资助。

后来，维格兰在一个简陋的工作室里工作了10年，这个以喷泉为中心，和环绕它的20棵由青铜铸成的“生命之树”雕塑群诞生了。之所以称它们为生命之树，是因为维格兰借助他理想中的“树”讲述了一个人生的连环故事。维格兰以他丰富的想象力，把人类对生活的憧憬和向往，对生命的追问和留恋，以抒情叙事的手法展现出来。一首三部曲式的人生颂歌，被维格兰别出心裁地安排在一棵棵由青铜铸成的“生命树”上，这就更增加了人生的神秘的不可知的象征。在维格兰眼里，人生原来是如此平常却又充满着神秘的说不尽的情致。

人诞生了，婴儿们像一群小蜜蜂缠绕在生命树上，他们充满天真和稚气，面对眼前这个全新而陌生的世界。他们身上也许还带着母体中的温暖，欢乐着自己，在“树”上落了下来。

他们长成了男孩和女孩，在树上喋喋不休地谈论着人生那不可知的秘密，好奇地扩展着自己对人生对自己身体的认知。

已长成姑娘的女孩向世界飞去，却又充满惊恐。成长后，便有勇气在盘根错节的枝杈中缠绕着自己，勇敢地寻找探求。

但是人毕竟是要老的，在最后一棵生命树上，是一位老妇对生命歇斯底里的留恋，她的手紧紧抓住生命树，呼号着，虽然她已觉出这一切是多么徒劳。

“生命树”是一首赞美人生的颂歌，青铜也似有灵魂地为人生欢呼歌唱。但生命树又给人生增加着无尽的惆怅和悲剧色彩。人生终也没有逃出自己的忧愁、忧郁和惶惑。

10年过后，维格兰继续完整丰富他对雕塑公园的构想，这便是“人体柱”和另外36组花岗岩人体雕塑的诞生。

人体柱也被称作“独立柱”，由一整块十几米高的花岗岩雕成，石柱上是盘旋上升和呈下滑趋势百余个人体的交织。其中有被人帮助而上升的，也有正在下滑而希望求得救助的。相互缠绕着挤压着，也有相互的搀扶吧。直到顶端，终于有人喜气洋洋地站起来了，朝着太阳，朝着理想王国欢呼歌唱了。但是，人们面对人体柱，只能做出属于自己的一种解释。维格兰说：“怎么解释都行。”一位陪我参观的挪威汉学家就说，这是人的“互相倾轧”。也有人说，站到顶端就能看到天堂。不管怎么说吧。但是人们从这根重260吨的石柱上，毕竟看到了一个赤裸裸的自己，一个毫无顾忌的瞬间。这瞬间也许谁都有过，有愤懑，有奋争，有被人的压迫，也有自己对别人的压迫，当然也有奋争之后的瞬间欢乐。

维格兰为完成人体柱和36组群雕，他和他的三名助手又花去了13年。

与人体柱为一体的36座花岗岩人体雕塑，再一次歌颂了人的生命。但，维格兰在这里却改变了自己的艺术风格：维格兰不再重复生命树那样敏感而又栩栩如生的抒情诗般的样式，他采用了一种老练、稳重的表现模式。在这里，人对于生命不再是计较和惶惑，他们显得镇静、从容，一切不在话下，这是人的耐力和任劳任怨以及坦然面对世界的精神。维格兰决定把人类生活表现得更加坦诚和从容，为这一主题，他也不再用青铜做创作材料，他改弦更张用了石头，用了坚硬而冷峻的花岗岩。尽管艺术家本人把青铜运用得那样称手和熟练，青铜在他手里就像面团一样柔软可塑，但他已经发现，青铜是尊贵的，尊贵的都有些自怜了。石头却是朴素而坦诚的。他要创造一个坦诚的人类世界只能用石头。就这样，维格兰开始用石头寓意又真实"赤裸"地讲述着人类生存本身的自然，坦诚又拙笨地赞美着人类最本质最具美德的生存状态。

你看，即使两个孩子拿母亲当动物骑，母亲不也是一种情愿和"俯首甘为孺子牛"的精神吗？这才是世间所有母亲的写照。母亲的伟大或许就表现在，当孩子骑在她身上，且用发辫当绳子勒住她的嘴脸时，母亲连肌肉都表现出一种情愿和服帖的精神。

家庭应该坚定得像磐石模样，这磐石是靠了男女之间的情感和身体的相互铸造而成。

爱应该是拙笨的，不应是乖巧的，拙笨得应该像泥土。

少女单纯得应该像洁白的没有雕琢痕迹的石头，过多的雕琢也许就不单纯了。

一个力大无比有着象征意义的男人，把一个女人嬉戏般地背负起来。作为男人也许这就是责任。

另一个母亲，为女儿梳头时是那样情愿。

这一切也许才是艺术家本人对人的生命存在时的希冀。

维格兰在他有生之年，继续创造着他的“生命”，便是公园里 58 个桥墩上的 58 个青铜人像。在这里，维格兰又找回他的青铜时代，因为他要强调人的乐观和幽默，青铜会更加灵活吧。在这里，男人和女人不顾“形体美”的舞蹈，爸爸妈妈将儿子抛玩意儿一样抛向空中，童男、童女想哭就哭，想笑就笑。有个攥着拳头跺着脚的“哭孩儿”竟成了维格兰公园的象征。

维格兰最后一件作品是《生命车轮》，这个直径为 10 英尺的车轮上有 7 个不同年龄的男女缠绕成一个运动的圆圈。有人说这才是人生，人——你和我是永远连在一起，一个轮回又一个轮回。

维格兰在政府为他拨出的工地（后来的公园）上长期闭门创作，除了妻子和几个亲近的朋友外，谢绝与他人见面。但热情的观众仍希望了解这位雕塑家的工作情况。于是 1916 年维格兰将自己的工作室开放了。观众每天排长队争相观看，有人看了一遍又到后面排队重看。尽管人们看到的工作室，不过是一间简陋的墙壁潮湿且长满真菌和青苔的大棚。人们也惊异地发现，连雕塑家的靴子和裤腿上也长满着青苔。人们看到一个真实的维格兰就是这样劳作着，用自己的生命创造着生命。

当然一位伟大艺术家的出现，总会使人联想到他的经历乃至他艺术风格形成的因果渊源。就像音乐家勃拉姆斯[①]之于贝多芬[②]，柴可夫斯基[③]之于“强力集团”[④]。我不曾研究过维格兰在法国学画期间是否受教于罗丹，因为那个时代正是罗丹创作的辉煌时期。那时的罗丹已经有了像《思想者》《三个牧野之神》《戴头盔者之妻子》以及为《加莱农民》所做的草稿。我想不管维格兰有没有直接受教于罗丹，但他的艺术风格的形成应该是受过这位浪漫主义雕塑家的影响，而且这影响是直接的。何况维格兰在运用青铜这种材料时也明显带着罗丹的手法，所以，不论风格的形成还是对青铜的运用都可窥见罗丹的痕迹，这些都体现在他的《生命树》上。我们从那些少男少女身上仍可发现《三个牧野之神》和《祈愿》的影子。而从那位绝望的老妇身上也可发现《戴头盔者之妻

① 勃拉姆斯（1833—1897），德国浪漫主义时期作曲家。

② 贝多芬（1770—1827），欧洲古典主义时期作曲家。

③ 柴可夫斯基（1840—1893），19 世纪俄罗斯作曲家，音乐教育家。

④ 强力集团，19 世纪 60 年代由俄国进步的青年作曲家组成的新俄罗斯乐派，是俄罗斯民族声乐艺术创作队伍中一支主力军，代表人物为穆索尔斯基。

子》的印痕。尤其维格兰在运用青铜作材料时，那种活泼大胆，甚至还带出几分俏皮都明显受了法国浪漫主义的影响。这风格只能来自罗丹，而不属于和罗丹同时代另一位雕塑家马约尔。

［挪］维格兰　生命树（雕塑）

但是在聪明中自有主张的维格兰并没有因此而满足、止步，如果他在此止步，美术史上就不会有维格兰的名字，即使建成了他的雕塑公园也会是一座平淡无奇的应景点缀。可见他一面做着他的《生命树》，一个全新的主题和形式已经在他脑子里酝酿成熟。这样，当他劳作了 10 年完成他的《生命树》后也许第 11 年他就开始了他的全新工作，制作他的人体柱和那 36 座群雕了。若没有早期的成熟酝酿，他下手时就不会那么肯定，那么心中有数，于是作为挪威艺术家的维格兰才诞生了。

之所以称他为挪威艺术家，因为他在塑造这一组组形象时，“家庭”也好、“爱情”也好、“母亲”也好，这一切都成了“挪威人”的事。换言之，维格兰是决心要创作出挪威这个民族的典型形象。我曾听过不少这个在历史上只有农民、渔民和海盗国家的故事，故事中都透着这个民族的朴拙、坦诚，充满着自身特有的美德和幽默。于是维格兰借助石头这个坦诚的载体，要完成的便是他这个民族的生存状态。这里我们不妨把“生命树”上的形象和后来的群雕做比较，就会发现维格兰的良苦用心，那些依附在“生命树”上的生命，或许还是概念中的生命，而36组群雕却是维格兰自己民族的生命的凝聚。

历史上所有伟大的作家、艺术家都是把立足于反映自己民族的生存状态为前提的，他们成功之处也在于此。列宁曾说过托尔斯泰是“俄罗斯的一面镜子”。莎士比亚、巴尔扎克何尝不是英国和法国的镜子，马奈的笔下也是法兰西人，列宾是画俄罗斯人的。

假如我们再回头看维格兰手下的“母亲”“家庭”“爱情”和少男少女时就会发现他们的体征、行为方式都是他的民族化身。我不敢妄议维格兰就是挪威的一面镜子，这是艺术评论家、艺术史家的事，我尚是一位画家，只是一位受过维格兰感动的画家，面对维格兰我只是有感而发而已。我通过维格兰的劳作，看到了生育过滋养过他的那个民族。

所幸的是，待到维格兰的创作进入第三单元——桥墩上那一个个独立的雕像时，他不再重复自己，他决心体现那个民族的另一面——他们的幽默、快乐和顽皮。风格的变化是一切伟大的艺术家所顾忌的。在材料运用上，他虽然又回到了青铜时代，但对待青铜他不再那样随意地一挥而就，他以一种更成熟除去多余琐碎的手法，也一扫过去受浪漫主义的影响的模式，更加概括地讲述着他所热爱的那个民族，也就更加奠定了维格兰在艺术史上的地位。

我不止一次站在维格兰的“生命树”、人体柱下或桥头舞者的跟前。这时我却不再去计较什么青铜和石头，维格兰的各种风格也成了自然而然。原来这就是人生。人类是有着许多共性的，这中间也有着自己的存在。

2015 年 11 月

发于《美术》2016 年第 1 期

［挪］维格兰　母亲（雕塑）

费逊的荣耀和悲哀

尼古拉·费逊（NICOLAI FECHIN）的一生对于艺术界、对于美术史、对于观众乃至对于他自己仍是一个难以了解的谜团。

艺术史对他的冷落始终困扰着有兴趣研究他的朋友，有许多文字概念的叙述道：是政治原因、是“移民”等原因，才使得他没有进入到艺术大家的行列，不少朋友也为此而惋惜。现在研究费逊时，这只能是众多说法中的一种。

我“认识”费逊很晚，先看到他的几幅素描，那是画在一种软质草纸上的复制品。后来我发现许多朋友认识费逊都是从他的素描复制品开始。当时我的学生问我，如果单就素描而言，谁的素描最好？哪些素描值得临摹借鉴？我就我对素描的有限认识回答他们：列宾、费逊、门采尔和徐悲鸿。我欣赏费逊的素描是因为他画得精准稳妥，不用问，它是酷似对象的。学生开始学画画的精准稳妥，不求花哨，不从概念入手，这也是我的一家主张。当前在关于学生画素描有着许多“全新”的主张时，在“倒腾”像与不像，哪一种更接近“艺术”时，我还是如此坚定地认为费逊的素描画得好，值得青年人学习，他画得像。当然这是就技术层面而言。如果从艺术层面而言，他借鉴荷尔拜因乃至借鉴中国画线描的主张，使他的素描也增添着可贵的艺术价值。后来我才见到费逊的几张油画印刷品。当时我在“中戏”教书，几位同学津津有味地传看着那几张印刷品，我才第一次见到费逊的油画。因为在我购得的那些《俄罗斯博物馆》《普希金博物馆》《特列加科夫博物馆》以及苏联十月革命四十年的画册（那画册足有十几公分厚，“路肩”一般的重量）里，都没有发现费逊的名字。

面对几页费逊的有男有女的油画肖像，我想这是一位画家，一位油画家，一位天才的油画家。当时在我们的教室里，也正因为有了这几页印刷品，好像为学生学油画打开了另一方天地。

我注意到了费逊，开始关注这位画家的蛛丝马迹。20 世纪 90 年代初我第一次来到费逊就读过的艺术学院，圣彼得堡列宾美术学院。有消息说，他的一张毕业创作《收卷心菜》常年在学院博物馆陈列。当我站在这张作品面前时，内心确有几分震撼。它在俄罗斯写实主义基础上，又吸收了法国印象派对于色彩的全新认识，列宾的严谨、谢洛夫的轻松自由、弗鲁拜尔的雕塑式的油画语言，最后形成了费逊式的全新油

铁扬在美国新墨西哥州陶斯镇费逊故居（摄影）

画风格。他使油画变得飞扬跋扈，不可一世。或许在俄罗斯绘画史上一种全新的油画形式出现了。难怪当《星火》杂志的编辑问到他的导师列宾“谁是当代最天才的画家”时，列宾毫不犹豫地回答道：“费逊。”

我开始注意费逊，希望看到他更多的作品，但我在莫斯科、圣彼得堡走遍那些著名的美术馆和博物馆，却再未见到费逊的作品。但我对费逊的热情仍然没有泯灭，一次女儿铁凝从美国访问回来说费逊曾定居在美国的一个叫陶斯的小镇，那个小镇位于美国南部的新墨西哥州。2016年，为寻找费逊，我终于来到美国新墨西哥州的小镇陶斯。

陶斯原是印第安人的集居地，后来西班牙人来到这里开发定居，是一处至今还保留着墨西哥和西班牙那种低矮的黄土垒墙的建筑模式，低矮的墙垣屋宇散漫在一片不小的黄土地上，是一个地地道道风格独特的小镇。在这里我当真才看到费逊的一大批作品，一些肖像、风景和静物。它们悬挂在费逊在此定居时的一个大房子里。这所白色耀眼在此鹤立鸡群般的大房子，现今是费逊博物馆，也是陶斯的博物馆。听馆中负责人介绍，费逊对这所房子亲自设计，亲自指导施工，用去了三年的时间。不仅如此，他还以俄罗斯风格木雕为摹本，对房中所有门窗木器乃至楼梯踏步都进行了雕刻，诸多雕刻的精美都令参观者驻足起敬。原来费逊的父亲就是一位俄罗斯木雕艺人，幼年的费逊就从父亲那里学到了这门手艺。费逊还以此建筑为中心，在庭院中又建造了应有的配套建筑，宛若一座俄罗斯大庄园，看来费逊是要在此颐养天年的。但他只在此居住了三年，连同他造房子用去的三年，费逊在陶斯只生活了六年，这是后话。

费逊遗留在陶斯的作品，显出潦草和心不在焉，虽不属他的上乘之作，毕竟也代表着他的艺术风格吧。但费逊在此的举动证明着他是踌躇满志的，他已经有理由有条件去完成他的踌躇满志。因为费逊在离开他的祖国赴美后，先去了纽约，当时纽约这座“花团锦簇”的大城市似乎也接纳了他。有文章称他来纽约的一年当中就开办了两次个人画展，之后他为美国人画肖像的订件也应接不暇，这使他为在陶斯造屋奠定了经济基础，也为他在美国定居奠定了信心。哪知六年后当费逊因为家庭原因离开陶斯，再回到纽约时，情况大变，他在纽约中央艺术画廊两次举办画展，竟无一张作品售出。纽约人冷落了这位来自异邦他乡的费逊。这使他不得不再次离开东海岸的纽约，远赴西海岸的另一个城市洛杉矶。他只身一人在西海岸洛杉矶生活了数年，数年后他孤身一人病逝于洛杉矶。在那里，他已失去了早年在祖国的荣耀，失去了初到美国的甜头，失去了陶斯时期的踌躇满志。去世时，他是一名普通美术学校的普通美术教师。好像那所学校并不是什么正规学校，因为他的授课是在他的工作室里。

费逊在美国被冷落难道这是真实的？于是我在美国又开始了在那些最具权威性的博物馆中寻找，希望在那里发现他的一些蛛丝马迹。纽约大都会博物馆、芝加哥艺术学院艺术之家和一些州立的艺术场馆，哪知均未见到费逊的踪迹，而他的老乡夏加尔在这里却占着重要位置，芝加哥艺术之家内还为夏加尔设立着专馆。在纽约大都会博物馆内，一位并不被人所知的瑞典画家佐恩的作品被堂而皇之地悬于一个重要位置。法国的维亚尔、博纳尔，北欧的蒙克、海默修依，这些“边缘”大家也被馆方有所照应。这一切都证明美国人对费逊的冷淡，又何止是冷淡，连他的油画家身份也有所怀疑了。这怀疑自然也感染着我，于是 2017 年夏季，我带着这种怀疑又远赴费逊的家乡俄罗斯的喀山，开始了我对费逊的再次认识。俄罗斯鞑靼斯坦共和国的喀山是他的出生地，也是他学习成长乃至施展才能的地方，我希望在那里找到正确答案。我的目标首先是他学习和工作过的学校，哪知当我和我的助理在喀山马克思大街向路人打听这个学校时，遇到的竟是该校的女教师拉古明科娃女士。她不仅把我们带到她的学校，还把我介绍给了她的校长B·M.阿哈托维奇。7月间学校正值假期，通过学校一个个空旷的走廊，校长把我们领进他的办公室。我们的谈话主题自然还是从费逊开始。当他得知为了解费逊我曾远赴美国，现在又来到他的学校，他对我的行动也立刻显出格外的热情。校长先把挂在墙上的两幅放大的照片介绍给我，那是费逊和苏里科夫。由此可见，在俄罗斯众多画家中这是他最看重的两位了。原来目前他的学校和莫斯科苏里科夫艺术学院也保持着一定教学关系。接下来他又把悬在墙上的两幅油画习作指给我看，他怀着几分骄傲几分自得地对我说："看，费逊的。费逊四年级的习作。"

说实在，我很难相信眼前的现实：费逊，四年级。但它又是不折不扣的费逊的四年级。这是两幅超出你想象的学生习作。为什么一个四年级的学生能把油画经营得如此地道不凡。凡是油画该有的，一个油画家该有的，画面上都有了。它地道严谨，油画的诸多元素都在其中了。由此我又找回了对费逊的信心，想到美国艺术界对费逊的那些冷落，或许存在着这样那样的偏见吧。

校长说，他把这两幅习作久久挂在他的办公室，体现了他的办学思想。费逊是这所学校的象征，他把他的像和苏里科夫并列在墙上，也早把费逊列入俄罗斯大师级的艺术家了。

我向校长介绍着我的陶斯之行和费逊遗留在那里的一切，不知为什么我发现他对这一切并不热情。或许他认为费逊去美国就是人生的失败，还有他那所大房子，值得吗。美国人对他的冷落那是他的自找吧。

校长阿哈托维奇避开这一话题，为我们泡了俄罗斯的红茶，还从冰箱“变”出一个新鲜的巧克力蛋糕。我们就着茶点继续费逊的话题。总要谈到费逊离开俄国的原因的，但校长阿哈托维奇的解释和通常见于文字的解释一样：喀山冬天寒冷，温度达零下50摄氏度；身体的原因和国内战乱的因素。他把战乱说得含糊其词，至于什么性质的战乱，谁和谁的开战，难道一个艺术家为避开这战乱非要躲到一个与俄罗斯对立的国家美国吗？当时他的导师们如列宾不是还在这个战乱的祖国吗？这个时常纠缠我的谜团仍然没有因校长的解释而解开。我们避开这一话题，开始在一张地图上研究去鞑靼斯坦共和国国家博物馆的路线，因为费逊的作品大部分都陈列在那里。他的除《收卷心菜》以外的两幅大型油画《泼水》和《屠宰场》也被陈列在那里。

鞑靼斯坦共和国国家博物馆位于该市的克里姆林宫内。第二天我们来到这里，在这里果然看到了一个作为俄罗斯艺术家费逊一批最为重要的作品，包括最著名的肖像画《薇拉·阿多拉特斯卡娅》《画家父亲肖像》。在这里，我竟然还看到了他离开俄国前为列宁所画的肖像。

果然这是研究费逊的一个好去处。站在费逊的画前，对艺术再无动于衷的人也会“有动于衷”的。那些肖像人物犀利的眼光，那些活泼有趣的笔触、“刀触”，那些不拘小节的颜色的释放所充斥起画面的张力，足可以使你在这个艺术世界里驰骋一阵。如果有饱尝眼福这句话，你确实在饱尝着眼福。

但是爱挑剔的观众（我）在欣赏一种艺术形式时，总还会想到艺术形式的另一种，肖像画难道只此一种吗？肖像画只是这些犀利的眼神，自由的笔触，大胆的色彩设置吗。他们还希望看到这些人是谁（这个“谁”已不是标签上标出的那个符号），他们在想什么，从他们的民族属性中还希望看到一个民族的文化特征和生存状态。这时我站在费逊的肖像画前突然想到克拉姆斯柯依[1]、别洛夫[2]和他们笔下的陀思妥耶夫斯基、托尔斯泰，那些俄罗斯画家画的俄罗斯人。从陀思妥耶夫斯基的脸上我看到的是他为俄罗斯的命运在思考，从托尔斯泰的表情里我也看到他的文学主张在扩展。对一种新制度的渴望。即使谢洛夫[3]那张《女孩和桃子》我们看到的也是俄罗斯的空气，一个战乱的多灾多难的俄罗斯，需要这样安静平妥的空气。何况克拉姆斯柯依和谢洛夫们没有把油画摆弄得如此飞扬，画面上的一切都是稳妥安生的。

那年我在丹麦，还寻找过另一位肖像画家海默修依[4]的足

---

① 克拉姆斯柯依（1837—1887），俄国巡回展览派代表画家。

② 别洛夫（1834—1882），俄国巡回展览派代表画家。

③ 谢洛夫（1865—1911），俄国著名肖像画家。

④ 海默修依（1864—1916），丹麦画家。

迹，他专为他家的门窗画像，几个门、几个窗子、几缕射进屋中的阳光……如果有人的话，那是他妻子的背（应该是妻子的脖颈）。就油画而言，在他的画面上不见笔触，不见飞扬的颜色，只有他眼中的门窗和他妻子的后脖颈。但我就是从那门那窗那阳光那女人的后脖颈所形成的意境中看到了北欧人的生存状态。

当你在那些知名的美术馆、博物馆中发现海默修依画幅不大却“安生”的作品时，总要驻足留恋片刻。你不自觉的还屏住了呼吸。

费逊和海默修依显然是两个肖像画家的极端，但海默修依然被一些大博物馆接纳着，我倒觉得大都会也应该接受克拉姆斯柯依和谢洛夫。

“民族的才是世界的。”这句话已通过费逊的老乡夏加尔得到了证实。这位俄籍艺术家至今还发放着耀眼的光芒。因为他人虽远离祖国，但他的思绪还是俄罗斯，还是他的家乡“维捷布斯克镇”，画中的牛、羊、人、建筑都是俄罗斯，人们通过夏加尔是可以认识俄罗斯的。

我们再来研究费逊的大型油画《泼水》和《屠宰场》。有文章称，这是费逊的“未完成式”作品，是一种“未完成形式”。我倒觉得这体现出费逊在驾驭大幅作品时的力不从心。由于这些作品的立意模糊和构图的草率，形式也就难以把握，画家就显得无计可施。2016 年我在纽约大都会博物馆别馆里倒看到过另一些艺术大家的未完成的绘画作品，这包括了克

［俄］费逊　萨波日尼科娃夫人　油画　1908 年

里姆特、凡·高、毕加索等。未完成作品就是未完成的作品，谁也没有把它作为一种“形式”对待。

当我站在费逊的列宁肖像前，还想起在一个什么地方看到的他为马克思画的肖像。这时我好像找到了费逊为什么远离祖国赴美国的原因：1917 年十月革命“一声炮响”之后，那是费逊和那个时代的不协调，这两幅创作于 1922 年和 1923 年的领袖像体现着他对那个时代的应付和无奈：列宁的脑门像个扣着的水瓢，僵硬的坐姿也显出费逊对列宁的无法摆布，失去了他摆模特儿姿势的游刃有余的天赋。而马克思好像一位站立着的空洞的纸扎人。这和当时苏联那一代画家格拉西莫夫们所创造出的列宁和其他领袖肖像就成了鲜明对比。至于诸多文字说到的战乱，那是无产阶级和资产阶级之间的战乱，是革命，是“一个阶级推翻另一个阶级的革命”。费逊或许已觉出面对苏维埃政权自己的无所事事，于是他要远离祖国。也为美国为什么要接受他，找出了一条思路。

费逊是通过何种办法远赴美国的，又如何得到美国给他的签证仍无任何记载。而那时一些持不同政见的作家们如索尔尼任琴正在遭受被流放远东的待遇。而诗人爱和马托娃也因政见不同被作家协会除名。

本文最后还要回到费逊被美国接纳又被冷落的原因，我想还是因了艺术本身。我又想到“民族的就是世界的”这句话，我又想到他的老乡夏加尔。原来当人们从一个艺术家的作品里再也看不到他的民族，看不到他的民族生存状态时，他很快就会被人忘记。单凭画中那些或“飞扬”着的或“深沉”的技法是很难留住其艺术生命的。

世界上有个热爱费逊的圈子，但这个圈子毕竟存在于部分业内人士和一些年轻学子当中。但无论如何费逊是位画家。当阿哈托维奇为我介绍费逊四年级的习作时，我就更坚信了这个信念，他还是一位有天分的早熟的画家。

我偶然看到晚年的费逊躺在洛杉矶家中廊下的一张照片，也是他最后一张照片，他只身一人斜躺在一个木床上强打精神做出欢笑状。我心中不禁一阵凄楚。那姿势酷似弘一法师李叔同圆寂前为自己摆下的一个姿势，还有弘一法师留给后人的四个字：悲欣交集。

2017 年 2 月

发于《美术》2017 年第 12 期

铁扬在喀山费逊就读过的美术学校（摄影）

莫奈的湖

少年时我在冀中抗日根据地，那里的少年命运早已和那场旷日持久的战争联系在一起。我唯一的姐姐刚过少年就到冀西一个深山沟里学做火药了。若没有战争，火药怎能和一个少女联在一起？后来听她回忆说，她在那个敌后兵工厂一面把做火药必不可少的原料硫酸从农用水缸里倒来倒去，竟然还想到过把我也弄到那里去倒腾硫酸，后来由于敌机的不断轰炸才使她打消了这个念头。后来，她成了新中国第一代坦克制造者。

大约就在她的工厂遭到轰炸时，我在家乡的抗日小学已有着另外的兴趣：当时有位姓柳的先生担负着这学校的所有课程，课程也包括了美术。

县城解放后，柳先生调县民众教育馆（现今文化馆的前身吧）。那里集中了县里一班“文人”，柳先生由于工作性质的变故，不再按自己的意愿画菊，只临摹报刊上的漫画、宣传画作展览用。有次我去看他，他房间新挂出一张列宁的油画印刷像：列宁手指前方在做演说，他周围尽是猎猎红旗。这便是苏联画家格拉西莫夫的《列宁在讲坛上》。这是我第一次看到油画，竟觉出前所未有的新奇。我便向柳先生提出一些关于油画的问题。但我发现这位在农村自学成材的画师，对于油画并不内行，比如他怎么也解释不清油画原作和印刷品的关系。我猜他是不曾见过油画原作的。

柳先生对于油画的解释，却成了我的油画“基础”。我就是凭着这基础正式进入艺术界的。

此后，过了5年，我考入中央戏剧学院舞台美术系。同学中对于油画在行的大有人在。在这里我刚刚见到中国第一代油画家的原作时，同学中已经有人在谈论高更和凡·高了。

大学一年级开始我便在班上结交了一位名叫程珣的朋友，少年时他有着和我完全不同的经历，在我跟柳先生学画菊时，他已在胶东的海滨城市青岛用狗牌英国油画颜料对着青岛多雾的海滨写生了。在班上，他见解独到，成绩也总是处于领先地位。我们在野外写生时，他后面常围坐几位敬慕他的男女生，一笔笔暗自学着他的画风。他不时停住笔，却不谈他的画本身，而大谈法国后期印象主义。那时中国的艺术教育正在坚决地推行苏联写实主义，而后期印象主义正被作为一种资产阶级没落艺术遭到批判。然而程珣不管这些，仍旧在推崇宣传那些创造“没落”的那群人。在这群人中他最为推崇的当属莫奈，而对于莫奈的作品他最为推崇的当是莫奈的一些画“湖”的作品。

之后，我也开始注重莫奈的画，觉得当时一切都在以苏联写实主义为基准的艺术教学里，莫奈境界是全新的。

柳先生指给我的《列宁在讲坛上》是我艺术道路上的起点，程珣为我指出的莫奈的“湖”，以及我从此接触的一批后期印象派画家的作品，便是我艺术道路上的又一个起点。

1991 年秋天，我在丹麦兰讷斯的画展结束后，应挪威汉学家易德波女士的约请，从丹麦乘船穿过卡特加特海峡去挪威的奥斯陆。易德波开车把我从码头接到家中，已是下午 5 点。我们稍事休息后，易德波和她的丈夫皮尔——一位妇产科专家， 一定要立即陪我去奥斯陆郊外散步。于是皮尔开车，我们便朝着郊外的一片森林驶去。东行四五十分钟后，我们在一片森林附近下车步行着朝林中进发。此刻已是黄昏，皮尔在前引路，我和易德波踏着凹凸不平的林间小路及树枝刚落下的败叶紧随其后。说实在的，经过一天一夜长途旅行的我，对这次“散步”已是力不从心，加之天色已晚，道路曲折，步履就更带出些被动。而年近 50 岁的易德波对于丈夫急行军般的步速，跟起来也有些吃力。然而皮尔在前手持一电筒只是大步向前。败叶在他脚下发出的声响节奏格外坚定而明确。后来我才得知挪威人酷爱走路，每到星期天，常常是全家出动，肩背行囊，腰系锐刀，或爬山或采野果，在郊外一走一天。我在奥斯陆的日子里，也跟易德波一家几次外出，有一次竟像红军长征似的走过 4 小时的沼泽草地，双腿几经陷至膝盖而不能自拔。

那天，经过近一小时的“急行军”，我们终于在一个湖边停住脚步，湖岸边丛生着齐腰高的水草，方圆大约一公里吧。湖的一面有座不高的山，山下有木桥。其余三面均被黑压压的树林包围。人的脚步所到之处便有小动物从水草中跳入水中，大概是青蛙。

皮尔停住脚，显出兴奋地和易德波用挪威语交谈起来，然后便请易德波问我对这里印象如何。平心而论，我对此地印象实在一般。这种地方在中国也不少，若不是湖的那边有山，三面有林，这不就是北京的“八一湖”吗？当然平静如镜的水面和少有的新鲜空气，我还是感到许多惬意。山上别墅里阔大的窗子、窗内温馨的灯光以及正围在桌边或进餐或饮茶聊天的异乡人却告知我，我正身在异乡。于是我通过易德波对皮尔说，这无疑是个好地方，我很感谢皮尔，我到奥斯陆的第一天他就不辞辛苦地陪我到这里来散步。皮尔说，他听了我的话才放心下来，又说，若是夏天我就会看见湖里盛开的睡莲，当初莫奈和马奈曾结伴来这里，莫奈就是坐在我们站立的这个地方画过这湖和湖中的睡莲。我猛醒般地问皮尔，那是不是1910年，莫奈和马奈由一位叫“邦”的丹麦作家陪同？熟悉艺术史的皮尔说，是的，那是1910年，莫奈和马奈就住在对面那座小山上，那山叫柯尔索斯山，山下的桥叫萨位卡桥。他们经常通过这桥到湖边来作画，萨位卡桥也是他们的写生对象。

莫奈的《湖》。原来这就是莫奈的“湖”。莫奈一生画过许多湖，也许就是从此得到灵感而开始的。

看来这是皮尔早已谋划好的一个主意：他要用莫奈的湖来欢迎一位中国画家的到来。而我刚才对皮尔的感谢，现在才成了真正的感谢。

夜使我们面前的柯尔索斯山和身后的森林模糊起来。湖水更加明亮，山上别墅里灯光下的人也更加清晰。我胡乱猜测着莫奈和他的朋友马奈住在哪座房子里。他们就像随时都会通过萨位卡桥来到湖边。

回来的路当然更艰辛，我只是一路走一路想，无论如何我是亲眼目睹过莫奈的湖了。

在奥斯陆的日子里，我又几次通过萨位卡桥去柯尔索斯山下的一个小镇，镇子虽小，但满足了人们生活的各种需求。除了各类商店和能帮你奔向世界各地的旅行社，街里且有几个南美人摆设的小摊， 摊上有南美风格的工艺品。但因了我的行程安排，我却再没有拐进那座森林去寻找莫奈的湖。

我就是从柯尔索斯山下买到回国机票的。在奥斯陆期间，发生在柯尔索斯山下一连串的事，对于我本应是终生难忘的。我也几次同友人谈到过黄昏中莫奈的湖给予我的一切记忆，但仔细想来那又是什么呢？铭记在我脑海中的湖却总不是这湖本身。我一直想就这个问题和我的朋友程珣探讨。可时隔两年，我终没有机会同他见面。由于命运对他的摆弄，当年这个才华横溢的青年早已离开了画界，从 20 世纪 70 年代起他就在他的海滨城市青岛做起了“寓公”。但我相信，只要我们能相见，莫奈的湖一定又能成为我们谈不尽的话题，虽然他每次来信都声称他离艺术已经遥远。我深信莫奈的湖既是在我心中敞开着，也在程珣的心中敞开着。现在见过那湖的本是我，但却又觉得湖在程珣的心中仍然比我心中的湖要更精彩。

1993 年 11 月 20 日

1995 年发于《美文》

[法] 莫奈　柯尔索斯山和萨位卡桥　油画

劳动者——米勒

童年时，我的家乡赵县城内，有一座由瑞典牧师主持的基督教堂。远看去，它那黄土围墙、几间高出围墙的平顶屋宇和一处农家大院没什么两样。然而，由院内传出的布道声、唱诗声以及由此散发出的宗教文字、西洋绘画的印刷品，却成了这一方的独特文化现象。于是我家也贴出了两张西洋绘画，一张是三个弯腰拾麦穗的女人，另一张是两位在田地站立着的农民夫妇。童年的我站在它们面前，常觉出它们的神秘。许多年过后，我在大学学习美术史时，才得知这是法国画家米勒的名画，前一幅叫《拾穗》，后一幅叫《晚钟》。其实它和宗教并没有直接关系，是宗教借助了名画的氛围，用来丰富自己的传教形式。

我看到它们的原作又是几十年之后的事，那是在巴黎的奥塞博物馆。

巴黎的奥塞博物馆是专门收藏欧洲近现代作品的博物馆，

它和专门收藏古典主义艺术的卢浮宫和专门收藏现代艺术的蓬皮杜美术馆成三足鼎立之势。

我对米勒有着特殊感情，不仅是童年时它们给我的印象，更重要的是米勒把自己作为劳动者的一生。米勒把自己作为劳动者，其作品歌颂的也是劳动者：那些弯腰拾穗的女人、荷锄而立的农民以及牧羊女、纺线女、荷柴者……米勒说：我的人生信条就是劳动，每个人要受肉体上的刑罚，命里注定不能逃脱，你必须汗流满面才得糊口。

劳动者总是要受尊敬的。我常把劳动者称作手艺人。手艺人不同于哲人。有不少朋友问我，劳动者（手艺人）有哪些特征时，我说大约有三个，第一他必须有清贫意识，其次他的劳动要有“量”。此外，他还得有一个作坊。画家可以叫画室，作家可以叫书房。

作为劳动者的画家米勒无疑是具备这三个特征的。米勒的清贫不仅是意识中的清贫，他终生也没有使自己的生活宽绰起来，即使他已是名画家在画他的名画《晚钟》时。他在同他的一位朋友写信时说：“我们一家只剩下两三天的薪粮，除此之外，没有任何收入的希望。我的妻子下月要生产，可是我们身边空无一物。”两年前他在画另外一张名画《拾穗》时，也是过着同样的生活。他在给朋友的信中写道：“如何才能赚到房租呢？此外，还有比这更重要的，就是一日三餐都让孩子吃饱。”

然而越是如此，米勒就越是不停地劳作，他画油画、画素描、画水彩画……其数量都是惊人的。这在米勒同时代的画家中，作画数量是很少有人同他比拟的。

说到米勒的作坊，除去他在家乡度过的童年和在巴黎求学的年月，他一直身居一个叫巴比松农村的作坊里，生活劳作达二十七个年头，直到他六十一岁逝世。然而那是一个怎样的作坊，是一间低矮的农家石屋，画室只有一个窗户……但米勒喜欢这里，这里的村民和风景给了他创作灵感。他说，在这里“能忠实画出亲眼看到的农民生活情景”。

然而，清贫还是伴随了米勒一生，虽然米勒也希望通过他的那幅作品《晚钟》给他带来好运。在作品尚未完成的时候，他自信这将是一幅杰作，他“狠了狠心”希望它能卖出两千法郎，虽然这是一个很可怜的要价。后来在沙龙展出时，一个比利时人以七十二英镑将它买下，这就大大低于了米勒的期望值。后来《晚钟》在比利时几易其主，价钱升至三万法郎。德法战争时，《晚钟》又从比利时辗转到英国，然后再几经易手，又被法国人买回，价格已升至一万二千英镑。后来，美国的石油大亨洛克菲勒注意到了《晚钟》，于是一场拍卖竞价开始了，在一次交易会上，价钱升至四十五万一千法郎时，买主只剩下法国的官方代表和那名美国人。当价钱升到五十万六千法郎时，美国人踌躇了。谁知法国政府却拿不出钱，《晚钟》还是被美国人带走了。

《晚钟》在美国展出半年，最终还是被一位叫乔治的法国人以三万两千英镑（约八十万七千法郎）买回。至此，《晚钟》才又回到米勒的故乡法国。

米勒只知道《晚钟》是他的杰作，但后来那几场竞争拍卖已是他逝世以后四十年的事。

落日的余晖正洒向大地，在远离农村的旷野一对夫妻正在挖土豆。这时远处教堂响起晚祈的钟声，钟声漫过田野，传到这对夫妻的耳中，他们立即停下手中的活计，双手合拢握在胸前：一片虔诚圣化的田野，两颗虔诚圣化的心灵……

在巴黎的奥塞博物馆面对米勒的《晚钟》，我又想到我的童年，原来瑞典牧师把《晚钟》作为宗教的宣传品，是有道理的。

我面对《晚钟》静听着远处的钟声，心想有了钟声的伴随，你真的觉出这才满足了米勒赞美劳动最好的心愿。有了钟声的伴随，劳动纯洁了，劳动神圣了。

发于 2014 年 2 月 8 日《燕赵都市报》

［法］米勒　晚钟　油画

寻找诺尔德

22 年前的 1991 年，我作为中国艺术家第一次走出国门，去举办我的个人画展，目的地是遥远的丹麦。在路上途经正在变革的苏联，行程达半月之久。我去的地方是丹麦的兰讷斯市，这是位于丹麦日德兰半岛的一个中等城市。兰讷斯美术馆也是该市唯一的一所公立美术馆。馆长麦蒂·采拉女士是丹麦著名的艺术评论家，我们在一起愉快地度过了十几天。分别时采拉为我准备了两件礼物，一件是北欧人特有的为茶壶保暖用的茶壶套，另一件是一本薄薄的巴掌大的旧画册，它只有二十几个页码。然而采拉告诉我这是她很珍惜的画册，作者叫诺尔德。

说实在的，诺尔德是我非常陌生的一位画家。先前，由于我们国门闭塞的原因，中国画家对世界的了解还是有限的。

我接过画册回到住处翻看，为数不多的几幅静物和风景画却能引起人的激动和兴奋。我也才了解到采拉赠我这本画册的原因。

回国后，我了解到诺尔德（1867—1956）是德国人，一位表现主义画家，后来我又零散地见到他为数不多的几幅画作印刷品，却始终没有机会看到他的原作。于是了解这位画家，欣赏他的原作成了我由来已久的愿望。

22 年后的 2013 年，我再赴丹麦和采拉见面，这时的采拉已离开兰讷斯定居丹麦首都哥本哈根。在相处的几天里，谈论艺术、浏览哥本哈根的美术馆，仍然是我们最感兴趣的一件事。分别时，她和她的先生在自家的园子里为我们做着烤肉，采拉问我，为什么不在哥本哈根多留几天？我对她说，我的行程已定，下一站将是德国柏林。这时采拉突然脱口而出说："去看诺尔德？"原来诺尔德情结仍然在采拉心中延续着。当然去柏林寻找诺尔德也确是我的旅行计划之一。因此，一个寻找诺尔德的计划并没有使我们这次的分别存有什么遗憾。

德国艺术家诺尔德不及德国另外一些大师的名字那样显赫，如贝多芬，如勃拉姆斯，但德国人依然像热爱贝多芬、勃拉姆斯那样也热爱着诺尔德。当然，在柏林寻找诺尔德的人并不那么踊跃，这给我们寻找诺尔德带来了一定的麻烦。我们在"网上""网下"四处"打听"，后来在柏林一条叫"加戈尔"的街上，才终于找到属于诺尔德个人的美术馆。说是美术馆，实际它是一座公寓楼里的一部分，若不是门前清楚地标明"加戈尔街 55 号"，你一定会错过去。

和欧洲那些名声显赫的大馆相比，它没有恢宏的气派，但在这个两层和多个展厅的美术馆内，却陈列着诺尔德一生所创作的大部分原作。主持人还巧妙地把一些原作的创作过程还原起来：许多画幅前都陈列着画家作画时用过的道具和作为“模特儿”用的玩偶人形，甚至还不乏画家写生的环境照片。这便增加了画家与观众的亲近感。馆内观众不多，但他们看画看得安生专注，有的还带出研究者的气质。

原来诺尔德是一位对一些“小对象”充满大激情的画家，而他的激情不是凭空而来，不是一时的心血来潮自我陶醉的呓语，他是有感而发后的心灵萌动，是对小物件的大声赞美。他用颜色说话，用凝练而壮丽的形象说话：几朵司空见惯的红花、一块一闪即逝的乌云、一只玩偶的俏皮经过诺尔德的“经营”也足能使你心潮澎湃。他提醒你，热爱生活吧，不要放弃生活中任何一个美好的瞬间。这就是诺尔德作画的主张吧。不大的美术馆显然成了一座激情燃烧的大厅。

一楼大厅是美术馆的服务大厅和商品部，几位衣着庄重的女士在精心地管理着它，这里陈列着画家种类繁多的作品复制品和印制精美的画册。为数不多的观众在安静地挑选自己的所需。受了诺尔德原作的感染谁都会在此流连忘返的，谁都不会空手走出展厅，虽然观众购买价格不菲的印刷品是很慎重的。

走出美术馆，我仍在研究着采拉那样热爱诺尔德的原因，想到 22 年前她为我的画展所写的评论。采拉女士看重的便是有感而发，她反对闭门造车、无病呻吟，但她又反对那些面对自然的无动于衷。她写道：在我们的艺术世界，人们往往过于追求“新意”创造，甚至错误地把一些激进当作眼前的主要倾向，而忽略了那些看似非主流却蕴含着真正艺术本质的作品。

一些看似非主流却蕴含着真正艺术本质的作品也是我所看重和追求的。

我带着几张诺尔德的画作印刷品回到中国。我购买印刷品向来也是很慎重的。

在遥远的中国，我和采拉通话时说："在柏林我找到了诺尔德。"

2012 年 7 月

［德］诺尔德　秋天的光芒　油画

寻找海默修依

20 世纪 50 年代，我在大学读书，在苏联的教学模式中学习绘画。那时我们国门紧闭，学生的眼界狭窄，加上政治对你的要求，你必须坚定地认为只有苏联写实主义艺术才是世界上唯一的、健康的、进步的、向上的艺术。除此之外，一切艺术都是颓废的、没落的、不可救药的。在苏联的权威词典《苏联大百科全书》中也开宗明义地写着：法国印象主义就是颓废的资产阶级艺术。至于法国印象主义到底什么模样谁知道。

后来我毕业，十多年后中国进入一个全新的新时期，国人不再把印象主义作为颓废艺术来看待，印象主义的绘画也漂洋过海来到中国。但由于历史对于人的捉弄，国人了解外部世界还是有限的，比如北欧的艺术。

1991 年，我作为中国艺术家第一次走出国门去举办展览，在丹麦“认识”了北欧几位画家，一位是丹麦的柯布克，另一位便是海默修依。我是在丹麦兰讷斯美术馆看到这两位画家的

［丹］海默修依　年轻女人的背影　油画

作品的。面对两位画家为数不多的几幅作品，我一时有些茫然，面对它们我失去了看另外一些经典作品时的激动。我一时觉得，艺术简直是太神秘了，它在调动你的感觉、感情时，是那么不可思议。尤其海默修依到底给了我什么，我一时虽然说不准，但你的心绪稳定了，你的眼前辽阔了，你的眼前突然和客观中的外部世界脱节了。也许你还会想到音乐，想到天空，想到海洋，想到阳光，想到一种旋律，舒伯特吧。其实你面对的就是一两扇关着或开着的门，就是一个背影对着你的女人。

在兰讷斯这个不大的美术馆内，就收藏着代表海默修依风格的《年轻女人的背影》。

威尔汉姆·海默修依，1864年出生于丹麦一个中产阶级家庭，他8岁开始学习绘画，15岁入丹麦皇家艺术学院，1891年26岁的他和伊达结婚，定居于哥本哈根。1898年他和他的妻子伊达搬进哥本哈根斯特兰格德大街30号的一所老房子里。原来，就是这幢有着17世纪荷兰风格的古老住宅，给了海默修依创作灵感，也形成了他的艺术风格。他在这座房子里画房子的门窗，画房子里的阳光，画在阳光中升腾起的灰尘，画自己家中有限的几件陈设和餐具，当然，还有和他一起在这所房子里生活的一位女人——他的妻子伊达。他曾经说："我喜欢老房子，陈旧的东西，老家具，这些东西散发出的特殊氛围。"在这个拥有特殊氛围的环境中，他连续作画60余次。

海默修依的时代正是法国印象主义、德国表现主义活跃的时代。海默修依也曾去法国旅行，作品受到过马奈和德加的影响，但很快他就改弦更张，重新回到和妻子一起居住的那幢老房子里，开始日复一日、年复一年的描写。在这个他熟悉的环境里，总会有新的发现，赋予那些看似死气沉沉的物体以生命，妻子伊达也显出谜一样的神秘。

每一位画家的成功，都是靠了属于自己风格的确立，都是找到了自己。

海默修依是一位生性内向的人，他喜欢害羞，离群索居，不善于与人交谈，从不参加画展的开幕式，即使德国著名画家诺尔德登门拜访，诺尔德也表示，"他的隐居很使我吃惊。"

诺尔德还表示，“和海默修依交谈是一件非常困难的事。”

海默修依自有自己的内心世界，也许他意识到画家一生中所需的东西太少了，有一幢老房子和一位安静温柔的妻子不是就足够了吗？他不厌其烦地对这位身处老环境中妻子的描写，就是证明。妻子的一个瞬间，一个手势，一束阳光的照射，都像一个谜团。她在做什么，她在想什么，画家把谜底留给了观众。他传达给你的只是寂寞感，是人在思绪中的消逝。也许还有门的凝视、窗户的呼吸、餐具的哀愁、一束阳光的低吟。还有什么，还有钢琴的静听吧……

面对这些，你总有几分生命中的茫然，就像我在文章开始说的那样，茫然就是一瞬间思绪的消失吧。

海默修依的悲剧在于他的风格形成后，并没有被社会认可，即使哥本哈根美术馆的几件藏品，也被馆方无情地退还给他，但历史总会把一个成功的、与众不同的画家推向高峰的。直到 20 世纪末，海默修依才被“高调”捧出。显然当今社会给人带来的浮躁和喧闹只有当人面对海默修依时，才能平静吧。寻找平静，已经成了当今地球人的“奢侈”吧。

2013 年，我也才想到再来哥本哈根寻找海默修依，在博物馆终于看到了海默修依的大量作品。但当我寻找他那个位于斯特兰格德大街 30 号的旧房子时，也许是我记错了地址，错过了对那座房子的认识，只面对他画过的湖边和几个老建筑徘徊良久。

2013 年 12 月

铁扬在海默修依故居前（摄影）

特列加科夫为什么

特列加科夫站在自家门前，紧抱双肩，静等客人的来访。他体态消瘦，面容清癯，但神情自若，目光专注。这是一尊花岗岩的雕像。他自家的门内现今已是举世闻名的莫斯科特列加科夫画廊，今天它已成了来俄罗斯旅行者的重要去处。来这里参观访问者，除了艺术家或对艺术怀着浓厚兴趣的人，也有一些与艺术并无兴趣的集体旅行者被导游引荐至此。于是，进入馆内的观众，总是大有人满为患之势。

2013 年的夏天，我第三次来特列加科夫画廊参观。经过三个小时的参观已近中午，我和助理小李在门前一家咖啡馆喝咖啡时，遇到两位中年夫妇，他们来自中国。他们也是从这座画廊走出来的游客，由于对馆内缺乏兴趣才提前走出来，而他们的同伴正在馆内耐心地参观。他们的等待显得很焦急，想要杯咖啡解闷又不懂外语，于是便请小李替他们点了咖啡喝起来。

我向他们简单介绍了馆内内容，说明来此参观是值得的，他们这才显得稳定下来，也不再抱怨同伴们看展览的耐心。这时我也才想到高雅的、具人民性的艺术总会使一些人产生兴趣的，进门时也许你尚是一名欣赏艺术的门外汉，出门时或许你就是一位欣赏艺术的“专门家”了。这就是高雅的、具人民性的艺术魅力所在。

这座特列加科夫画廊，便是以门前那位站立的主人命名的。说是画廊，实际是一座颇具规模的美术馆，馆内陈列着18到19世纪俄国优秀艺术家的大量艺术作品，其中“巡回展览派”的作品又占了大部分。

巡回展览派是俄国19世纪的一个颇具影响力的艺术团体。他们受俄国革命民主主义的影响，站在人民的立场上，为劳动人民呐喊，鞭挞沙皇俄国的黑暗统治，歌颂俄国美丽的大自然，成为俄国那个时代的主流艺术。画家包括了早已被国人熟悉的列宾、苏里科夫、希施金等大师。这个体现着进步思想的团体，从成立时起就决心植根于人民中，作品曾在俄国巡回展览达五十几次，为俄国的进步潮流起到了推波助澜的作用。

特列加科夫是一位富有的商人，他很早就注意到这批艺术家的行动，立志要为民族的进步艺术做点什么。于是从巡回展览派活动开始，他就慷慨解囊为画家的创作创造条件，并对他们的作品进行大规模的收藏。这就为后来以他的名字命名的画廊打下了基础。在他逝世前的1892年，他把全部收藏赠予他的故乡莫斯科。今天这座画廊，就是以他的捐赠为基础而建立的，馆址就是由他的寓所扩建而成。目前，在这座外形朴素的两层展览馆里，里面却是一座名副其实的艺术宝库，巡回展览派的大部分作品都陈列在这里，像列宾的《不期而至》和一些著名肖像画，苏里科夫的《近卫军临刑前的早晨》，风景画家希施金、列维坦的许多风景画也都在此陈列。当然，特列加科夫也照应到了18世纪以及更早带有民俗色彩的俄罗斯绘画，如费多托夫、勃留罗夫等人的作品。

然而，有时我在另一些国家和艺术家朋友聊天，他们总不把俄罗斯艺术放在眼里。有时你翻看世界美术史时，俄罗斯艺术也总被排斥出艺术发展的主流，他们过多地强调艺术本体。我想这些朋友或编著者在谈论艺术的本体时，无论如何是忽略了艺术的社会层面的。再说谈论艺术本体脱离了社会基础，艺术就会变得虚无、不可捉摸。现在当你安静而客观地身处俄罗斯那些美术馆，尤其像特列加科夫美术馆时，你就会发现艺术对人的潜移默化的作用。俄罗斯画家对于人类历史进程功过的发现和形象的塑造，才是他们顽强存在的原因。这时你才会觉出艺术家的才智、聪慧以及他们手下的“活儿”才是最真实最具价值的。

特列加科夫为什么，他的收藏、捐赠、陈列，也许就是为了把那一批艺术家的才智、聪慧和由此产生的他们手下的活儿决心做集中展示，这是对一个民族的大爱，也是他本人和那批艺术家的人性的证明吧。

我和两位中国朋友喝着咖啡，简要地说着特列加科夫，两位中国朋友竟表示出提前退场的遗憾，并表示将再次进馆参观。我则更庆幸他们的伙伴仍在馆内受着列宾、苏里科夫的感动。

特列加科夫为什么，他总是希望有更多的人去受列宾、苏里科夫们的感动吧。他正站在自家门前，思考着、计算着今天从他眼前走进过多少观众。

2016 年 12 月

莫斯科·特列加科夫画廊门前　速写

柒

奥胡斯的艺术节

丹麦的第二大城市当属奥胡斯。它是丹麦日德兰半岛的一个重要港口，也是丹麦西半部的文化经济中心。这里有著名的奥胡斯大学，还集中了几个很有名气的博物馆，而近年来最为丹麦人注意的，还是它那一年一度的艺术节。

我的画展在丹麦另一个城市兰讷斯举办，离奥胡斯有七八十公里路程。艺术节前夕我也接到来自奥胡斯的请柬。

这天，由兰讷斯艺术博物馆馆长采拉女士亲自开车同我前往。我们上午八点出发，一小时后便来到奥胡斯。艺术节的主会场在奥胡斯艺术博物馆，街上车水马龙，能进入主会场的人实在不多。进入主会场的人都是衣冠楚楚，服饰甚至显出几分保守。北欧人的衣着本来是非常随便的，短背心、短裤，不分男女老幼，人人皆穿。在一些别墅前的草坪上，经常可以看见男女主人赤着上身在修整他们的花园。而在海滨，不论男女常常是赤裸着全身在晒太阳聊天，你若衣着严谨地从这里经过，反而成了他们眼中猎奇的对象，你自己也常常会觉出不合时宜。现在，宾客们从一张摆满酒及酒杯的长桌上，选出自己的所爱，手持酒杯在展厅里读画聊天，展厅尽头，只有几十把木质椅子作为开幕式的座席。没有任何所谓庄严气氛，虽然女王就要在这里露面。

十点整，女王出现在人群中间，伴随她的只有她的丈夫和一位文化部部长。女王穿戴平常，一套保守式的灰格西服裙，倒像个干练的公司职员。没有人鼓掌，没有人欢呼。人们该喝酒的喝酒，该读画的读画。女王也来到桌前，为自己倒上一杯葡萄酒，品尝着和文化部长说着什么。

开幕式时，有人请大家就座，女王和她的丈夫也找把椅子坐下，然后是市长和文化部长致词。致词简短得很，每人差不多只十来分钟。讲演人身前没有讲台，只有一支孤立的麦克风。开幕式结束后，人们才正式开始参观这个集中了全世界数十位悲观主义画家作品的展览。作品陈列在五个展厅里，挪威画家蒙克的作品占了很大比例。就像挪威作曲家格里格那样，蒙克也永远是挪威人的骄傲，他影响着人类整个进程。女王读画非常仔细，一边读着，一边详细询问着。

丹麦女王为玛格丽特二世，生于 1935 年，年轻时曾学绘画，至今还画得一手非常漂亮的水彩画。她还设计邮票，设计家具，布置房间，连皇家的家徽标志，都是女王亲手设计的。

女王出门常乘坐一艘游艇，那天她从哥本哈根来奥胡斯，也是乘坐了这艘游艇。我们从停泊游艇的海湾经过，发现它很普通，像一条海上的工作船，只有悬挂在旗杆上的旗帜，才告诉你这不是一艘普通游船。

我们离开港湾时，一位衣冠不整的老人向我们走过来。他手里拿着一把传单，边走边分发，遇到我，显出格外惊喜。他抽出两张塞在我手里说："这是我用养老金印制的，千万把它带回中国去，你一看就明白，比西方人要明白得多。"我接过传单，发现是中文。这是中国红卫兵的传单，上面印着"夺权"什么的，还有几位被称为"走资派"的漫画像，是老人复印下来的。听采拉说，这位老人经常在奥胡斯街头撒传单，成了奥胡斯的一景，有时他胳膊上还戴着一个红卫兵袖章。

我问采拉，老人今天撒传单，在他看来是不是有着不寻常的意义？今天是艺术节，又是以悲观主义为主题的。采拉说，老人也许并非这样想，或许他正在和这个艺术节主题闹对立：人类为什么要有一个悲观主题呢？只有他的事业才是最乐观的。

1992 年

发于 1992 年《河北日报》专栏文章

丹麦第一汤

我来丹麦后，从当地报纸上得知，我是第一位来丹麦举办个人画展的中国画家。况且我的画属于西画，大概西画总是容易和西方人交流的。许多喜欢艺术的丹麦朋友来到我的住处，请我谈中国，谈对西方社会的感觉，乃至鉴定他们的收藏，其中包括中国绘画、中国民间艺术、中国瓷器。一位牙科医生的太太找我，说她收藏着一件中国瓷盘，是她丈夫当海员时在中国买的。她坚信那是一件真正的宋瓷，愿意与我一起分享一次这珍品欣赏的愉快。我答应了她，谁知当这件椭圆形一尺多长的瓷盘摆在我面前时，我发现那不是一件宋瓷，而是近代的仿制品。盘子釉彩的光泽及颜色的特点，都证明我的看法是不会有错误的。但我为了不使她扫兴，只能告诉她这的确是一件真品。这使这位太太高兴极了，摆出许多酒请我喝。我因还有另一个约会，只好谢绝。

我来到另外一个收藏者家里。这是一位貌似海盗的先生，蓄一把稠密的大胡子，一支烟斗总是有烟无烟地叼在嘴上。他凭着自己住宅的宽绰，开一所业余美术学校、一个气功学习班和一个餐馆。他先领我参观他的业余美术学校。教室设在住宅前的一间厢房里，学生不少，年龄水平不等。先生对我说，他对此无所谓：学生交费画画便是一切。那天二三十位学生正在画人体。一位年轻的女模特儿困乏地坐在一个角落。学生不管这些，各人按自己的想象在画布上涂抹。我问："老师呢？"先生抽抽空烟斗说："我就是，有时也请人教。"原来他是策划、校长兼老师。接下去是参观他的气功训练班。这训练班就在他卧室的楼上。这里有两个班，一个是中国的太极，一个是印度的瑜伽。现在时间未到，教室里空空的，我仅从散放在地板上那一排做工精致的"绣墩"上，就觉得这比他的美术学校要有来头得多。气功老师便是先生的夫人，虽已50开外，或许是因为懂"功"的原因，看上去只有三十几岁。她盛赞中国太极的绝妙，还不时为我表演一些招式。那招式虽带出几分洋气，却也潇洒、漂亮。看她的神情气质，我知道她着实从中国功夫里得到过好处。

已是黄昏。先生请我在他的餐馆就餐（餐馆在住宅的最底层），请我喝丹麦著名的卑尔根鱼汤，由先生的夫人亲自上灶。我们坐在摆着烛台的餐桌上，品尝鱼汤，吃一种滚着小颗粒的圆面包。我问："这餐馆你们也不用别人吗？"先生说，只在最忙时，才雇临时工。他说，他的许多学生都愿意来帮工，可以免去学费。我们聊着天，却忘记称赞他的鱼汤了。先生按捺不住地问我："您还没有对鱼汤发表意见呀。"我说："真是太美了。"先生说："这才是丹麦第一汤。"

两天后将要举行我的画展开幕式。开幕前，兰讷斯艺术博物馆馆长采拉女士主张，开幕式的酒会结束后，她希望再邀一些朋友到她家做客，也算是一种特殊方式的庆祝。为此她已准备了许多糕点和酒。还说，假如我再做一点中国东西给他们吃，就更有意思了。陪同我的翻译易德波女士说："做馄饨，馄饨汤。"这位挪威汉学家，曾不止一次来中国，当然吃过中国的馄饨汤。我觉得建议虽好，但在日德兰半岛筹备一顿可供几十人吃的馄饨汤，却也不易。谁知易德波跑了不少超级市场，终于买到了所有主要原料：猪肉馅、面粉、中国葱、中国姜、中国香油和中国味精。我也翻行囊找出几小包虾米紫菜汤料和一包小包装榨菜。那天由我主灶，采拉和两个女儿一起上手，采拉把墩布把儿锯下一截做擀面杖，我们终于包出了可供三十几位朋友吃的馄饨。

馄饨"席"开始时，已是午夜一时，大家以自助餐形式各端一碗，自由就座，其中也有那位开美术学校和餐馆的收藏家。这位先生品尝了几口馄饨汤之后，一手端着碗，一只胳膊紧紧箍住我的脖子说："铁扬先生，原来这才是丹麦第一汤！"

1992 年

发于 1992 年《河北日报》专栏文章

北欧人与艺术

在北欧，每个城市都有自己的艺术博物馆，有的城市还不止一所。每个博物馆都有自己的主旨，有的侧重写实主义，有的则侧重现代抽象主义，还有某个画家的个人陈列馆，如丹麦兰讷斯附近的约恩博物馆、挪威首都奥斯陆的蒙克博物馆，都是画家个人的陈列馆。每天都有兴趣不同的观众到自己所喜爱的博物馆参观读画。他们对于艺术客观而冷静，喜欢写实主义的观众不去嘲弄喜欢现代主义的观众的狂热，喜欢现代主义的观众也绝不嫌弃喜欢写实主义的观众的“保守”。有人把热衷于现代抽象主义艺术的人叫“先锋人”，先锋人里青年居多，穿着也“先锋”。

我曾和许多对艺术热心的观众交谈，发现不论是“先锋”观众还是“保守”观众，对艺术都非常内行。连许多中学生对艺术也侃侃而谈，宛若一个艺术评论家。但北欧观众对中国画却十分陌生，他们大多不了解中国画的发展以及它的创作特点。我面前常常坐着许多热心于了解中国艺术的观众，他们向我提着各式各样的问题。问题提得坦率而天真，有些问题回答起来还真有些棘手。

有一次在丹麦兰讷斯的一个讲座上，观众问我，中国画的构思特点和西方绘画到底有什么区别。我说对于西方绘画你们都是内行，而中国绘画的构思方法大多和中国诗词分不开，“诗情画意”便是中国画构思的一大特点。有些古诗词被中国画家画了几百年，现在仍然在画。一位观众马上向我提出反问：“如果是这样，这些画不是都一样了吗？”我思忖片刻说：“不可能，因为真正的画家从来都不重复别人。他们都是些聪明人，比如西方的毕加索，发现了人原来不仅可以从一个角度去看，还可以同时从几个角度去看，他的方法便被称作举世闻名的立体主义，毕加索是个聪明人。”立刻又有人反问：“可这是毕加索，中国画家的聪明又表现在哪里呢？”我说：“中国画家的聪明除了技法的标新立异，还表现在构思的巧妙上。”我想起了中国宋代画院里的一些故事。我说，中国宋代有个皇帝叫赵佶，他在政治上无所作为，却是一个杰出的画家和书法家。他亲自主持开办画院，广招博才多艺的贤士进画院做专业画家。但这些画家在进画院前必须经过严格的命题考试，许多考题流传至今，如《深山藏古寺》《踏花归去马蹄香》等。画家以这些诗句为命题作画，来证实自己的聪明和才智，每次只有少数人能进入画院。立刻有人问：“在这些命题面前，他们的画有什么不同呢？”

我说，比如应试者在画《深山藏古寺》时，大多数人都在纸上画一座山，深山里闪出一个寺院的角落，或在上下，或在左右。有一位画家没有这样画，他的画面上有山却没有寺，只有一个小和尚在山前的溪边挑水。这便是对这个命题极为巧妙的构思吧。因为有和尚挑水，不远处必定有寺。观众立刻雀跃起来，纷纷称赞这位画家的聪明。

接着我又谈了应试者在画《踏花归去马蹄香》时的情景。我说，大多数人都在纸上画一匹马正在草地上奔跑，草地上正盛开着鲜花。也只有一位画家，没有画草地和鲜花，只画了一匹奔跑的马和几只蝴蝶围绕着四只马蹄上下翻飞。我面前的观众听到这里，便欢呼起来，他们鼓掌高喊着：真是了不起，世上原来还有如此聪明的人！

讲座结束时，一位中年女教师双手托着一条棉质提花台布走到我面前说，这是她母亲织的，现在把它送给我。并说，她通过这两位画家了解了中国艺术，即使这一切都是传说，那么，产生这传说的民族，也是一个聪明的、了不起的民族。

1992年

发于1992年《河北日报》专栏文章

丹麦啤酒中国杯

我在丹麦兰讷斯个人画展的开幕式，定于 1991 年 9 月 10 日晚 8 时。来兰讷斯前，易德波女士就把这一消息告诉了我。她还说，本来兰讷斯艺术博物馆馆长麦蒂·采拉女士要和她一起来哥本哈根接我，但采拉女士正为迎接我的许多细节奔忙。她还告诉我，有采拉主持，我对一切都会满意的，也许还会有不少意外的满意。

从哥本哈根到兰讷斯还要乘火车旅行八个小时，其中包括火车被装上轮渡穿越丹麦海峡。我们上午乘车，黄昏时到达兰讷斯。采拉女士在车站迎接我们。她自己开车，把我和易德波一起接到她家中，并亲手为我们准备了一顿极丰盛的晚饭。也许我是刚从莫斯科来到兰讷斯的缘故，只觉得那顿晚饭空前丰盛而得体。我还注意到，从餐具的选择、烛台的设置到餐巾纸的颜色，女主人都做了刻意的安排。进餐时，她不失礼地把一些饭菜的吃法表演给我看，还用刨刀把奶酪刨得如纸一样薄。而后来我才发现，许多丹麦人吃奶酪是不具备这种手艺的。

年近五十的采拉女士曾在德国专修艺术史，她的容貌比她的实际年龄要年轻得多。她漂亮、干练，她领导的艺术博物馆，不仅举办过许多成功的画展，馆内还有不少珍贵的收藏。在餐桌上她一面为我做各种“表演”，一面不住问我，中国人到底是怎样对付筷子的。至此我才察觉到，在所有进餐人里，唯独我面前有一双中国筷子。她说这筷子是易德波从中国扬州带给她的。在为采拉表演“筷子功”时，想起易德波在哥本哈根谈到的采拉为“细节”“奔忙”的事，为我准备一双地道的中国筷子，也许便是一个出其不意的细节吧。第二天我们共进早餐时，采拉打开一张早已打印成文的展览计划，逐条向我做了介绍。遇到我对哪一项提出异议时，她便用红笔在纸上画个记号。后来我们在一起工作时，她一直把那张纸带在身边，尽管她有自己的秘书和许多助手。

我和采拉经过一星期的紧张工作，展览才就绪。在工作中，她对展壁的设计、镜框的搭配、作品的题材分类组合几经修改，每一次变动她都要亲自动手。她对助手的严格，有时近乎苛刻。一次，一位大胡子工作人员把一张画挂高了一公分，她也要那位工作人员爬上梯子改正过来。

开幕那天，采拉请来了许多客人，馆内人员告诉我，这在他们馆是空前的。开幕式上采拉用一句“有朋自远方来，不亦乐乎”的中国话作开场白，再由我做一个关于“中国艺术”

的讲座。然后观众们从一排摆着各种丹麦啤酒的桌上，选择自己喜爱的啤酒，手持酒杯进入展厅。采拉为我斟上酒，问，今天最高兴的是什么？我说，是那么多热情的观众来看一个中国画家的画展。采拉说，还有哪儿？我便有些茫然。身旁的易德波说，难道你没有注意到自己手中的酒杯吗？我仔细端详一下手中的酒杯，怎么，是真正中国的青花瓷?！我向餐桌前热情的观众看去，原来每个人手中都有一只青花瓷茶杯，而且餐桌上满是丹麦啤酒、中国杯。易德波又说："这个细节你一定会意外吧？"

事后我才知道，为使开幕式隆重而独具特色，采拉四处打听，最后终于从欧洲一个什么地方买到一批中国茶杯。后来我常想：丹麦啤酒和中国陶瓷都闻名于世，丹麦啤酒、中国杯加起来才是我意外中的意外吧。

1992 年

发于 1992 年《河北日报》专栏文章

夏天在莫斯科

在我赴北欧举办个人画展的旅行计划中，原本没有莫斯科。我把莫斯科作为旅行的第一站，是因为过去对它的感情吧——20 世纪 50 年代学艺术的中国大学生，无不受着苏联艺术的熏陶。

我在莫斯科的日子，正是苏联作为一个国家存在于地球的最后一个夏天。然而，接待我的苏联汉学家谢尔盖还是按预定计划陪我去了解认识这个国家。

莫斯科市容不算现代，也算不上整洁，五六十年代的建筑，显得过分高大和空洞。若遇阴雨天马路上会立刻浮起一层油渍污垢。商店的空柜前经常是长长的队伍。已是科学院副博士的谢尔盖排 4 个小时队买两瓶伏特加，也会欣喜若狂地带给他的母亲，显示这半天的意外收获，虽然他们全家都不喝酒。我问谢尔盖，既然他们都不喝酒，为什么花那么多时间去买它。谢尔盖说：总算是买到了点东西呀。

不过，在这个城市里我毕竟还有另外的发现。比如，即使在骚动不安的日子里，所有艺术博物馆的门还是大开着。穿着整洁的莫斯科人，秩序井然地欣赏着从古俄罗斯到苏联这一代艺术大师们的杰作。在普希金广场，在托尔斯泰的旧居前，那边是游行的人群，这边的街心公园里，体态丰腴的老大妈正修剪着松墙，拔掉花丛里的杂草。花丛前的椅子上，学者和年轻学生们仍在专心致志地阅读。书摊随处可见，人们把书摊围得严严实实。谢尔盖便是个爱书的人。一次我们在莫斯科艺术之家观看列里赫的画展时，突然不见了谢尔盖。待到我自己走出展厅，谢尔盖举着两本书跑了过来。那是他趁我正聚精会神看画时，跑到街上书摊买来的，其中一本是汉语言学专著。

鲜花也是莫斯科人所酷爱的。每逢你走出地铁，准能见到门前横着一排卖花人，而其中又以年轻姑娘居多。她们把一束束鲜花搭配得格外得体。这些花价钱比商店里的鲜花偏高，但娇艳、新鲜，两个卢布可以买一束菖蒲，三个卢布便可以买一束郁金香。若是他们面前正走来一位中国人，他们会热情地走上前去，朝你笑着说：为了它们的美丽，为了我们的友谊，买吧。不光卖花人对中国人格外热情，即使你向任何一个莫斯科人问路，他们都会对你述说得非常详尽，甚至还会领你走一段。一日，我问一位年龄和我相仿的人，去马雅可夫斯基广场怎么走。他惊喜地抓住我的胳膊说：“你跟我走吧。我 4 岁时就去过中国。”他这突如其来甚至有点过火的热情，把我吓了一跳。我心惊胆战地被他拉着，趔趄着走出几百米，直到看见马雅可夫斯基雕像，才放下心来。

1992 年

发于 1992 年《河北日报》专栏文章

旅行杂记

多瑙河的水并不蓝

国人认识的多瑙河大多是奥地利作曲家施特劳斯的乐曲《蓝色多瑙河》，这是每年维也纳新年音乐会的压轴曲目。届时，地球人或置身维也纳金色大厅，或静守在电视屏幕前等待这首乐曲的出现。当世界那些顶级指挥家抡起指挥棒，乐曲响起时，蓝色的多瑙河水便会在人们的脑海中流淌起来。大家认定那河水一定是蓝色的，那蓝一定是蓝若宝石，蓝得透人肺腑，蓝得高深莫测。于是地球人大都心怀这首乐曲来到这条河边，但这时你会意外地发现多瑙河的水并不蓝，连一点蓝的意味都没有。它和我国的江河颜色并无差异，它只是一条河水丰沛、畅流不息的时而宽阔时而又显出狭窄的河。若不是两岸有茂密的绿树和异国情调红屋顶的映掩陪衬，它

多瑙河上　速写　15cm×20cm　2017 年

实在没有什么看点。然而我仍然相信，施特劳斯看到过这河是一条蓝色的河，不然他为什么会心生雅兴写出这么经典的乐曲，成为地球人的共识。也许这条多弯多变经过数国的河在每个阶段所呈现出的颜色不尽相同。施特劳斯看到的并不是位于他身边的这一段，或许这条本是蓝色的河如今受了游人所乘游船的挤压搅拌才使河水变得如此混沌。那一条条上百米长满载游人的游船，每日穿梭般的往返于河中。我就是站在游船上发现这条河的不蓝。

然而艺术就是艺术，音乐就是音乐。或许施特劳斯时代的河就是这样。作曲家所以把它变成蓝色，那是多瑙河在作曲家心中的升华，代表着作曲家此时此刻的心绪。他愿意把自己此时此刻美好的宛若蓝宝石一样美好的心绪留给后人吧。

维也纳金色大厅的“金”

维也纳金色大厅是因为每年一度的新年音乐会在此举办而闻名于世的。而在它不远处的更重要的音乐殿堂，奥地利国家歌剧院却失去了它应有的位置。

金色大厅内确实被一片金色笼罩，那些巴洛克形式的柱式、浮雕、人像、灯饰及一切小装饰都满涂金色，我想那金尽是真金，不会是劣等颜色的涂染。每当新年音乐会的旋律响起，各种照明设施释放时，一切的“金”会更加耀眼夺目，连台上乐手们手中的乐器由于受了这金的照耀也会发出更加晶莹的光芒。那是声音和金色的一起交响。

也许单此一场新年音乐会维持不了这样一所金色殿堂的存在，它必得另辟蹊径，以更多的经营方式“敛金”来维持住它的金色。据国外知情朋友介绍，目前只要有意进入该大厅的团体和个人，尽可申请。国内的歌唱家某某和某某都是经他们介绍进入这所殿堂的。他还向我透露了大厅的租赁费，一个不小的数字。

2017 年夏天一个偶然的下午，这位朋友陪我来到这座金色大厅，欣赏一场音乐演出，碰巧这是国内某省少年的一场器乐演出。这是一个庞大的铜管编组乐队和另一些民间乐器的轮换出场。庞大的乐队、沉重的乐器使这个本不宽敞的大厅就更显狭窄了。我还是怀着几分好奇、几分骄傲的心情落座在大厅内，一边欣赏一边为国人叫好。但细听细看时又对台上发生着的一切生出几分不解：一个个十几岁的少年男女怀抱和自己的个头不相称的大家伙，以自己稚嫩的身体发出有限的气息，吹奏得力不从心。于是那些不协和不饱满的声音便回荡于厅内。也许那是在演奏中国的《茉莉花》吧。我看到一些懂行的老外们大多抽身而去。我想为什么非要孩子们做这种力不从心的事，但我转念一想，这群孩子是在金色大厅演奏啊。这对他们一生都重要，而他们的老师、指导也会为此次的光辉记录留存终生的。

当然他们同样也会付费给金色大厅，那么金色大厅内可以回响着《蓝色多瑙河》，回响着《拉德斯基进行曲》，为什么不能回响着孩子们力不从心的演奏。

我还是要为孩子们能进入维也纳金色大厅演奏而骄傲，至于国内当今一些歌唱名家、演奏名家交付出更高的租金进入这所大厅，名声就更加在“外”了。

发于2018年《燕赵都市报》

捌

作家、艺术家的感觉、逻辑和劳动

——在河北省作协青年作家读书班上的演讲摘要

作为画家，我是一个职业画家；作为读者，可以说我也是一个专业读者，因为这个专业没有尺度啊。我作为在河北省成长起来的画家，关注河北文学有几代人了，现在诸位可以说又是全新的一代，给河北省文学发展又带来了新的希望。

现在，中国的文学艺术在世界上到底走到什么地方了？应该说这些年我们的形势是大好的，特别是新时期以来，有这样好的机遇，给我们提供了好的条件，确实是有大发展的。不管文学，不管艺术已经走向世界了。但是，我和国外一些朋友聊天时，他们对我们的文学艺术总要提出些不同的看法。这是为什么呢？他们讲了一个道理，说：我们从你们的文学作品或艺术作品里看不到中国人，看不到中华民族的生存状态。这个问题很值得大家深思。这个生存状态是什么呢？我后来想了想，不是你的服饰、你的生活习惯，它应该包括我们的社会结构、我们的历史背景、我们的经济基础、我们的文化积淀和我们的道德观等等，当然里面也有风俗习惯。

我们常把一些大作家、大艺术家叫大师，他们怎么了，我们为什么这样称谓他们？他们给世界、给人类，到底留下了什么东西？是他们很准确地把一个民族的生存状态留给了历史留给了世界。就拿中国而言，四大名著为什么成为四大名著呢？是作家的描写技巧吗？是作家的文字功力吗？当然不是。它留给我们的是一群中国人，中国人的智慧、聪明、心机、打算，一切一切。比方说刘备、关公、周瑜、诸葛亮——中国人。宋江也好，高俅也好——中国人；唐僧，中国人；孙悟空是个中国猴子，猪八戒是个中国猪。桃园三结义，不求同年同月同日生，但求同年同月同日死。这个誓言是个中国式的誓言。诸葛亮能把一个周瑜气死，都是中国人的特有的性格。连《聊斋》里的狐狸都是中国式的。那些狐狸和人类连亲的特征，都是中国式的思维。

我有个外国汉学家朋友，她过去研究解放区文学，后来开始翻译《金瓶梅》。我问她为什么不研究解放区文学了，她说，她要研究中国人，让外国人看中国人的生存状态。也许她从现当代文学中很难看到那个生存状态的真实吧。“生存状态”，我们从中国及世界一切优秀的传世的绘画中，也都会清晰地看到。五代时的人物画《韩熙载夜宴图》、俄国列宾的《伏尔加河上的纤夫》。前者是一群中国人的聚会，后者是一群俄罗斯人在辛苦劳作。从巴尔扎克、狄更斯、托尔斯泰，我们看到的是法国、德国和俄罗斯……列宁曾说：托尔斯泰是俄罗斯的一面镜子。因为我们从“托尔斯泰镜子”里看到的是俄罗斯。

我举了那么多例子，来阐述文学和艺术创作的一个至关重要的东西。我想，除了作家和艺术家对一个民族的责任感、生活的积累、文化的积淀和他们那种描写的功力，还有两点非常重要的就是：他们那超出常人的艺术感觉和他们对于逻辑的严格筛选。还有对故乡细节的准确把握和开掘。

先说一下感觉。感觉，它有高级和低级之分。我们说低级的感觉，是生理上的，比如说冷了加衣服，热了脱掉，下雨了赶紧回家拿把雨伞，这种感觉没有什么美学价值。还有一个感觉就是高级的，升华成一种艺术感觉，形成一种艺术思维。比如，还拿下雨来说。唐诗中“天街小雨润如酥”，这个感觉已经升华到了一种艺术感觉，这就有美学价值了。比如“黑云压城城欲摧”，“黄河之水天上来”。毛泽东作为诗人，他感觉的升华才成全了他一位大诗人的地位。“山舞银蛇，原驰蜡象”“苍山如海，残阳如血”等等。只有大诗人的敏感，才会有如此壮丽的发现。

我小时候在农村看戏，看《窦娥冤》，是酷暑的时候看的。戏台是一个简陋的席棚。窦娥被问斩时，天要下雪。为了表现下雪，戏台上有个人举一面卷着的旗子，站上桌子晃动，旗子慢慢打开，里面裹着的纸屑到处纷飞，当时给我的感觉——呀，太冷了！这是什么，是艺人的聪明，调动了观众的感觉。纷飞的纸屑（雪片），拓展了一出戏的主题。

我们再讲逻辑。逻辑是艺术家和作家要严肃对待的问题，无论你作品大小，逻辑都要体现在里面。举两个电视广告的小例子。鲁花花生油的广告，把花生掰开，花生油流出来，很自然，很符合逻辑。后来有人做核桃乳广告，也把核桃横断开，核桃里的白色乳汁也流出来了，那就不行。核桃得砸开。你横着断开，怎么断开的？

20 世纪 50 年代，我所在的剧团有一出叫《处处是春天》的话剧，说的是一位复员军人回到他的故乡，带领村民走合作化道路的故事。我曾在《我与贺昭》的散文中提到过那次的演出。贺昭女士当时是剧团领导，主持排演的这出戏。

戏里有这样一个情节：主人公的奶奶，因想念参军打仗的孙子复员回家，她每天都要站在村口向远处张望等待，达八年之久（一个抗战的历程），这使得老人双目失明。八年后当孙子真的站在她面前时，奶奶已是一位双目失明的老人。

不细究，这一情节也就被忽略了。细究在于它逻辑的混乱。民间流传的那些“望娘滩”“望儿滩”的故事，那些望娘望儿的活人都可以变成石头变成山，那是神话故事。现实中老人（或孩子）对亲人的张望式的等待是有限度的，若没有近在眼前的希望，人是不会做出生理上过分地追求和过分的牺牲的。何况孩子是去参军打日本、打老蒋去了，老人家是大可放心的。

我赞成戏曲舞台上《武家坡》的情节设计：苦命人王宝钏，出身贵族，因了一个投彩球求婚事件，彩球投给了乞丐薛平贵。

她的命运立刻发生了变化。王宝钏坚持要与薛平贵完婚，却遭到父亲王丞相的强烈反对，后来王宝钏与父亲以“三击掌”的形式离家出走，和薛平贵生存于寒窑。不久，薛平贵充军西凉，王宝钏只身一人流落寒窑十八年。十八年来王宝钏含辛茹苦，以挖野菜充饥度日。薛平贵“别窑”时，只给她留下干柴十担、老米八斗。我想十八年来王宝钏并非不再想念丈夫薛平贵，但思念终不会成为她的唯一。她要生活，要生存，这才是最重要的。因此，当薛平贵归来站在她面前时，她是没有任何心理准备的。加之十八年薛平贵在西北风餐露宿的军旅生涯，面貌已大有改变。于是，薛王见面才有了一次挑逗性的考验和被考验。于是观众认可了这一情节，甚至那脍炙人口的唱段和台词，也成了经典中的经典。我想观众对情节的认可，对夫妻交流的认可，对误会和误会被化解的认可，得力于这一情节逻辑的合理性。假如王宝钏终日站在窑口忘记吃喝，只是一味向大西北张望等待，就成了《武家坡》式的荒唐。

现在有很多写抗日的，写解放战争的电视剧、电影，一打仗，演员就往脸上抹黑，越抹越黑。当时打仗都是轻武器，那你这黑是哪儿来的？这些情节都是经不起推敲的，是逻辑上的混乱。也许那并不是战争的真实。我少年时曾在部队后方医院作“医助”，处理过不少伤员，从未见过“一脸黑”的伤员战士从前线下来接受治疗。战争的残酷不一定停留在“黑脸”上。

我们说《赤壁之战》为什么那么经典啊？因为它逻辑合理：庞统献连环计、蒋干盗书、周瑜打黄盖、草船借箭、借东风、火烧战船，这些细节，一环套一环，一扣套一扣，逻辑合理，无可挑剔。我们再看卓别林的无声电影，不说话，怎么能看懂呢？靠逻辑的合理。

逻辑还联系着一个问题，叫规定情景。人们在任何一个活动状态中，都有一个规定情景做背景。比如说涉及军事秘密、行动计划，只能在一种合理的规定情景下研究展开。不能走在大街上就大声说：我们这一仗要如何打……这些情景都很滑稽。感觉和逻辑的运用合理与否决定着一部（件）作品的品格，如读者（观众）的相信度。

下面我要谈细节在一件作品中的意义。

一部作品的产生先有构思。苏联作家乌斯托夫斯基说："构思像闪电，闪电之后倾盆大雨才会落在地上。"但只有构思还不足成为一篇小说或散文。它还停留在"故事"的层面上，故事是缺乏细节的。于是我想，一部成功的小说和散文，不仅要有故事的架构，还要有符合逻辑又能引人入胜的细节。当然，故事的架构和经过选择的细节的来源还是生活。而突现的"闪电"也是产生于广袤的宇宙（生活）之中。

为什么我们能受一本书的吸引，产生阅读的愉悦，因为是受了它那积极的主题和精彩的细节吸引。在此，我们不妨读一读契诃夫、莫泊桑、鲁迅和蒲松龄。他们的《万卡》《羊脂球》《祝福》《种梨》中的细节，都是经典中的经典，细节也成全了他们在作家行业中的地位吧。

作家、艺术家，这是我们的职业。充其量，我们就是一个作家、一个艺术家，不是一个哲人、哲学家。现在我们好多作家和艺术家的哲人味道太足，我感觉不一定要那样。有人问我怎么看待自己，我说我首先是一个劳动者，一个手艺人。我不是一个哲人。手艺人有什么特征？第一，你要有清贫意识。当然你不一定是个穷人，但你的意识要清贫。第二，你的劳动要有一定的数量，没量不行，作为画家，一年就画一幅画，那不行，一定要有量。作为作家，只写一个短篇，写两首诗就是作家了吗？那也不行。第三，你要有个作坊。作家可以叫书房，画家可以叫画室。在那里可以得心应手做事，可以排除一切干扰的、属于你自己的自由空间。在那里，你可以展开你的思维。我想，这就是一个劳动者，一个手艺人最重要的三个特征。

劳动是一种付出，你要有付出，脑力和体力的付出。另外，劳动也是一种积累，生活的积累、形象的积累、语言的积累、美学的积累等等，我讲到的艺术感觉、逻辑，都是在这个积累过程中完成的。积累的过程本身就是一种付出，脑力的付出，体力的付出。

2013 年 10 月 17 日
发于《长城》2014 年第 1 期

我的人生与艺术

听大人说，我降生后爱哭。一哭则痛不欲生。一次，我真的哭死了自己，家人便把死去的我交给长工去埋。这位长工正在打麻将，便说，等打完一圈再去。我则在院内一个什么地方等人埋，当这位长工打完一圈去埋我时发现我又哭起来。

起死回生的我还没有名字，后来父亲为我起了一个名字，叫铁羊。之前我大哥二哥名字都有羊字，到三哥时父亲独出心裁把“羊”改成了“牛”，我三哥叫改牛，但改牛不幸幼年夭亡，父亲决定再把羊字找回，且加上“铁”。

我的村子位于冀中平原，叫停住头，是个不常见的村名。据说，汉刘秀和王莽在此征战，刘秀被王莽追赶曾在此停驻过，村子因此得名。其实历史上王莽和刘秀并没有在此作战，那位追赶刘秀的人应为王朗。这里的平原平得悠远，平得辽阔，平得孤寂。深陷的黄土古道能使人想到那些历史故事。

我“长大”了，坐在屋顶上向西看。西边连绵起伏的太行山只有半个人高，近处是赵县土城，城垣内有座砖塔，赵县人管它叫“锥锥”。县城距我们村六里，我们村距太行山却有百十里，看见县城又见太行，是靠了那一世界的好空气，纯净透彻的空气……

我坐在屋顶上向南看。南边有棵树，像昂首而立的公鸡，那棵树长在一片老坟中，村人叫它“鸡柏树”。村人问村人：“你家的地在哪儿？”答：“鸡儿柏树。”外村人问村人：“去赵州桥怎么走？”村人答道：“过了鸡儿柏树向西拐。”鸡柏树跟前有座废弃的土窑，遥望土窑我常想到“平贵别窑”的故事，好像王宝钏就在那座窑里住。我奶奶会讲薛平贵和王宝钏的故事，也会讲青蛇白蛇闹许仙。

我坐在屋顶上向东看。东边旷野里有座直插云霄的尖塔，那是一座天主教堂，离我们村十五里。教堂里有外国黑衣神父，据说那些神父走路是不回头的，即使身后有人喊他。我有位嫂子娘家就在那里。家人派我坐大车去接我嫂子，路过那座教堂，我隔墙看到过黑衣神父的走路风度。

我坐在屋顶向北看，看不远。有两棵高大的榆树挡住了我的视线。那是北邻家的树，树上有两个喜鹊窝，几只喜鹊常年在树上生息搭窝。它们的窝用“花柴”搭成，“花柴”就是棉花秸。我们那里种棉花，喜鹊们就地取材。它们嘴里常叼着粗壮的花柴，围绕自己的窝编制整理。我觉得它们的嘴很壮。花柴的秸秆质地很坚硬，是好柴火，只在煮饺子煮肉时才舍得烧。

虚三岁的我记事有限。1937年阴历八月，日军占领石家庄，紧逼赵县。我们在父亲带领下举家开始逃难。以我家为中心，集中起村人20余口，在距家乡百十余里的内丘县山洞里，一住三月有余。逃难给我留下的印象淡漠，我只记得山洞前有条明澈见底的小河，河边长满柿子树，我姐姐和几位年龄相仿的姐妹，上树摘下“树熟”的软柿子，把柿子摁在一个谷面窝窝里咬着吃。但这里给我留下的“纪念”却永远清晰——晚上我被山洞里的蚊子叮着不放，咬出的斑点感染成疮，至今手背和胳膊上还留着一个个蚕豆大的疮疤。

几个月后，我回到家中，乡人说已见过日本人和他的大洋马进村，说那马的蹄子有簸箕大。一个浪漫主义的形容。

我开始正式记事。占领县城后的日军与村子暂时相安无事，日本人在此所实行的“三光政策”是几年后的事。

我开始认字了，但村中暂无学校可上，父亲便在家中的廊下设下桌椅，命我和姐姐以及本家的姑姑、姐姐坐下念书。我们先念《弟子规》。

我父亲是位很智慧的乡间知识分子，他只念过几年私塾，后来差不多是自学成才，或者这和他父亲的身份有关。我祖父是民国时一位旧军人，属直系，曾任陆军第十三混成旅旅长、吴淞要塞司令等职。我父亲生于保定，之后又多次在外地居住。他攻读了乡间能接触到的所有书籍，这包括了文学、医学、天文、地理、历史和人间杂项，凡此他无所不通。所谓通当然是相对而言，但他能大段大段地背诵《三国演义》

《红楼梦》以及整部《诗经》，他能即兴赋诗且出口成章，他能记下整出整出的戏文，还包括了其中“锣鼓经”的名称——“四击头”“水底鱼”“败锣”……他曾组织剧团自任编导，同时他还是一方名医、社会活动家。他是当地的国共两党建党发起人之一。但大部分时间他都处于乡间地下，只在新中国成立后才出任过县卫生部门负责人和省人大代表。

“弟子规，圣人训，首孝悌，次谨信……"我父亲在廊下教我们念。且加解释，说，弟子是要讲些规矩，但规矩不一定非圣人训不可。

有人说我的从艺和父亲的血脉有关，细推，也许有些道理。比如我喜欢把知识弄得越“杂”越好。

在廊下我学了《三字经》《弟子规》《千字文》并一些更深的《实用国文》等。《实用国文》是半文言的一种教科书。比如：曾参之子泣，参妻谓之曰，汝勿泣，顾反为汝杀彘……又如：国旗者，一国之标志也，无论何处如见本国之国旗，必表行礼，某日学校开学，悬国旗于堂上，教员率学生向之鞠躬者三，礼毕，遂开课。半文言半白话，且朗朗上口。

我常听父亲用弓尺谱哼出的《梅花三弄》《算盘子》。他还识着简谱哼唱黎锦晖的新作。

到我该入学的年龄，先是入日本人办的小学。村中来了一位姓刘的教员，脸和牙齿都很黄，穿白纺绸汗褂，尖头轧花皮鞋。有人说他抽大烟。但八路军来村开展工作，刘先生不辞而别。这段时间无学可上。两件事情使我发生兴趣：县城的基督教堂和地方戏，以及和地方戏有联系的那些武强年画。

有位叫山牧仁的瑞士牧师在县城主持着一座基督教福音堂。那里的活动新鲜而神秘，我参加过那里的唱诗班。当圣诞时，牧师和师娘神圣地把基督的“血”和“肉”送到信徒跟前时，我们正站在讲台上唱“圣诞节、大福节，天使降临大喜悦……”唱诗结束后是文艺演出，我演过《出埃及记》中的摩西，粘着用棉花做的胡子，手持用秫秸做的拐杖，在台上一拐一拐地走。合唱队唱着“行路客人，你往哪里，手持拐杖到何处……”这出戏也是我父亲编的，他不是虔诚的教徒，但他是山牧仁的朋友。他对宗教的态度是“信则有，不信则无”。

就在这时我听到了达·芬奇、拉斐尔这些名字。那是从主日学学生背诵的“金句”卡片上认识到的。周末时山牧仁骑自行车到我们村为主日学学生上课，把扑克牌大小的一种卡片发给大家。卡片正面是一幅印刷精美的名画。背面是《圣经》中的一句话，叫“金句”。山牧仁把金句发给你，让你背诵。下次上课时再发新的。我就是从这里认识《最后的晚餐》《西斯廷圣母》《最后的审判》的。这是我接触西方艺术的开始。我对这一切着迷。

春节时，我们村有在街中挂灯笼的习惯，方方正正的灯笼挂满几条街，灯笼上糊着灯方画，上面大多是戏曲内容，《狸猫换太子》《空城计》……上面的人物动作夸张，色彩艳丽。

这灯方出自武强，是武强年画的一种。我登上雪堆看灯方，一个个故事吸引着我，那五颜六色的配色也使我入迷。每个故事的上方还配有灯谜，灯谜和故事并无关系，完全是另一个天地。谜面：油炸豆腐。打历史人物二。谜底是黄盖、李白。谜面：穷汉舍不得卖铺盖。打历史人物一。谜底是刘备（取谐音“留被”）。而这时，在街中一个广场上正在开锣唱戏，舞台上灯光辉映。节日期间我自己就是陶醉在这种艺术氛围中，激动得不可自制。

我用灶膛里的木炭，把那些戏剧人物画在家中的院墙上，有快乐，也有苦恼。我得意用我的手使那些人物在家中再现，苦恼的是有些细节我怎么也画不出。比如文官的乌纱帽，是高低两个部分组成，恰似两个台阶。对于这个“台阶”，画它的侧面，举手可得，画它的正面，我怎么也画不出。但戏台上的一切，却使我终生回忆不尽。一次戏台上唱的是《六月雪》，也就是《窦娥冤》，当窦娥被推出问斩时，台上要下雪，有位大汉手持一面卷着的布旗，猛地登上一张方桌。旗被他摇动着慢慢展开。只见一些细碎的纸屑从中飘出来。我知道这是下雪。这纸屑造就的雪，给我留下了终生“寒冷”的记忆。

许多年后我在“中戏”（中央戏剧学院）上学，听讲导演学，得知这叫“意境”。原来创造出一种意境是一切造型艺术的必要手段。

抗战时的“五一大‘扫荡’”，就发生在冀中这块大平原上。

受父亲这位爱国者的影响，我也有过“九死一生”。一次我家的地道被点燃，日军要将我扔进去一同烧掉。在千钧一发之际，是一位良心发现的日本军人救了我。他巧妙地支开正拧着我两只胳膊的另一位日军，我才幸免于难。

我倒亲眼目睹过那位日军的被烧（火化）：战死的日军要在城内一座寺庙火化。他们在寺内支起铁床，将战死者的尸体置于床上，之后用寺内古柏树枝点火焚烧。这时大胆的少年站在墙外看稀罕。一次我站在墙外向里看，看见一位面熟的日军正被火化。原来就是拧着我胳膊的那一位。这就是战争。死神挨谁是谁。

公元 1945 年 8 月 15 日，抗日战争结束，县城解放，10 岁的我以一位胜利者的姿态进入县城。我故意神气活现地走在县城的大街上。我先走进的是山牧仁那座教堂，但院内空无一人，礼拜堂内，只有一架山牧仁和他太太经常弹奏的风琴，还搁置在讲台上。它大敞着盖，琴键上落满尘土。我在大街上走，看见几位年幼的八路军男女战士在墙上写标语：日本无条件投降、八路军大反攻。每个字都有房那么高。我驻足观看，欣赏他们的英姿和手艺。心想，也许我离他们也不会遥远吧。但当我也穿上肥大的灰军装成为一名战士时，已是三年以后的事。

县城解放后的第二年，村中来了一位姓柳的老师。柳老师会画画，教我用蜡笔、用水彩画菊花，还教我画毛主席像，不久我就会熟练地画那个头戴八角帽的毛主席了。柳先生领我为一些公共场所画了不少领袖像。

又过了两年，1948 年，我要离家了。那时叫参加革命。但我没有去写标语，我加入的是一所军分区的后方医院。在这里我学习调剂、打绷带，学习战时外科的种种技能，也包括了怎样去用白布包裹牺牲者的尸体。在这里有愉快，也有悲伤和恐惧。我学会怎样把一具尸体用白布缠绕得像一个石膏柱子。但很快我又有了新的欢乐。

距我们医院不远处有一个叫民众教育馆的地方，那位专教我画菊花、画领袖像的柳老师就在馆内任职，我便常到他那里去做客。馆内墙上贴有几幅苏联印制的油画。有张叫《列宁在讲台上》的画，最使我动心。它同我看到的“金句”卡片和武强年画都不相同，厚重的颜色、活跃的笔触使我不安。柳先生告知我这叫油画，那位画列宁的画家叫格拉西莫夫。

我受着油画的吸引，但油画到底是一种什么东西，连柳先生也不清楚。我真正接触到“油画”（用“油”画画）是 1950 年新中国成立一周年的时候了。

新中国成立的 1949 年，我进入位于河北正定的华北大学（简称“华大”）学习，其实这是一所为新中国培养干部的学校。在那里，我学习唯物主义，得知人是猴子变成的。我得知我们的国家目前奉行的是新民主主义的社会制度。

“华大”位于正定县一座颇具规模的教堂里。之前这里的信徒们坚信上帝一日造光，二日造水和空气，第六日又造了人。现在这里只有一种说法：劳动创造了人。其实“华大”

的生活给我正式进入文艺界打下了“思想”和“物质”基础，我们演戏，画画。上学期学员画的墙报还在，上面都是美术大家的作品。现在他们已离校进京，大多在中央美术学院任教，我们这些后生，是步了他们的后尘的。我沾了光。

一次我在一个池塘边画水中的倒影和鸭子，后面有个声音说：“哎，你的鸭子画大了。”我回头看看，是班上一位王姓同学。这同学多才多艺，懂得导演、表演，擅演反派。此时他正指导我们排演一出叫《四姐妹夸夫》的小歌剧。我演其中一位老头儿。剧情是这样：四个姐妹都说自己的丈夫好，她们的丈夫分别在兵工厂、铁道上、种庄稼、上战场。她们扭着唱着，千方百计述说着自己丈夫职业之重要。后来一位老者（我）出来唱道：“不要争，不要吵，咱们大家有功劳……老汉我还支援前线抬过担架哪。”排练时王同学教我怎样演像老头儿。他说其中有个形体动作格外重要，便是两条腿在不时地找站立时的平衡。我试着，觉出它的“科学”。同时他还捎带着说，演坏人怎么演，就是抬起左胳膊，用右手不时向上捋左边的袖子。

现在王同学说的是画中的比例问题。比例正确也是造型艺术的基本原则之一。接着他又说：“你把鸭子排列一下，你看一个池塘才能排列几只？”我把鸭子重新排列，便觉出我画的那个大池塘变成了一个小水坑——鸭子太大了。

之后我正式学习绘画，耳边常响起：“你的鸭子画大了”这句话，以此来提醒我弄艺术遵循规律之重要。当然这就不仅是比例问题了。

我正式进入文艺界却不是靠了我的绘画功底，而是靠了我的演戏“才能”——我会演老头儿。

1949年，冀中、冀南合并为河北省。河北省文工团广招人才。有位叫贺昭的女士（省文工团团长）来华大招人，看了我演的老头儿，第二天又经过正式考试，按演员录取了我。我感谢王同学的指点——我的平衡站立。不过有着表演“才能”的我并没有迷上演戏，最吸引我的还是美术。文工团有个美术组，我和他们混得很熟，才有了接触“油画”的机会。

1950年10月1日，新中国成立一周年纪念，团里要绘制一幅巨型毛主席像上街游行。经领导批准我作为助手参加了绘制。原来画油画要买油，买什么油？有人对我说，要买“鱼油”，要么买“桐油”。作为助手的我便去买油、买颜料粉、买刷子。我把东西买齐，从厨房借来十几个大碗，把颜料分别倒入碗中，再倒入鱼油，调成膏状（我会调药膏），两位美术家便起稿画画。我看着他们用刷子把颜料涂在画布上东抹西抹，我也想动手试试，结果我只被允许画了领袖的一只耳朵和两个扣子。第二天主席像被抬上街。我在游行队伍中，直盯着领袖的耳朵看，只觉得耳朵很不立体。扣子倒立体，活灵活现。如果说这是我接触油画的开始，不如说这是我接触用“油”作画的开始。

之后我不再演戏，正式从事起舞台美术工作：画布景、设计服装……一干5年，直到我考入“中戏”。我考入的不是表演系，而是舞台美术系。这时我看到的油画颜料才是真正的油画颜料，像牙膏一样装在锡管里。

我所在的班级被称作舞台美术本科设计专业55班，校址就是北京交道口棉花胡同12号。那时的校园建筑不那么拥挤，院内有中式庭院，也有西式灰楼。据说为清时的王府，后又为日本的一个什么单位。我们画室的门窗都为日式推拉式。我们的宿舍楼毗邻棉花胡同，窗外常传来老北京的叫卖声。

“舞台美术”是个新专业，这是由俄文翻译而来，其课程安排完全因袭着苏联。由于苏联的舞台美术强调绘画性，所以绘画教学在这里占着极其重要的地位，和当时的美术学院相当。当时中戏的教师队伍，也是人才济济。单指油画家就有孙宗慰、冯法祀、李宗津。后来当留苏的画家回国后，给“中戏”的教学又增添了不少起色。王宝康、齐牧冬、马运洪，都把地道的苏式油画教学带给了学校。齐牧冬还担任着高年级的设计课，我的毕业设计《克里姆林宫的钟声》就是在齐牧冬的指导下完成的。

齐牧冬先生为人朴实，不仅有着广泛的实践经验，留苏期间又掌握了很扎实的油画造型能力。我在校5年，他对我有着深刻的影响。当时他所设计的几部芭蕾舞剧，都令我们神往。《天鹅湖》《海侠》……尤其《海侠》，在中国舞台美术史上占着重要地位。我毕业后和齐先生合作为中国歌剧舞剧院设计过舞剧《文成公主》。

王宝康先生是列宾美术学院的高才生。1957年他虽然只

“中戏”的设计课　左一为齐牧冬　右一为铁扬　中为程芸平先生（摄影）

带领我们去青岛写生，但我是受益匪浅的。他把女模特儿摆在阳光下，在画布上魔术师般地安排颜色明暗系列，每一笔都启发着我们对颜色的认识。回校后又听过他的专题讲座。可惜王先生回国后在1966年那场运动中受尽折磨，自缢身亡。至今“中戏”教学楼里还陈列着他的几幅作品，其作品在那里仍属上乘。

马运洪是中国芭蕾舞剧院的设计师，画得一手好画，他对颜色的激情，犹如其人。他能深入浅出地讲清楚颜色规律。我毕业后还常在交往中受到教益。

李畅是我国第二代著名舞台美术家，我对于“舞台”这个神秘空间的知识，大多来源于他。

至于我从几位老先生如孙宗慰、冯法祀、李宗津以及我的素描老师程丽娜那里学到的是艺术与艺术家，或者艺术家与艺术的关系。他们所以为艺术家，首先都具有一种对待艺术虔诚的精神，不玩、不闹，是潜心经营。

友人常常问我，在“中戏”到底学到了什么。答：对画面的科学经营和大胆自由对于形式和颜色的驾驭。

“中戏”不同于“美院”之处（也是我最值得庆幸的）是它包容的学识之杂。看苏联导演专家上课，你会了解到表演学是怎样一种学问。它是教你把那些人类散漫无序的生存、生活习惯如何变作自觉的、科学有秩序的，并再现出来。于是一个表演学的体系产生了：人类的生活节奏又如何变成了舞台节奏，气氛是怎么回事，何谓舞台调度……单指表演的学问，就是一部再现人类生存状态的百科全书。

听中国著名戏曲史家周贻白先生讲戏曲史，他在讲到关汉卿的《窦娥冤》时，我想起童年时我看的戏，那个制造“下雪”的情境。课余时，我把这故事告诉周先生，周先生说：“高不可及。”他说这就叫“舞台意境”。

我听石丁先生讲戏剧文学，我才得知剧本不同于小说、散文的原因，是因为剧本中有“矛盾”（戏剧冲突），一个剧本完整的公式是矛盾的展开——高潮——结束。而小说和散文没有这个规律。之后，在他的指导下，我读莎士比亚、契诃夫、奥斯特洛夫斯基，读田汉、洪深和曹禺。

有位声乐教授听我唱歌，说你的声音属“贝司”。我才知道“贝司”是低音，我才知道声乐中有女高、女中、男高、男低。后来我参加北京大学生合唱团就是“贝司”。我们唱：

“蓝蓝的天空上飘着白云，白云的下面跑着那雪白的羊群……”这是一首无伴奏合唱，我感觉高音就是天上的白云在游动，它华丽、飘逸，而低音才是浩渺的草原，它稳妥而悠远。

舞台的神秘在于它能包罗万象。它可以包罗万象，在于它能把艺术家的艺术构思和不断发展着的技术手段结合成一种艺术形式。于是物理的、化学的、光电学的，连最通俗的木工、铁工、织工的技术你也要熟知。于是凡是大自然可以发生的自然现象，都要通过以上的种种手段，发生在舞台上。

当然，我的主课是舞台设计。我的任务是要以剧本作依据，做出设计，然后把它活灵活现地搬上舞台，在演剧学里舞台设计是寻找一出戏的外部演出形式。导演是人物行为（从内心到形体）的导演，而设计者是制造出一种外部形式的导演。因此，对一出戏的正确解释是导演和舞台设计共同完成的。

我的专业是设计和绘画，但就设计和绘画相比较，我还是酷爱绘画。学绘画会遇到这种情况：有时先生教你几学期，而你对绘画还是一笔糊涂账。有时先生的几句话，也许你就会茅塞顿开。我对油画的“有点明白”，尤其对颜色的“有点明白”，是靠了罗工柳先生的两次讲座。他以全新的观点，深入浅出地讲了油画的“色彩关系”，原来颜色之间还有一种神秘而微妙的关系。这包括了固有色和条件色的区别（当然不仅这些），它让你听得新鲜，且有操作性。后来常有人夸我的“颜色好”，假若是这样，这是靠了罗先生的启蒙教导。过后，我画了一批小油画，到罗先生家登门拜访。我把一些小油画摊在地板上给他看，罗先生看得非常仔细，然后对我说：“对了。就要这样画。”至今这批小油画我还保存着几张，并一次次把它们收入画册。但我从不敢说罗工柳先生是我的老师。拜师还有许多条件。

1960 年，我于“中戏”毕业。毕业前，省内一位文化厅厅长几次来京召见我。邀我再回河北，说河北正在成立艺术学院，需要我去筹建美术系。

那是一个特殊年代，一个难以言表的 1960 年，那时表面上的一切都轰轰烈烈，但国民经济已经到崩溃的边缘。媒体云：某地的水稻可亩产十万斤。但举国上下正在闹饥荒，河北那座艺术学院就是在这时上马的。果然好景不长，两年后即宣布“下马”。它是“大跃进”的产物，似这种不欢而散的“大跃进”产物，全国比比皆是。

两年后我调入省歌舞剧院任舞台设计，设计了一出由大诗人田间编剧的歌剧《赶车转》。接踵而至的是那场旷日持久的“大革命”运动。

我不属于“走资派”且历史清白，但形势多变，我却不时被推到危险的边沿。加之人心莫测。有位我的学生写大字报称我是“苏修特务”，因为我不仅接受过苏修教育，专听苏联音乐，家中还有“物证”：我的自行车——苏联造；还有苏联手表、苏联收音机、苏联闹钟。这倒是事实。但终因无其他线索，不了了之。不久又有大字报称：剧院有一名尚未揪出的国民党特务，就是我。在一次批判会上，我慷慨陈词说："老子见过日本鬼子，见过伪军。就是没有见过国民党！"我的"气焰"真的扑灭了烧身之火。

运动时间过长，人心终有麻痹。大家都总结出"几招"逃脱之法。我也几次乘人不备，潜入太行山。太行山成了我的避风港和创作基地。在那里我用简单的画具，开始了对水彩、水粉画的研究。天长日久对此还大有体会，且积攒起一批水彩画的作品。

在太行山生活作画心境是纯净的。在远离运动的农村，你觉得一切都真实可信。后来我在一篇短文中写过这样的心绪：

我常想起我在太行深处遇到的那些乡间女孩，每当冰雪消融，我背着沉重的画具出现在她们的院子时，她们总是扔下手中的活计，抱起柴火跪在炕前为我笼火烧炕——那时炕还凉。她们把脸对准黝黑的炕口，鼓起腮帮用力向炕口吹火。火光照耀着她们明丽而健康的脸，炕烟使她们流着泪。炕被烧热了，她们便会以新奇的目光去寻找我刚画成的作品，然后在手中翻过来调过去地看。当她们看懂的时候就会惊叫起来："呀，拒马河！""呀，铁匠山！"一种满足感从我心中油然而生。我想，明年我还会再来。

几年过后，一个新时期终于到来。在万物复苏，学校又复课的70年代末，我被召回母校任教了。我被召回，完全是靠了我的老师齐牧冬先生的提议。在母校，在我曾经学习艺术的教室，开始了我做老师的生涯。此时我和齐先生还合作为中国歌剧舞剧院设计了舞剧《文成公主》，还和诸同仁一起创办了专业刊物《中国舞台美术》。

在母校的几年中，也许是我远离了绘画，远离了太行山的缘故，心中总有一种失落感，它促使我又在做着前途的选择。这时，那位曾劝我“还乡”的老厅长又来了（他已复出，官复原职），他请我在位于地安门的河北办事处吃了一顿打卤面，又劝我“还乡”了。他说，河北正在成立画院，急需专业画家。我不由分说就动了心，做专业画家才是我朝思暮想的。

我进画院做专业画家，原来并非一帆风顺，厅长归厅长，厅长以下还有院长。院长才是我的顶头上司。一天我来画院报到，站在院长室门外刚要敲门，听见室内正在打电话，听了听这电话是院长打给厅长的。他们在谈我的事。因院长声音过大的缘故，我还是听清了几句。院长朝那边喊着说：“……他来画院，他的画能为社会主义服务吗？”

听到此言，我处于进退两难的地步。后来鼓足勇气走了进去。我说明来意，院长还是伸出了手。两人都很“讪”。

几年后，这位领导退休，我呢，大概在画界倒显得有点“热闹”。一次我们在单位相遇，他走过来紧紧抓住我的手说：“老铁呀，我可就缺你的画了。”意思是我要送画给他。我玩笑着对他说：“我的画能为社会主义服务吗？”他说：“哎，老铁，怎么还记着哪。”

其实这位领导是位受人尊敬的领导，他是位老延安，刻过木刻，素描画得不错。但说话太随便，在那场运动中也吃过大苦头，他曾割颈自尽未遂。当然作品能不能为社会主义服务，他们仍然有其不变的标准。

我做起专职画家，想些绘画的事。画室里堆着各种颜料，拿起什么，用什么。我不承认我是纯粹的油画家，或者什么水彩画家，为什么要自投罗网？我只愿画得自由，画出自己。这些年做了一点事，都笼统地写在了我的从艺年表里。

2011年2月20日

《铁扬画集》后记

《文成公主》舞台设计（1980 年中国歌剧舞剧院演出）

玖

铁扬：画得自由，画出自己

——答《中华读书报》舒晋瑜问

我终于等到了那个“没规矩”的时刻，真等到过……玉米地里的秸秆哗哗地响，一群女孩子从玉米地里闪烁着跑过来，什么叫大美？人和大自然的和谐才是大美！

曾经有人问我，总画女人和炕，为什么？我说，炕，温暖。炕和女人有一种稳固、牢靠的亲密关系，女人在炕上才是放松的。假如单纯画空炕，就没有意境。

面对这个世界，画家铁扬拿起了笔。“不管什么笔这已不重要。”他说。

2015年，80岁的铁扬在画了60余年之后，换了一只“笔”，出版了第一本散文集《母亲的大碗》（人民文学出版社）。

“我只愿画得自由，画出自己。”画家说。作画如此，写作亦如此。

《母亲的大碗》饱蘸了作者对故乡、对亲情、对艺术生活的浓情笔墨。我想，单看铁扬的画作，或许大致能够理解他对艺术的追求；但看过他的散文，才更能体会画家作品背后的情怀，体会画家之所以走得长远，背后支撑的力量不止是文化素养和艺术素养。

2015 年 9 月中旬，在他故乡河北的工作室内，画家铁扬接受了《中华读书报》的专访。

铁扬说，年轻时，总觉得画家之所以为画家，是靠超常的智慧。待到自己画得有把年纪时，才发现画家那劳动者的本质。“艺术家不是哲学家，是手艺人。一个普通劳动者的特征是什么？我想，第一，他的劳动是要讲效率的，效率就是劳动量。比如摆摊修鞋、修车的，劳动没有量，他的生活就没有保证。第二，他必得有清贫意识，但不是穷人，也绝不是富翁。第三，应该有自己的作坊。叫画室也好，叫书房也好，是一个得心应手的劳作场所。”他朴素的话语简洁有力，却深深地打动了我。

童年和家庭

中华读书报：铁凝曾在访谈中谈到您对她的影响。您认为自己对铁凝的影响大吗？

铁扬：这里不能用影响大和小来回答，但一个家庭对子女的影响总是会有的。比如我倡议她到农村插队，是为了让她去认识社会，认识中国农村，这对于一个初学写作的青年是很有必要的。此外，因为我是画家，在艺术领域也总是对她有些熏陶的。还有读书，凡是我读过的，我主张她读一读。我喜欢的那些作家也希望她喜欢。

中华读书报：您曾为《铁凝文集》等设计封面，和女儿合作是怎样的心情？

铁扬：20世纪80年代，铁凝的第一本小说集《夜路》（天津百花出版社）就是我设计的。后来我又连续设计过她的《没有纽扣的红衬衫》以及她的文集。日本几次出书也是我做的插图和装帧。能为女儿做一点事，是我最高兴的，也愿意使她的出版物从形式上得以“圆满”好看。

中华读书报：说到您的文章和您的文字功力，有家庭的影响吗？

铁扬：我的父亲应该说是一位乡间的文化人，也是当地国共两党建党发起人之一。他很智慧，涉猎也很广泛，在农村几乎是一部活字典。同时还是一方名医。我的童年启蒙教育是从父亲那里得来的，除了读过少年必读的《三字经》《百家姓》《千字文》，还读了更深一些的文言文。到现在我仍然能背诵像《三国演义》中一些著名段落。有一本半文言的《实用国文》，给我增添了许多关于汉语言的认识途径。这些在《母亲的大碗》序言里我都有所叙述。有人说我的从艺和父亲的血脉有关，也许有些道理。我喜欢把知识弄得越“杂”越好。

中华读书报：《母亲的大碗》是一部令人感动的作品。

这些散文主要是以故乡为底色的，能谈谈故乡对您的影响吗？

铁扬：我出生在河北赵州桥畔一个农村，童年是在冀中平原度过的，家乡留给我的记忆深刻而丰富。为什么这些故事总是在我脑子里一遍遍萦绕，有两个原因：一是人物，他们善良，含辛茹苦，无私奉献。二是每个故事都有一定的文化内涵。这文化内涵应该属于我们这个民族的精神。这些我亲身经历过的故事，不写成文字，好像亏欠了生活，会成为终身遗憾。

童年的一切像梦幻，又真实地伴我终生。那时我常常在房顶上看远处的太行山，觉得县城的城墙比太行山还要高，很使我不解，为什么城墙会比太行山高。村南有个废弃的砖窑，我总想到王宝钏就住在里面，王宝钏和薛平贵的故事是家喻户晓的。故乡有个天主教堂，主教常常在院内散步，我常想他为什么要散步？散步和走路有区别吗……童年生活给我留下许多这样的问题，让我思考终生，有些我找到了答案，有些我终生也许找不到。

中华读书报：您写完之后会征求家人的意见吗？铁凝帮您提建议吗？

铁扬：先前零散发表过的几篇，也许她在杂志上看到过，但这次成书铁凝不知道我把书稿寄了出去。我是作为投稿寄给出版社，书出来后，我才送书给她的。

我非常看重这本书，自己做装帧、画插图，修改了许多遍，不论形式还是内容。有些老朋友读到过我先前发表的零散文字，也给过我鼓励，我才有了成书的勇气。

“点燃”画家的是生活

中华读书报：您是从什么时候开始写作的?

铁扬：我很早就喜欢写一些杂记和日记。从大学时代就断断续续，但发表很少。1990年初我从北欧回来，《河北日报》约我写“域外散记”，在他们的敦促下，我的文字才变成铅字。后来由于多种原因，写作中断了多年，再拿起笔来是在2007年以后，因为在太行山写生遇到的那些故事，又联想到我的童年，我想试一试写出来，就开始了目前的写作。现在的状况是画画和写作交替进行。

中华读书报：是否继续写下去?

铁扬：肯定，好多故事在脑子里转，我已经写下了题目，我还想写一部小说。比方说我有一个表叔，曾经给牧师当厨师，从一位年轻的农民到学会做西餐，战乱中他随那位牧师跑到北京和成都，新中国成立后又从成都骑自行车回到老家。他经历了很多事情，也很会讲故事，包括乡人的和教会的，讲得特别感动人。类似这些人物，我脑子里还有，也许根据这些人物的经历写成一些长的文字。而散文的写作，我还在继续。

中华读书报：艺术都是相通的，您认为文学和绘画之间有何关系?

铁扬：艺术和文学，严格讲是分不开的，都属于形象思维。不同的是，一个是用造型说话，一个是用文字说话。画家和作家思维特点有共性。比如我画着草原上的路，想到的却是诗。草原上一条空灵的路最能使你展开联想，而我在写作时，感觉又有很多造型艺术在脑子里纠缠不清，比如那个“河里没规矩”的老故事。

1980年，我在拒马河边写生，睡在山民的炕头上，晚上听他们讲“河里没规矩”，说大中午不论男女都可以脱光了在拒马河里一块洗澡，互不相扰。在下河前，女孩子们在玉米地里脱光再跑到河里。有一次和老百姓聊天，他们又说，你画个“河里没规矩”吧，着实好看。我问：现在还有人下河吗？他们说有。我终于等到了那个“没规矩”的时刻，真等到过……玉米地里的秸秆哗哗地响，一群女孩子从玉米地里闪烁着跑过来，什么叫大美？人和大自然的和谐才是大美！不是扭捏躲藏也不是表演给谁看，她们有生命的亮丽和大自然的结合，而不是画室里的模特儿。我决心把这个题材变成系列。到现在我还在画，而总为画不出那个瞬间和意境而苦恼。

中华读书报：怎么理解？

铁扬：好的作品要有生活根基，还要有联想做处理。虽然这个题材成了我主要画题之一，但我总感到我没有完成好这个构思，是没有画出玉米地和女孩子们的关系。后来我去村里专门问一位叫桂姐的老人，她已经七八十岁了。我问她下过河吗？她说，下过，那时候她才16岁，大中午下河，

“疯”着呢！

这个“疯”启发了我——原来她们是疯着往河里跑。“疯”在这里变成了一个艺术形象。我是为这个“疯”而苦恼，如果你把她们画“疯”了，她们和玉米地的关系才变成了一个大美的自然。

中华读书报：您现在的创作也一直在追求“深入生活”？

铁扬：我们总说深入生活，其实还是个空洞的概念。法国画家米罗讲，画家就像一支蜡烛，要靠点燃才能发光。谁来点燃？是生活。生活是火种。可见米罗所谓的生活不再是一种概念，它应该是一些细节。这细节是琐碎的，比如女孩子在炕上剪趾甲。

农村女人和炕联系终生。从出生，成长，生存，生产到故去，都离不开炕。你想，一位裸着的女孩子在炕上剪趾甲，和炕就形成了和谐的美。这是私密的，没有表演意识的，也是女人最美的时刻。

有一次我和学生到农村画画，住在老百姓家里。对面屋里是新婚夫妇。晚上我出来“方便”，不小心看到新媳妇裸体着走出来，我赶紧退回屋里。再向外看，那时，月光如水，星星像酒杯那么大。她出来干什么？是走出来喂牛的。月光照到她裸着的背上，她背上就闪烁起银色；她举起箩筐把碎草倒入牛槽，那些碎草在月光下像金子般闪着光。这就是我画《午夜喂牛》的背景。

这时候生活不是概念，是具体的火种。这些情节都是点燃蜡烛（画家）的火种。作为一个有思想、有感情的画家，这种情节如果不能把你点燃，是很遗憾的，就不是合格的画家。

画家的成长

中华读书报：您是怎样考入中央戏剧学院正式学习美术的？

铁扬：我对美术的兴趣从少年开始，受两种艺术影响，一是民间的，冀中平原上的木版年画；另一种受宗教绘画的影响。城内有个基督教堂，里面贴了很多名画，达·芬奇的《最后的晚餐》、拉斐尔的《西斯廷圣母》，我很小就看到了，觉得很神秘，人物服装的皱褶、胡子都画得栩栩如生。这些都促成了我对“美术”的兴趣和喜爱。

15 岁时我到华北大学学习政治，参加各种类型的业余活动，有绘画班，歌咏队，演剧队。后来领导让我参加演戏，但是我的兴趣始终在绘画上，在这之间我又补习文化课。后来才考上中戏。

中华读书报：在“中戏”师从于谁？受到怎样的影响？

铁扬：“中戏”对我来讲，意义重大，我一生难忘。除了有正规的绘画教学，课程设置还有名著选读、戏剧史、美术史、导演学、建筑史……讲名著选读的老师要求我们在一学期之内读完莎士比亚，三个月读完契诃夫，两个月读完托尔斯泰，还有普希金，汤显祖，关汉卿……这些拓展了我的文学视野和对文学的真正了解。

油画课要学四年，李宗津既是中央美院的教授又是中戏的教授，冯法祀是徐悲鸿的学生，孙宗慰也是徐先生的学生，留苏回来的王保康、齐牧冬，他们把俄罗斯的绘画技法带到了中戏。另一位留苏回来的罗工柳几次的讲座也让我受益匪浅，当时曹禺、欧阳予倩都给我们开过讲座。我想，他们之所以为艺术家，首先都具有一种对待艺术虔诚的精神，不玩，不闹，潜心经营。

大学毕业后，我面临两个选择，一是留校，二是回河北。毕业前，省内一位领导几次来京见我，说明我回乡的重要。当时河北要成立艺术学院，需要我去筹建美术系。我是省内唯一走出去又懂得这个专业的年轻人。之所以选择回河北，又因为我脑子里还有一个不断的线：我离不开绘画，离不开属于我的那块热土，我要成为真正的专业画家。这一切对我就更加重要。但是后来赶上运动，我在“五七干校”，其间经常“潜”入太行山，开始了对水粉画的研究。

中华读书报：是什么原因使您热爱起水粉画的?

铁扬：水粉画有油画的特点，有水彩画的特点，又有中国画的笔墨特点。更重要的是它的工具携带方便。画油画要携带很多材料，几乎是“重武器”；水粉画的工具是“轻武器”。携带“轻武器”便于行动，只一个军挎包就够了，这是一个重要原因。我在作画的过程中越来越发现它的优点。

中华读书报：您后来为什么又回到中戏教书？ 20 世纪 70

年代末您和吴冠中、周令钊、张文斌等一起发起成立“北京水粉画研究会”并任副秘书长，那时候，您和吴冠中诸先生的交往密切吗?

铁扬：1979 年，齐牧冬先生邀请我回到中戏舞台美术系任教。我们在中国成立第一个画会，许多名家都参加了，除吴先生、周先生外，还有秦威、肖惠祥、袁运甫等。成立后做过几次展览，后来大家的兴趣转变，就消沉了。吴冠中是一位天真率直的人，他关于中国画“笔墨等于零”的论点，不能笼统批驳。国画要发展，既不能因循守旧又不能空洞地制造新的形式，关键是笔墨。用笔墨表现什么？现在我们国画的笔墨还是模仿居多，概念居多，用中国笔墨表现自己独有的题材不多。用中国画的笔墨表现属于自己的题材（不是别人的）——我想吴冠中表达的是这个意思吧。

我不是纯写实主义者

中华读书报：20 世纪 80 年代末，西方文化思潮的涌入，对中国文化产生巨大的影响，艺术受到了西方审美的影响。您怎么看中国绘画在继承中创新?

铁扬：有一句名言叫“拿来主义”。西方优秀的东西一定要拿来。现在很多年轻的画家，局限性很大，特别是对西方的优秀作品涉猎很少，这是遗憾。这样讲“拿来”，拿什么?

现在大家讲“观念”讲得多。如果“观念更新”是当今中国美术界一个有价值的口号，那么它首先应唤起人们有感而发的创作原则。前面我们谈了那么多关于生活和“点蜡烛”的道理，就是让画家朋友重视起“有感而发”吧。有感而发是排斥“无病呻吟”的。

中华读书报：有评价说，“不停画画的人很多，但是不停在艺术语言上探索的很少。铁扬不是这样的画家。”您如何看待这一评价？又是如何在“艺术语言”上不停地探索的？

铁扬：这一评价也关系到风格。我不是纯写实主义者，玉米地画得再像，也经过了我的提炼。有外国评论家认为我是自然主义，不是美术史的自然主义，而是因为我对大自然的热爱和交流。在这个意义上，我可能是自然主义的画家，但自然主义还有它特定的阐释。日本有评论文章提到我是“大地之子”。丹麦有一个评论家对我的看法是：不盲目地跟随潮流也不想纳入什么派。我只是表达我对生活的感受。

中华读书报：您创作的“玉米地”系列、“炕头”系列、“馒头”系列、“红柜”系列等，表达的都是一种中国式的意境。说到意境，您的作品感觉不是画出来的，而是从心底滋养出来的。

铁扬：我有生活的积淀。生活给予你什么，你给观众是什么？这是我经常思考的。画玉米地时，我不追求玉米叶子画得像不像，绿不绿，而是追求我的人物——下河者和玉米地交织的那种动态。这时玉米地就不再是玉米地，是大自然，是人和自然的谐和。这更接近生活给我的馈赠。画家离不开人体。画人体要有主题，要有合理的空间，合理的氛围。曾经有人问我，总画女人和炕，为什么？我说，炕，温暖。炕和女人有一种稳固、牢靠的亲密关系，女人在炕上才是放松的。假如单纯画空炕，就没有意境。我现在看到玉米地，没有人，就觉得缺点什么。有女孩子跑出来，玉米地也就有了生命。

有一年清明，我在山上写生时看到山涧里走出一队人，为首的托一盘馒头，他们是给亡灵扫墓。在黑幽幽的山涧里，馒头白得耀眼，队伍走得庄重虔诚。这种现实与虚幻立刻形成了一种氛围，我能感受到亡灵在天空飘来飘去，这时候馒头就不是食品，是精神。这种发现使我惊喜，也使我动情，这就是我画《馒头祭》的初衷。我想这些作品可能更接近于我所追求的风格，但它并不是写实主义。

网络时代的手艺人

中华读书报：您的作品在国外影响很大，也有多家“铁扬艺术馆”，能简单谈谈吗？现在您的状况如何？

铁扬：我经历了一个漫长的时代，但也赶上了目前的好时代。时代给了画家更大的创作自由，这些年使我能在国外做过一些展览。一些国家也在注意我的作品，有的也正在为我建美术馆。

我现在还在不停地画。在河北科技大学有一个铁扬艺术研究中心，目前正升级为铁扬艺术研究院和铁扬美术馆。这里有我自己固定的场馆，有藏品，还将对外开放，接纳一些大型的展览，做一些艺术交流，还将有教学任务。这样艺术研究院和美术馆就会“活”起来，还会为社会做一些公益性的事业。

中华读书报：您利用网络做些什么事情吗?

铁扬：至今网络时代对我还是陌生的，我写作在纸上，稿纸也好，随便一个什么本子都可以。但网络时代对我还是很重要的，了解世界，了解和自己的专业有关的和无关的都需要网络。一个现代人离开网络就失去“讯息”量，和国内外交流也需要“邮箱”，当然，动“网”我需要别人的帮助。

中华读书报：过去传统的手艺很多正被高科技的制作取代。需要画家反复琢磨的画面，也许通过轻点鼠标就能完成。您怎么看待网络时代对于绘画等传统文化的冲击?

铁扬：这是两个范畴的问题，好比一个是做风筝，一个是做飞机，谁也代替不了谁。我作为现代人，虽然是“80后”，也离不开网络。但我是通过画布、画笔完成我的构思，在这个意义上我是“手艺人”。经典的作品为什么能够传世，就是因为现代科技对它的不可替代。但是人类需要风筝，也需要飞机。

发于2015年10月28日18版《中华读书报》

铁扬：一是情感，二是天真

——再答《中华读书报》记者舒晋瑜问

伫立在面前的铁扬美术馆，正是5年前艺术家铁扬和我描述过的样子，既现代又古朴，明朗大气又有实用观赏价值。馆中所展示的400余件作品，是铁扬亲手从自己5000余件作品中精挑细选出来的，是他从15岁至今70年艺术之路的完整呈现。

“铁扬的世界充满了现代主义表现性绘画的色彩。”中国美协美术理论委员会主任尚辉认为，人们从其色彩里感受到的是画家内心那种不受任何羁绊、没有任何约束的自由坦荡。相对于绘画，铁扬的文学作品具有一种平实朴厚的特征，从内心深处涌出的深切平缓的情愫，在不知不觉间调遣他的笔触，仅仅通过白描就能让那些与他经历的人物活跃于纸面。

在《母亲的大碗》之后，铁扬又出版了散文集《等待一只布谷鸟》。尽管他说，从绘画转到文学，只不过换了一种运笔方式，换了一种观察世界、体悟世界的方式，但那些生活的情趣却带给我们连绵不断的惊喜和意外。

11 月 27 日，在铁扬美术馆的咖啡厅，中华读书报再访铁扬。

中华读书报：美术馆集中了您的作品，您的作品在社会上较为少见?

铁扬：我是劳动者，是手艺人，能保证自己有相对合理舒适的居住环境就可以了，市场对于我就不怎么重要。还有一批作品被国外收藏，他们也要为建馆陈列。一个艺术家，总要留给历史一点东西，还是集中展示的好。这些作品，将来要留给社会留给历史，这就是建美术馆的目的。美术馆建在学校，是希望对学校的美育教育能发挥些作用。将作品留给学校就是留给社会。科大是座新建的学校，环境优美，有湖有树。我和韩国设计师四处选址，最后选定了河北科技大学。

中华读书报：这些散文写的时候没有顾忌吗? 比如您写少年从医，面对不该面对的事情，还有和彩云懵懂的游戏，都非常坦诚，而且您的表达感觉诗意充沛。

铁扬：一是情感，二是天真，如果文章没有这些特点，就变成记叙文了。像我这个年龄，经历过抗日战争，经历过各种运动，但是我对待这些历史是比较坦然的。我写《最忆我家梁上燕》，我家两个院，土改中好院子给别人了，每次经过时，我都挂念和家人相处的燕子还在不在? 完全没有嫉恨，是很单纯的惦念。这和家庭有关，我的父辈、哥哥都是老革命，经历这些是民主改革的必然，从这个角度，我对历史的变革，始终是坦然的。至于你提到的我那些“坦诚”的对待，也是一个作家写作应有的坦诚。那些“恐惧”和天真伴随了你的成长和成熟。少年从医的故事，都是真实的切身经历。在那里遇到的不该面对的面对，给了我“出其不意”，也使我成长，刹那间我变成了大人一般。

中华读书报：您的作品，无论绘画还是文学，切入点很小，但观照的是历史，是时代。

铁扬：作家面临两个问题，一是选材要严格，题材不论大小，看你能否驾驭。一是开掘，应该深到符合逻辑的“出其不意”。像农民打井一样，要打出智慧的“泉水”。

契诃夫有篇叫《万卡》的小说，9岁的鞋匠学徒万卡，在城里给鞋匠当学徒，老板拿鞋楦打他，老板娘拿鱼头戳他的脸，实在受不了了，他偷偷地给爷爷写信。这个题材开掘到什么程度？写完信，他在信封上写“寄乡下的爷爷收”，把信丢进邮筒。这是一个惊天动地的开掘。

契诃夫选取的这个故事，如果他只罗列万卡的苦难，最后在信封上写爷爷准确的姓名和地址，万卡真的被爷爷接走，也是一篇小说。但这绝不是契诃夫的小说。写到“乡下的爷爷收”已经是一个绝妙的小说了，但他还没停止开掘：晚上万卡睡得很踏实，梦到爷爷在读信，一条狗在爷爷腿边转来转去——原来契诃夫的开掘到此才为止。我喜欢契诃夫，但我写文章不论大小，往深里开掘是最费脑筋的一件事，给人意外的、又打动内心的感受。

中华读书报：您是否受苏俄文学影响比较深?

铁扬：20世纪50年代正是中国学习苏联的时期，大学的教育自然就因袭了许多苏联模式，艺术院校的教育大多有苏联专家作导师。在中戏，“名著选读”的书目里自然就包括了从俄罗斯的果戈理、陀思妥耶夫斯基、契诃夫、托尔斯泰到苏联时期的高尔基和肖洛霍夫，当然书目里也包括了另一些大师，便是我经常提到的莎士比亚、狄更斯、巴尔扎克以及一些戏剧名著，从希腊悲剧到布莱希特的剧作。但我最喜欢的还是契诃夫。读中国的关汉卿、孔尚任也是中戏的必修课。蒲松龄和罗贯中也是我久读不厌的。

中华读书报：您的语言节制，尤其是回忆中戏，但是又深深地击中人心，语言节制是刻意的吗?

铁扬：这我是有意的，画也是这样。尚辉说我画画懂得适可而止。文章也是应如此，既有开掘，又适可而止，这就是好文章。我是向着那方面努力。

中华读书报：我们都知道艺术是相通的，在您的绘画和文学创作中，有些文章，甚至可以看作是对您美术作品的解读密码。您如何看待文学和美术创作之间的相互影响?

铁扬：文学和绘画有互相的关联。有些题材适合造型艺术表现，有些题材用文学方式表示更丰满一些。比如有些静物画，摆在那里让人一目了然，但你用文学很难描写它。散文《馒头是文化》，就写到绘画作品《馒头祭》的来源。我清明时去山上写生，突然看到山涧里有一队上坟的人群，手里的托盘上有一堆白花花的馒头。我似乎看到天空中有灵魂向着山涧的人群做着响应，其中一位是我死于肺疾的姑姑。我放下手中的画笔，涂掉未完成的早春画作，萌生了一个全新的构思，就是《馒头祭》。只有馒头所形成的文化仪式才能把逝去的灵魂和在世的亲人沟通起来，没有馒头做引导沟通，祭奠也就成了一句空话，一切思念也就永无依托和结果。这完全是艺术家的敏感。

苏联有位作家说过，一个画家如果不会画静物，就等于一个作家不会写散文。我的画为什么有大量的静物画，我认为就是小说家的写散文。小说和散文不一样。像一出戏有开始、高潮、结局，散文不讲这些，散文可以没有情节。静物对艺术家来讲可以滋润其艺术，小说家假如散文写得好，文字肯定很滋润，比如沈从文的小说为什么滋润，就是他散文写得好。《金蔷薇》作者、苏联作家康·帕乌斯托夫斯基，他的小说不如散文有名，但是小说写得很滋润。我读过《契诃夫论文学》。契诃夫也写了很多随笔，他的故事很让人心酸，但文字看起来很滋润。

中华读书报：寻找为您烧过炕的西芹，寻找戳子，寻找绒花树。为什么您这么执着地寻找?

铁扬：戳子的故事，是因为我祖母作为随军家属住过河北迁安，当时祖父是北洋新军第二镇的一个下级军官，那里有个孩子叫戳子。我常听我祖母讲起戳子的故事，他让我联想到我的祖父。《笨花》的成书，确实靠了我的家族这个庞大群体的原型。主人公向中和、向文成父子的原型是我的父辈，同艾的原型是我的祖母。我祖母“推”出了戳子，戳子联系着一个时代。这就是人类的大历史中隐藏着的小故事，小故事又伴随、证明着大历史的演进。有时我对于寻找有说不清的目的，兴趣使然吧。有时又有着一种研究目的，比如到美国去寻找提姆，到丹麦寻找海默修依，到德国寻找诺尔德。

对家族的了解也是一种寻找吧，怀着乡愁去寻找。

中华读书报：您在美术创作上取得很大的成就，散文也很受业内推崇，按说可以颐养天年，可是您总以劳动者自勉，不停地创作，动力是什么？

铁扬：对我来说这是必然。越到我这个年龄，越感到时间的紧迫。有故事要写，有文字表达的欲望。写作愉快，画画愉快。我要把这些美术的、文字的作品和故事，留给社会，留给历史，我决心把这点事情做下来，做到底。

中华读书报：在美术馆看到您很早就发表文学作品，您愿意谈谈自己的文学创作是从什么时候开始的吗？几十年的经历发生过怎样的变化？

铁扬：我几次面对媒体谈到我对艺术和文学的兴趣。学艺术不是我的首选，我的兴趣是做一名交响乐指挥，其次是文学，第三才是绘画。对文学的兴趣也许来源于我早年的家庭教育。后来中戏的教育又把名著选读作为必修课。在老师的指导下，读了一大批世界名著，使我萌生了写作的念头。

这样我的写作应追溯于此时。我曾自不量力地计划以我祖父为原型写成三部长篇，连书名都有了，第一部《披星戴月》，第二部《平民将军》……写过不少次开篇，但不可能写下去，因为我对中国的近现代史缺乏研究，对军阀史更无研究。只算做一次痴心妄想吧。但这一念头从未中断，其间，也下功夫研究过自己缺乏的那些史料，访问过几位研究近代史和军阀史的专家，如天津大学的来新夏先生。也去过我祖父所有驻过的地方，决心让我的痴心妄想变成现实。我“心痛”我的家族，乡愁永不泯灭。后来断断续续先写了点小东西，发表的很少，正式发表文字开始于 90 年代初吧。1991 年我出国办画展，为报纸写了一批随笔和散文，有些散见于大刊物上。

中华读书报：您一直手写，而且反复修改，这在网络时代简直有点“奢侈”。从您的作品看，感觉您是一位新潮时尚的画家，为什么在某一方面却显出传统的固守?

铁扬：我个人固执地认为手写出来的字是作家感情的自然流淌，而电脑打出来的字我总觉得是文字的速成，速成就少了些感情的自然吧。

中华读书报：您如何看待作品和时代的关系?

铁扬：作家和时代脉搏永远是相连的。“五四”一个“城头变换大王旗”的时代才能产出鲁迅，解放区才能产出赵树理。新时期以来的一大批作家的出现，也是时代发展的必然。进入新时代以来，我们一日千里迅速发展的祖国更需要主旋律似的歌颂，扎根人民、贴近生活也是永恒的。

中华读书报：我们常说文如其人，跟您接触，文字和人都是如此平和，让人感觉亲近。但是看您的画，又是现代的浪漫的。您觉得自己是怎样的人？

铁扬：还是我那句老话，我是位劳动者、手艺人，手艺人劳作是要摒弃飞扬的，飞扬浮躁会使他手下的活变得潦草。至于谈到我作画的浪漫，前些天尚辉先生曾把我归类——乡土表现主义。表现和精微的写实是有区别的。我没有对现实生活“逼真”描写的愿望和兴趣，只愿画出心中的表现。

发于 2020 年 12 月 30 日《中华读书报》

1950年我15岁，尚不知油画、水彩画为何物时，画于保定东关村的"写生"。

2020.10追记

15 岁的画

不懂得如何用笔
只懂得用心
用心记录下眼前的一切
再回首时证明你是用了心的
（15 岁时的写生——保定东关村）

故乡赵州写生　油画　16.5cm×20cm　1956年

第一张油画

我的第一张油画
大学一年级开油画课之前
背起油画箱赴家乡写生
万事起头难
好在记下了家乡赵州的好空气

一场秋雨　油画　25cm×32cm　1960 年

一场秋雨

1960 年大学毕业
对油画似有了解
那时喜欢“灰调子”
可看出受一种画风的影响
但它已是油画了

淀中　油画　12cm×18cm　1961 年

淀 中

迷人的白洋淀
渔船停靠在秋天的芦苇丛前
瞬时船上就会飘起炊烟
鲜活的鲫鱼下锅了

神星村　水粉画　26cm×35cm　1969 年

神星村

第一次用水粉颜料画写生
算是对新材料的研究
画中还存有油画的笔触
但它是纯水粉画

核桃树　水粉画　37cm × 39cm　1976 年

核桃树

还是用水粉颜料画成的
运用这东西自如多了
也是第一次赴北欧做个展的展品

老杏树　水粉画　56cm×71cm　1979年

老杏树

一棵顽强的老杏树
顽强地开着花
顽强地结果

赵州梨花　油画　80cm×100cm　2002 年

赵州梨花

感受不尽的赵州梨花
花不是花
是对你的压迫感
是历史对你的压迫感
花朵本身已不重要

赵州梨花　油画　150cm×180cm　2011 年

赵州梨花

赵州的梨树群广阔的像一望无际的海洋
赵州的梨树开花
没有童话般的妩媚和乖巧
是扑面而来的壮观
这里有上千年的老树
老树开花更显出它性格的坚韧

赵州梨花（局部）　纸本水墨　2016 年

赵州梨花

用水墨画出的梨花更单纯
或许更接近
树之魂

白草畔风景　水彩画　27cm×38cm　2000 年

白草畔

深秋的树
落叶的树
像金银铸就

炕——剪趾甲　油画　69cm×72cm　1993年

剪趾甲

北方农村有“炕”
女人进门就上炕
一盘炕维系着她们的一生
有时也在炕上“打整”自己比如剪趾甲
那时穿不穿衣服就不再重要

剪趾甲　油画　30cm × 40cm　2006 年

剪趾甲

还是一位女孩
坐在炕沿剪趾甲

炕——铺被　油画　50cm×60cm　2009 年

炕——铺被

还是一盘炕
是女人和炕的另一道风景
跪在炕席上忘我地整理自己的被褥
也是劳作一天之后的必然吧

炕——铺被　水彩画　14cm×20cm　2010年

炕——铺被

面对一个铺炕者的速写
速写帮助你记下一个瞬间
那瞬间一定是美丽的
也是为“正式”作品的准备

玉米地——下河者　水彩画　10cm×15cm　2022 年

玉米地——下河者

还是一位下河者
人和绿交织着
是一个大美的瞬间

玉米地——下河者　油画　100cm×120cm　2008 年

玉米地——下河者

女人的眼前是玉米地和拒马河
夏日中午去拒马河洗涮自己
当地的风俗叫“河里没规矩”
女人在下河前都要到玉米地更衣
在玉米地里自由释放

红柜　油画　80cm×100cm　2005 年

红 柜

红柜是一家人的“宝库”
全家人的“宝贝”都在红柜里
作为一家之主的女人围着它转来转去
一生一世

等待　水彩画　74cm×97cm　2014 年

等 待

馒头是文化
它联系着盼望和期望
是女人有限的心意
但心意又是无限的

馒头祭　水粉画　80cm×77cm　1996 年

馒头祭

联想中的情景
也是靠了馒头
用馒头祭奠亡魂
亡魂在空中呼应着

树上有鸟窝　水粉画　61cm×63cm　1990 年

树上有鸟窝

就是树上有鸟窝
坐在树上有鸟窝的树前作画
会想到回家

割草　油画　130cm×140cm　1998 年

割草

红色的蒹草
高大无序
像火在燃烧
人在草中劳作
格外豪迈壮观

童年　油画　50cm×60cm　2001 年

童年

童年
一切都是有趣的
即便是面对一片水塘
或许水塘那边的稀罕

收麦子　油画　130cm×150cm　2018 年

麦收

麦收打场一对夫妻在担当
那时改革之风已吹入这个山区的村子
夫妻二人有了自己的土地
自己收下的麦子颗粒格外饱满
眼前成堆的麦粒预示自己命运的改变
扑面的麦糠飞舞
随着主人的心绪在为他们的生活张扬

收白菜　油画　100cm×120cm　2010 年

收白菜

是收获
就有欢乐
没有疲倦
女人收白菜
大地和内心都滋润着

摘花椒　油画　100cm×120cm　2010年

摘花椒

太行深山里的花椒树
都是高大的
花椒熟了成堆成串
摘花椒的女人
在空中满足着自己

收玉米　油画　100cm×120cm　2003 年

收玉米

秋天是收获的季节
是黄金的季节
黄金是宽厚的大地铸就
是大地的期盼
是人的期盼

走向拒马河　水彩画　24cm×32cm　1999 年

走向拒马河

拒马河是一条古老
多故事的河
向拒马河走去
去寻找那些
能让你静听的故事

如梦太行　油画　120cm×150cm　2007 年

如梦太行

太行是山
又不是山
有时如梦
有时像音乐中的音符碰撞
有时像沉默中的人

草原上有羊群　水彩画　56cm×78cm　2016 年

草原上有羊群

草原辽阔宽广
或许有几分寂寞
“羊群像珍珠洒在草原上”
草原才完整了
也不再寂寞

正午　油画　85cm×115cm　2022年

正午

牛和人
带着草地的芳香
带着回家的希望
从容地走着

路　油画　40cm×50cm　2009 年

路

广袤的原野
散漫无序的路
它敞开胸怀
包容着不同的行人

塞上六月　油画　110cm×140cm　2021 年

塞上六月

夕阳照耀下的院落
夕阳照耀下的牛
在坝上才有如此纯净的夕阳
牛和主人沐浴着纯净的夕阳
才会忘掉一天的疲劳和烦恼

暮归　水粉画　50cm×50cm　2021 年

暮归

太阳落山后才是黄昏
落山前的太阳是温暖灿烂的
人和牛都要回家
牛有圈
人有家
一天的日子圆满着

歇晌　水粉画　50cm×50cm　2021 年

歇 晌

劳动者中午要歇晌
歇晌是个安静时刻
一个村子都在安静中
远处或许会传来几声鸡鸣狗吠

早春　水粉画　35cm×47cm　2021 年

春 暖

人在万物苏醒中述说着春天的天长地短
不再有相互之间的“磕绊”
因为你是在万物苏醒中述说

济州岛松树　钢笔速写　10cm×15cm　2016年

济州岛的松树

济州岛的松树
迎着东海的风
顽强地舒展着自己

往事　水粉画　63.5cm×67cm　1991 年

往事

一幅画有个好名字作品也会沾光
“往事”大概是受了那个木钩子的鼓动
那个钩子是我从冀西山区一家淘换来的
它悬在这家人的房梁上据说已有三百年
它的黑不是染的
是历史的记录
也是一个民族生存状态延续的记录吧

五个甜瓜和两个椰子的大风景　水粉画　78cm×79cm　1995年

五个甜瓜和两个椰子的大风景

没有什么更神秘的内涵
就是五个甜瓜和两个椰子铸成的大风景
假如风景画没有定义的话

山之韵　油画　22cm×27cm　2007 年

山之韵

向太行深处走
才会发现
太行的种种性格
山群如人群

秋之韵　油画　22cm×27cm　2007 年

秋之韵

后面黑压压的不是天
是山
野三坡的山性格野的不可预测
现在它阴沉着脸
注视着眼前的野草地和三匹饱餐后的马
草地和马却没有在意山的阴沉

西伯利亚　速写　18cm×18cm　1991 年

西伯利亚

1991 年首次乘国际列车去北欧
途经西伯利亚
有个小站叫鄂木斯克
停车时所见

奥地利杜恩斯坦因小镇　铅笔速写　12cm×12cm　2017 年

奥地利杜恩斯坦因小镇

多瑙河边的小镇杜恩斯坦因
也是奥地利随处可见的小镇
老的建筑老的街道
多瑙河就绕它而过
在这里驻足像是回到中世纪

瑞士阿尔卑斯山下　水彩画　38cm×49cm　2013 年

瑞士阿尔卑斯山下

瑞士因特拉肯一小镇
天已近黄昏
最远处就是著名的阿尔卑斯山
后来我在德国和奥地利都看到过它的模样
远方的山和近处的草原互应着
在黄昏中一起歌唱

伊尔库斯克的白桦林　水彩画　10cm×15cm　2018 年

伊尔库斯克的白桦

我三次来过这里
白桦林是这里特有的风景
它们或挺拔或悠扬
有时像一簇簇圣洁的雕塑
有时像穿着长裙的女人
这女人只能属于俄罗斯

德国海德堡　水彩画　37cm×55cm　2013 年

德国海德堡

哲学家的摇篮
古典严肃的大学城
一条“哲学家小道”
蜿蜒在稠密建筑丛中
是黑格尔和费尔巴哈走过的小道

巴黎白教堂远眺　速写　15cm×20cm　1997年

巴黎白教堂

白教堂
自不希望和埃菲尔铁塔比美
但它也是人类共知的一景
白教堂

日本北海道然别湖双唇山　水彩画　15cm×25cm　2015年

北海道然别湖

日本北海道
有许多优雅别致的地名
然别湖
鹿追町
双唇山
双唇山就在然别湖中

多瑙河　铅笔速写　9cm×18cm　2017 年

多瑙河

音乐家说
多瑙河是蓝色的
我看过的多瑙河并不蓝
或许音乐家是对的
因为颜色都发生在人的心中

为话剧《克里姆林宫的钟声》舞台设计所作草图（1959年中央戏剧学院演出）

克里姆林宫的钟声

我应该是一位舞台美术家
当然也应该是一位画家
每当看到早期“本行”作品
总有一种负疚感
这张草图我格外珍惜它
它传达着艺术
也传达着艺术之外的信息

画家与模特儿 油画 110cm×140cm 2021 年

画家与模特儿

画家作画
面对模特儿
但模特儿为他提供的一切
是有限的
一切还靠画家自己的想象